法藏知津

中國佛教研究集成

初 編

杜潔祥 主編

第29冊

唐代詩僧的創作論研究
——詩歌與佛教的綜合分析

彭 雅 玲 著

花木蘭文化出版社

國家圖書館出版品預行編目資料

唐代詩僧的創作論研究——詩歌與佛教的綜合分析／彭雅玲
著—初版—台北縣永和市：花木蘭文化出版社，2010〔民
99〕
目 4+228 面：19×26 公分
（法藏知津——中國佛教研究集成 初編：第 29 冊）
ISBN　978-986-6449-60-4（精裝）
1. 唐詩　2. 詩評　3. 佛教文學
820.9104　　　　　　　　　　　　　　　　　98013881

ISBN - 978-986-6449-60-4

法藏知津——中國佛教研究集成
初　編　第二九冊　　　　　ISBN：978-986-6449-60-4

唐代詩僧的創作論研究——詩歌與佛教的綜合分析

作　　者　彭雅玲
主　　編　杜潔祥
總 編 輯　杜潔祥
印　　刷　普羅文化出版廣告事業
出　　版　花木蘭文化出版社
發 行 所　花木蘭文化出版社
發 行 人　高小娟
聯絡地址　台北縣永和市中正路五九五號七樓之三
　　　　　電話：02-2923-1455／傳眞：02-2923-1452
電子信箱　sut81518@ms59.hinet.net
初　　版　2009 年 9 月（一刷）　2010 年 8 月（二刷）
定　　價　初編 36 冊（精裝）新台幣 55,000 元

唐代詩僧的創作論研究
——詩歌與佛教的綜合分析

彭雅玲　著

作者簡介

彭雅玲，民國五十四年生，台北市人。國立政治大學中國文學研究所博士，現任國立台中教育大學語文教育學系（所）副教授。著有《史通的歷史敘述理論》、《國語文教學理論與應用》（合著）、《僧‧法‧思——中國詩學的越界思考》。主要研究的範疇包括中國詩學、佛教文學、文學理論及批評、視覺文化、漢字教學等領域。

提　　要

　　自佛教傳入中國便與中國文學結下了不解之緣，當前學界研究中國佛教文學者，處理的焦點多集中在小說、散文，而詩歌是較缺乏的一部份，尤其對詩歌理論的關注更少。筆者著眼於「詩僧」兼具詩人和僧人雙重身份，因此藉著唐代詩僧創作論這個課題的考察，具體探索唐代詩歌與佛教間的交互關係。本文所嘗試的研究和進路，只是一個起步，正如副標題「詩歌與佛教的綜合分析」所標示，筆者是希望建立一個詮釋佛教詩歌理論基礎模式，並呈現詩歌與佛教二者間動態的發展關係。本文的寫作不單旨在透過唐代詩僧的創作論探索語言與真理的關係，以呈現文學與宗教間的互滲情形。筆者亦嘗試藉用當代思潮中對於語言的研究的方法，去探討詩僧的創作論及語言觀，從而指出詩僧在理論及作品背後所彰顯的理論意義。

目

次

第一章　緒　論

第一節　選題的意義

　　「詩歌」屬於文學領域，「佛教」屬於宗教領域。表面看來，好像各不相干；但是無論是有關情感的寄託與發抒，抑或是生命終極意義的追尋與安頓，自古以來，都一直是人類所關懷的重要問題。在中國文化中，這兩方面都有顯著的表現，尤其是文學中的詩歌與宗教中的佛教，更成就了光輝的文化傳統。近代學人在這兩方面的研究成績，燦然可觀，而跨越、會通文學與宗教的研究，近年來也已經受到學人的重視。〔註 1〕而有關佛教文學的研究，方興未艾，更可反映這個事實。

　　就佛教文學言，僧侶的詩歌是一個跨越文學與宗教的特殊文化現象，可惜關注這個研究領域的人並不多。所以本文便著眼於詩僧的詩論與詩歌研究，期盼能探索並提供佛教中，文學與宗教之間的相關消息。

　　今考中國佛教僧侶從事於詩歌創作，可以追溯到東晉，如康僧淵、支遁、慧遠較爲馳名外，尙有帛道猷、竺僧度、釋道寶、竺法崇、竺曇林。南北朝有劉宋的湯惠休（後還俗），齊的釋寶月，梁的釋寶志、釋智藏、釋慧令、釋法雲，北周的尙法師，陳的釋惠標、釋曇瑗、釋洪偃、釋智愷等皆有詩傳世。

〔註 1〕 見輔仁大學外語學院編：《文學與宗教——第一屆國際文學與宗教會議論文集》（臺北：時報文化出版企業有限公司，1987 年 9 月第一版，1988 年 7 月初版重刷）。

〔註2〕自東晉至南北朝這一段時間,可說是僧人寫詩的濫觴。〔註3〕

但是本文為何選擇「唐代詩僧」為研究的對象呢?因為唐代不但是佛教的全盛時期,更是中國詩歌發展的顛峰時代,無論就中國詩歌發展史,抑或就中國佛教發展史來說,唐代無疑都是一個很重要的階段,所以本文選擇李唐時期為研究時段。

概括的說,筆者選擇「唐代詩僧」作為研究對象,至少有三層意義:第一,從文學史來說,唐代詩僧的研究可以填補唐代詩歌發展史上研究的不足;第二,從文化史來說,唐代詩僧研究可以加強了解唐代佛教與文學互滲的關係;第三,就學術史來說,唐代詩僧的研究開啟了詩歌與宗教之間一個新的研究領域,提供了文學與宗教兩個領域之間交際與對話的可能。〔註4〕

第二節　研究的目標

佛教傳入中國以後,對於中國文化產生全面性的影響,其中佛教與文學兩大領域的交光互映,更生出一片豐腴的佛教文學園地。而對於詩歌與佛教雙向滲透的變化過程,至少有兩方面可供考察:我們若從詩歌對佛教影響來看,第一階段首先出現了「偈頌」詩歌化的傾向,〔註5〕第二階段是僧人直接「以詩言理」,如晉朝支遁(c.314～366)〈四月八日贊佛詩〉、鳩摩羅什(344～413 或 350～409)〈十喻詩〉等,第三階段便是「詩僧」的大量出現。這三個階段一方面是先後發生的,另一方面又是持續的在發展。至於佛教對中國詩歌的影響,則主要表現為理論上的「以禪喻詩」,與創作上的「以禪入詩」兩大特色。大陸前輩學人袁行霈先生對於禪與詩歌的關係曾有一段宏觀式的

〔註 2〕見《弘明集》、《廣弘明集》所收錄的僧人。

〔註 3〕王夫之《薑齋詩話》稱衲子詩「源自東晉來」,一般僧詩選本都從東晉僧人如支遁、慧遠的詩開始,覃召文《禪月詩魂——中國詩僧縱橫談》一書討論詩僧的濫觴亦從東晉開始(北京:三聯書店,1994 年 11 月第一版)。

〔註 4〕在這裡我不用「辯證」而用「對話」,「辯證」其實包含著「對話」的意義,因為「辯證」多少意味著主體之間的相通或對立,經過相互作用最後達到相合的境界,而且是絕對精神的狀態,這時候主體已喪失了個體性。我這裡所謂的「對話」指的是說話的主體至少有二個以上,對話的目的不是為了弄清一種意義,使一主體順從另一主體;不單是主體自身的表達或呈現,而更是主體的一種更新或者是一種真理的生成;對話後主體之間並未喪失彼此的獨立性。

〔註 5〕參見下文「詩歌與偈頌的區別」。

描述，以下是我對他的意見的概述：詩和禪的溝通，表面看來似乎是雙向的，其實主要是禪對詩的單向滲透。禪對詩的滲透包括在創作方面的「以禪入詩」，以及在詩學評論方面的「以禪喻詩」。「以禪入詩」就是把禪意引入詩中，可再細分成禪理、禪意、禪趣等三類詩歌。而「以禪喻詩」的內容，袁氏分成「以禪參詩」、「以禪衡詩」、「以禪論詩」三類來說明。第一「以禪參詩」指用參禪的態度和方法去閱讀或欣賞詩歌作品，是偏重在詩歌欣賞上；第二「以禪衡詩」指用禪家大小乘、南北宗、正邪道等說法來品評詩歌的高低，是偏重在詩歌批評上，代表作品有嚴羽《滄浪詩話·詩辨》；第三「以禪論詩」指用禪家的妙諦來論述作詩的奧妙，是偏重在創作上，宋人在這一方面的資料最豐富。〔註6〕

　　如果廣義地理解「禪」這一個字，將它看成佛教的代詞，我們可以重新考量上面所引述詩禪文化的兩大特色。也就是說，我們不侷限於禪宗與詩歌關係的考察，而廣泛的觀察佛學和詩歌的交涉。在這樣的一種新觀照下，我們也許不難發現「以禪喻詩」、「以禪入詩」的情況，早在唐代詩僧的作品中就已經出現了；〔註7〕而這兩者又與詩禪文化的兩大特色存在著高度的類似性。本文試圖藉唐代詩僧的詩歌理論與詩歌的研究，指出宋代詩禪文化的唐代淵源。此為本文撰寫的具體目標之一。

　　詩僧可說是具體而微地彰顯了宗教與文學兩個範疇的交光互映。通過詩僧的研究，我們可以管窺佛教對詩歌的影響。反省一般有關佛教對文學創作影響的研究，佛教興趣濃厚者，努力爬梳詩歌中運用佛學語彙、佛教事典等情形；文學興趣高者，則著力於描述禪詩內容所展示的空靈境界。這些論述雖多，但對於我們了解佛教與詩歌關係之間相互交映的動態關係，總覺有層不入之隔膜。本文試圖檢討唐代詩僧的著作，從創作理論及實際作品兩方面，具體展現佛教與詩歌創作的關係。此為本文撰寫目標之二。

　　子云：「詩可以興、觀、群、怨。」詩歌語言本來就可以發揮多種不同功能。或感興，或寄託，或記事，或言理，但因為僧詩作者的特殊身份，部份作者往往希望通過作品發揮宗教悟道功能。這使得這些作品展示與一般文學創作非常不同的功能，本文希望通過對這些詩歌的研究，反省佛教詩歌語言

〔註6〕參見袁行霈〈詩與禪〉，收入《佛教與中國文化》（北京：中華書局，1988年10月第一版），頁83～91。

〔註7〕詳見下文第三章至第五章。

的理論特性，這是本文撰寫目標之三。

上述這三點是本文的撰寫目標，本文就是從上述三點視域來觀照我的研究對象——唐代詩僧的創作論。

第三節　研究的進路

在思索本文研究方法之前，我們需要問的是："詩"到底是什麼？這是一個既古老而又新鮮的問題。因為對於這個問題的界定牽涉到我們如何分析詩僧的作品。換言之，採用何種研究方法分析詩作，或者運用什麼進路切入詩歌，其背後無不關涉到我們對於詩歌的看法。現代詮釋學的發展使我們明白到詮釋者不同的視域（horizons）呈現不同的觀照（perspectives）。詮釋學學者高達美（H.G. Gadamer）曾指出「視域」是人內在生命世界所隱含、先於認知的背景和界限。〔註8〕因此「視域」本屬主體的內在結構，而當主體與外在世界接觸而產生認知活動的時候，「視域」即從主體對世界所持的「觀照」角度反映出來。所以某一個人所持的某一特定的觀照角度去理解對象世界，便是他內在結構「視域」的呈現。不同限象的「視域」就具體呈現為不同的「觀照」角度，「視域」與「觀照」之間是緊扣起來的。而人們採用不同的研究進路，自然亦得出不同的面貌。以下先說明本文所採取的研究進路，也就是筆者經過那些思考途徑來探索唐代的詩僧，這關係著本文以何架構來呈現。

一、類型研究

唐代僧詩人數眾多，這群詩人不僅作品亡佚甚多，而且除了少部份列入高僧傳或負享盛名的僧人，他們的生平傳記資料稍可尋跡外，其餘的生平梗概，多如廣陵散。既然文獻不足徵，本文自然不能採取學案式的作法，對詩僧做個別的傳記研究。筆者重視的是「類型」的研究，目的自不在對詩僧生平的了解，而是希望通過大量詩作的歸納、整理、分析，建立較具解釋力的理論模型，以便對唐代詩僧作一通盤的掌握。而要建立這理論模型，則首須通過「類型」的把握。

至於什麼是類型研究呢？類型研究的外延（extension）很寬，諸如題材、

〔註8〕H.G. Gadamer, *Truth and Method*（New York: Continuum Press, 1975）, p. 269.

主題、情節、人物、文體類型、結構類型等等都可以是研究的對象。〔註9〕
在這裏我所謂的「類型」，是藉用文學批評中常用的一個術語 type，是指我
們研究的對象具備某些成分，而這些成分使他們看起來很相似，因此我們便
把這些對象歸爲一類型。借用現代語言哲學的開山祖師維根斯坦（Ludwig
Wittgenstein, 1889～1951）的術語，我們也許可稱之爲「家族類似性」（family
resemblance）。文學批評中 type 一字通常有二種用法，其一指具有可下定義
的明顯特徵的文學類型（genre）或種類（kind），另一用意表示可作爲某一
類型人物的代表（character）。〔註10〕由此可見，類型一詞往往具有一種象
徵性、代表性的概念。

　　基於詩禪文化所表現的兩大特色，在理論上主要表現爲「以禪喻詩」，在
創作上主要表現「以禪入詩」，因此筆者首先分出「理論」和「創作」兩大主
要類型去考察唐代詩僧，不過，我們在主要類型之下，亦可以再分割出許多
不同層次的次要類型，不斷細分的結果，次要類型便可稱上數量繁多了，但
在眾多次要類型中，往往有某個或幾個次要類型是最能突出主要類型的特
徵，因此這個次要類型往往便成了主要類型的重要屬性之一，這個次要類型
既是某一主要類型的成員，當然具備了主要類型的特色，由於這個次要類型
可代表其主要類型的重要特徵，所以這一個次要類型便可作爲這個主要類型
的代表，在這裏我姑且稱之爲「類型的類型」。

　　當然「類型的類型」是建立在比較的程序上，並不是憑空虛設的，簡單
來說，我們所謂的「類型的類型」，其所指涉的內涵並非類型成員中唯一獨特
的，而且不因時間或地域失其鮮明的代表性。

　　依上面的標準，首先我們從詩格著作檢視詩僧的理論。如皎然討論詩境
的問題，不僅開啓了唐人境界論的美學領域，更是爲宋人「以禪喻詩」開了
先鋒，因此皎然的「境」論，足以充份代表詩僧「理論」部份的一個重要類
型。其次，我們從詩僧的創作反省其所涉及的理論意義，如詩僧詩歌中提到
「詩魔」、「詩爲儒者禪」的問題，便關涉到詩歌與修悟這個命題。

〔註9〕　見趙毅衡、周慶祥編《比較文學研究類型》前言（河北：花山文藝出版社，
　　　　1993 年 11 月第一版）。

〔註10〕　參見林驤華編《西方文學批評術語辭典》，頁 204（上海：上海社會科學院出
　　　　版社，1989 年 5 月第一版）；顏元叔主編《西洋文學辭典》，頁 768（臺北：
　　　　正中書局，1991 年 9 月第一版）。

二、語言研究

　　我們知道二十世紀學術思潮最大的特色是把「語言」提昇到中心地位來討論。「語言」從一個被視為是表達的工具，一躍而成為二十世紀哲學、美學研究所關注的重要課題。〔註11〕這個思潮的重要奠基者自然是維根斯坦，〔註12〕維氏的哲學取向開啓了英美分析哲學的傳統，哲學界認為這是一次「語言的轉向」（Linguistic turn）。〔註13〕雖然學界一般都將英美分析哲學與歐陸傳統哲學看成為兩大對立的潮流，但是，部分由於分析哲學所引起的對語言的興趣，歐陸哲學陣營中，也興起了對語言的探究，使得語言哲學的探索在英美邏輯分析之外，加添了文化學甚至是存有學的理趣，其中海德格（Martin Heidegger, 1889～1976）對詩的語言的洞見，更是影響深遠。〔註14〕他的弟子高達美（Hans-Georg Gadamer, 1900～）尤其能將海氏的哲學在美學

〔註11〕　參見涂紀亮著《現代西方語言哲學比較研究》（北京：中國社會科學出版社，1996年3月第一版），王一川著《語言烏托邦──20世紀西方語言論美學探究》（昆明：雲南人民出版社，1994年5月第一版），涂友漁、周國平、陳嘉映、尚杰著《語言與哲學──當代英美與德法傳統比較研究》（北京：中國社會科學出版社，1996年3月第一版）等書。當今哲學、美學、文學的研究都指向「語言」一途。

〔註12〕　有關維根斯坦的介紹，請參看〔美〕Morton. White編著，杜任之主譯：《分析的時代──美國二十世紀的哲學家》，第十四章「語言的用法」，頁265～279（臺北：谷風出版社，1986年12月版，根據美國1955年新美世界文庫出版社出版的"導師哲學家叢書"之一出版）。

〔註13〕　首先提到「語言的轉向」這一詞的人是柏格曼，他說：「所有的語言學哲學家，都通過敍述確切的語言來敍述世界。這是語言的轉向，是日常語言哲學家與理想語言哲學家共同一致的關於方法的基本出發點。」見《邏輯與實在》，頁177（威斯康新大學出版社，1964年版）。羅蒂則直接把這一「轉向」視為「語言的哲學革命」，他說：「通過改革語言，或通過進一步理解我們現在所使用的語言，可以解決甚至排除哲學上的種種問題。」見《語言的轉向》導論，頁3（芝加哥大學出版社，1967年）。

〔註14〕　德國現象學學者海德格是二十世紀影響最廣、最偉大的重要哲人之一。其語言觀可以說是一種存在主義現象學的語言觀。他認為：語言是存在的顯現與人的言說的統一。人自以為是語言的主人，其實語言才是人的主人。所以，存在的語言是首出的（即存在的顯示和指示），其次才是人的語言（即人對於存在的言說）。海氏並指出：詩在語言中產生。一切冥想的思都是詩，一切創作的詩都是思。真正思想的語言是詩意的，因為真正思想的語言是真理的言說，而詩意語言也正是真理的言說。海德格在這方面的重要著作有《詩・語言・思》（彭富春譯，北京：文化藝術出版社，思想者書系，1991年2月初版，1991年11月初版三刷）、《走向語言之途》（孫周興譯，臺北：時報文化公司，代思想圖書館系列，1993年8月第一版）。

方面的啓示，發揮得淋漓盡致。所以如果我們說整個西方近五十年至六十年來的哲學研究成果多與語言哲學有關，實亦不爲過。事實上，當今哲壇泰斗呂格爾（Paul Ricoeur, 1913～）就明白宣稱「當今哲學的主導性質之一，就是對語言的興趣」，又說「這種對語言的興趣，是今日哲學最主要的特徵之一」〔註15〕近代詮釋學學者高達美也十分肯定的指出：「語言問題已經在本世紀的哲學中獲得了一種中心地位。」〔註16〕

　　「語言的轉向」首先發生在哲學的研究，影響所及也帶動了美學、文藝學界一股研究風潮的反省和批判，轉向與開創。西方現代的語言哲學的目的在於構建理想語言，從而將眞實的世界客觀的呈現出來。他們相信語言文字自身的邏輯形式便能展示眞實世界的邏輯形式，二者是可以互相符應的。〔註17〕而本文以「語言」爲研究的進路之一，反省詩僧的詩歌語言的宗教向度，便是在這一方面的嘗試，當然從「語言」這個進路嘗試研究詩僧在宗教語言的表現，實是希望能更具體透顯詩歌／佛教（文學／宗教）之間的互動關係。

　　在研究的過程中，「語言」提供了一個觀察視域，本文希望通過這個視域，建立一個有限的工作目標，展示詩僧對語言與眞理兩者關係的看法，並反映詩僧如何透過詩歌語言構築與最高存有之間的關係。因此本文在論述的過程中，自然無法避免使用西方「宗教學」、「語言哲學」方面的相關術語，或許有人以爲使用西方語言研究中國文化語言，是一種文化「失語」的現象，〔註18〕但我以爲「失語」狀態往往是強勢與弱勢文化接觸時不可避免的現

〔註15〕　見〔法〕呂科爾編：《哲學主要趨向》，頁337（北京：商務印書館，1988年第一版）。

〔註16〕　見〔德〕高達美：《科學時代的理性》，頁3（北京：國際文化出版公司，1988年第一版）。

〔註17〕　如維根斯坦的語言分析哲學認爲語言文字好像一面鏡子，可以反映眞實的世界；而日常之自然語言，由於不夠嚴謹，所以不能原原本本的反映眞實世界，就像哈哈鏡所照映的東西是會扭了曲、變了形的。維根斯坦這些論點主要表現在《邏輯哲學論》、《哲學研究》這二部書，參看〔美〕Morton White編著，杜任之主譯：《分析的時代——美國二十世紀的哲學家》，第十四章「語言的用法」，頁265～279。

〔註18〕　近幾年來學界在運用西方理論研究中國古典文學作品，似乎已形成一股風潮，這一類型的研究，基本上是從西方的理論出發，採用西方的一整套話語言，對文學作品作詮釋，有時候理論術語和實踐的關係顯得機械生澀，文學研究變成西方理論的實驗場，關於這種現象，有些學人便反省說：「我們的研究陷入一個自我文化表達、溝通和解讀的"失語"狀態」，他們認爲中國文學研究者應重建自己的理論話語。參見〈走向21世紀——中外文化、文藝理論

象，無可諱言的是西方的理論語言的確在學界占著領導的地位，如果我們視詮釋語言為操作研究的一種工具，而這種「失語」現象不僅不會妨礙我們對於問題的釐析，反而更有助於研究時一個比較視域的開展、一個宏觀研究的建立，那麼面對藉用西方理論語言、詮釋概念進行中國文化研究，所可能引起的「失語」現象時，我們或可暫時不需要那麼在意，也無需避免了。

第四節　研究史的回顧：關於唐代詩僧的研究

　　「詩僧」，顧名思義，是詩人也是僧人，這一種雙重身份（Double Idendity）使他們的作品彰顯了文學／宗教，兩大領域的對立、互滲、交融等等現象。僧詩的世界，事實上就是文學與宗教交光互映的世界，這個交光互映，就是中國詩歌史上相當特殊的一頁。而從研究史來說，詩僧卻是中國詩歌寶庫中一群被冷落的詩人，猶如蒙上塵垢的珠串，失去應有的光芒；譬如僧詩大都被排列在歷代詩歌卷帙之末，或被視為下品，一般文學史也都缺載這個現象，對於詩僧與僧詩的專題研究，長期以來學界較為忽視和冷落的。雖然如此，從古至今，還是有一些論述，以下我們分成兩部份來檢討歷代有關於詩僧的研究。

一、古人對唐代詩僧的批評

　　當我們從文獻中回顧前人對於詩僧的意見，大概從下列三種材料去檢查：第一，詩話，第二，詩文選集的序跋，第三，詩文作品中的直接表述。

　　古人通常喜歡運用「詩話」這種體裁表達文學見解。因此對於前人批評詩僧的意見，多半也見存於詩話當中。詩話的內容相當龐雜，北宋許顗曰：「詩話者，辨句法，備古今，記盛德，錄異事，正訛誤也。」〔註19〕清章學誠認為詩話敘詩之意可「通於史部之傳記」，詮釋名物可「通於經部之小學」，泛述聞見可「通於子部之雜家」，〔註20〕大抵都是說明詩話這類型作品的形

　　　國際學術研討會綜述〉，收入《中外文化與文論》第一期，頁260（成都：四
　　　川大學出版社，1996年1月）。
〔註19〕見《百種詩話類編》下冊〈彥周詩話序〉（臺北：藝文印書館，1974年第一版），
　　　頁2161。
〔註20〕見《文史通義・內篇五・詩話》（臺北：漢聲出版社，1973年4月增訂二版），
　　　頁157。

式是很活潑的。〔註21〕古代文人對於詩歌的品評，歸納起來不外是摘錄詩句，〔註22〕批評詩風，品評高下，作詩本事等幾種情形，而詩僧做為詩人的一群，他們在詩話出現，大致仍不出上述的情形。此外，古人若不採詩話或理論著述的形式來表達其文學見解時，我們亦可透過詩文選集中具體作品的去取而略探其興趣傾向。當然，直接從古人詩文作品中討論的意見考察，亦可窺知古人的文學態度。以下我所檢討古人對於詩僧的看法時大致就是從上述三種材料中去分析的。

　　而下文在檢討前人對於詩僧的批評時，大致注意到僧俗兩種立場，以便觀察僧俗意見的異同。

（一）文人的看法

　　首先就文人的立場來看，對於詩僧持肯定態度的文人，思想上大概都是傾向於佛教的，或者與詩僧交往甚密，如唐代文人嚴維、劉禹錫、高仲武、白居易等人對於詩僧的評價，便多持肯定的態度。〔註23〕

　　宋以下文人詩文集、詩話等著作之豐富，自非可以一一列舉，現在筆者只打算略舉一二有代表性的例子，以收管窺之功。我們不妨先看范晞文《對床夜話》中的記載：

> 唐詩僧，除皎然、靈澈三兩輩外，餘者率皆衰敗不可救，蓋氣宇不宏而見聞不廣也。〔註24〕

范氏這段話大意是說：富於詩情以及詠詩成名的僧侶為數甚少，而這個現象的原因在於僧徒是以求道精專為本分，故氣宇、見聞都受到了限制，所以產生不了太多成功的詩人。另外，葉夢得在《石林詩話》中也說：

> 唐詩僧自中葉以後，其名字班班，為當時所稱者甚多。然詩皆不傳，如「經來白馬寺，僧到赤烏年」數聯，僅見文士所錄而已。凌遲至貫休、齊己之徒，其詩雖存，無足言矣。中間惟皎然最為傑出，故

〔註21〕如清初王士禎倡神韻說，他就編選了一部《唐賢三昧集》，專選王孟一派的神韻綿邈之作，藉以表達他崇尚意在言外含蓄不盡的旨趣。沈德潛倡格調說，他就編選了一部《唐詩別裁集》，大量選入杜甫等人的詩作，藉以表達他崇尚氣象恢宏、聲調高昂的旨趣。

〔註22〕有關詩話摘句的批評特色，可參見周慶華《詩話摘句批評研究》一書（臺北：文史哲出版社，1993年9月第一版）。

〔註23〕詳見本文第二章第四節「唐宋人使用詩僧一詞的歷史考察」中唐人的論述。

〔註24〕《對床夜話》卷五，葉5b，見《百種詩話類》下冊，頁1840。

> 其詩十卷獨全，亦無甚過人者。近世僧學詩者極多，皆無超然自得
> 之氣，往往反拾掇摸倣士大夫所殘棄，又自作一種僧體格律，大凡
> 俗世謂之酸餡氣。子瞻有贈惠通詩云：「語帶煙霞從古少，氣含蔬筍
> 到公無」，嘗語人曰：「頗解蔬筍語否，爲無酸餡氣也」，聞者無不皆
> 笑。〔註25〕

這一段話認爲唐中期以後有很多以詩爲名的僧人，但是詩作大半亡逸，僅在文士詩集中散見僧詩的殘句而已。唐詩僧中以皎然的詩最爲傑出，所以只有他留下完整的詩集，但與一般文人相較，也沒有什麼過人之處，因爲詩作不受人重視，自然作品容易散失。以上雖是葉氏個人的看法，但是我們發現基本上宋代文人頗多以「蔬筍氣」、「酸餡氣」〔註26〕等話語來譏諷或戲謔整個僧詩的本色，不光是針對唐代的僧詩而已。而後人以爲僧詩的語言清淡，內容無味，大概也以「蔬筍氣」、「酸餡氣」等話語來形容。〔註27〕我認爲宋人是站在爲藝術而藝術的觀點衡量唐代詩僧的作品，因此輕視僧詩創作，甚至對於受到唐人普遍評價的「詩僧」，也少予正面的肯定。

當然文人對於詩僧的評價，並非全部持負面的態度，不過，無論文人對於詩僧主觀的評價如何，我們仍可看到一些文人注意到詩僧在文學表現上的努力，這方面的成果展現在文人對僧集的編纂，以及對僧人傳記資料的整理等等工作上。

如宋計有功《唐詩紀事》卷七十二到七十七就曾編了五十三位唐代詩僧的傳記資料。〔註28〕而元代辛文房《唐才子傳》一書也曾爲詩僧靈一、靈徹、皎然、清塞、無可、虛中、齊己、貫休等八人立傳，卷三「靈一」的「論曰」是

〔註25〕見《石林詩話》卷中，收在《百部叢書集成》初編第二輯第九函《百川學海》（臺北：藝文印書館，1971年，據宋本影印附毛晉跋及四庫提要），葉10a-b。

〔註26〕如歐陽脩稱贊大覺懷璉禪師的詩說：「此道人作肝臟饅頭」王安石不懂其中的戲謔，問他是什麼意思，歐陽解答說：「是中無一點菜氣」。（見《冷齋夜話》卷六）又蘇軾〈贈詩僧道通詩〉說：「語帶煙霞從古少，氣含蔬筍到公無。」自注云：「謂無酸餡氣也」。一般以爲僧詩清淡無味，大概認爲蘇軾之注語是酸餡氣一語最早的出處。

〔註27〕對「蔬筍氣」（「酸餡氣」）一詞的分析，可見周裕鍇《中國禪宗與詩歌》一書，頁45～53。周氏的研究指出宋人習以「蔬筍氣」（「酸餡氣」）」指責詩僧讀書少，以致呈現出來的詩作有選材狹窄、構思侷限（苦吟不夠豪放）、語言平淡、意境清寒等弊病。

〔註28〕見王仲鏞著《唐詩紀事校箋》（成都：巴蜀書社，1989年8月第一版），頁1903～2009。

從歷史發展的歷程總結詩僧的流衍。他說所立傳的八位詩僧，皆名出一時，生平事蹟可供錄實，傳末所附名的四十五位詩僧，如惟審等人「名既隱僻，事且微冥」，〔註29〕故無法立傳。

> 自齊梁以來，方外工文者，如支遁、道遒、惠休、寶月之儔，馳驟文苑，沈淫藻思，奇章偉什，綺錯星陳，不爲寡矣。厥後喪亂，兵革相尋，緇素亦已狼藉，罕有復入其流者。至唐累朝，雅道大振，古風再作。率皆崇衷像教，駐念津梁，龍象相望，金碧交映。雖寂寥之山河，實威儀之淵藪，寵光優渥，無逾此時。故有顚頓文場之人，憔悴江海之客，往往裂冠裳，撥繒繳，杳然高邁，雲集蕭蕭，一食自甘，方袍便足，靈臺澄皎，無事相干，三餘有簡牘之期，六時分吟諷之際。青峰瞰門，綠水周舍，長廊步屧，幽徑尋眞，景變序遷，蕩入冥思。凡此數者，皆達人雅士，鳳所欽懷，雖則心侔跡殊，所趣無間。會稽傳孫、許之玄談，盧阜接陶、謝於白社，宜其日鍛月鍊，志彌屬而道彌精。佳句縱橫，不廢禪定，巖穴相邇，更唱迭酬，苦於三峽猿，清同九臯鶴，不其偉歟！與夫迷津畏途，埋玉世慮，蓄憤於心，發在篇詠者，未可同年而論矣。然道或深淺，價有輕重，未能悉採。……〔註30〕

辛文房爲唐代詩人立傳，共選出了二百七十八位作爲代表（加上附見者一百二十人，共三百九十八家），從上面一段論述看來，辛氏不回避詩僧，能爲詩僧立傳，是正視詩僧在唐詩史上的地位，此可謂擺脫了宋代以來文人對詩僧的偏見。從唐詩學的角度看，辛氏的判斷確實表現了相對的包容性，也較爲準確的反映了唐代詩學發展的實況。

在明代後期研究唐詩幾位成就較高的學者中，胡震亨可稱巨擘。他的成績主要表現爲一千多卷的鉅著《唐音統籤》，其中尤以《唐音癸籤》爲突出。《癸籤》共三十三卷，卷一「體凡」，言詩之體裁變遷及聲病等。卷二至四爲法微。其中卷二爲統論，主要言詩歌創作的比興體格等各種體裁都必須運用的表現法則；卷三就各種體裁加以論述；卷四專談字句、偶對、用事等利弊。卷五至十一爲評彙，按時代、體裁、題材等幾方面評論唐代著名的詩人

〔註29〕見傅璇琮主編《唐才子傳校箋》第一冊（北京：中華書局，1987年5月至1990年9月第一版），頁534。

〔註30〕見傅璇琮主編《唐才子傳校箋》第一冊，頁533～534。

和詩作。卷十二至十五爲樂通，專談詩和樂曲、舞曲等的種種關係。卷十六至二十四爲詁箋，專門解決唐詩詞語典故等疑難問題。卷二十五至二十九爲叢談，專談唐詩人的遺聞軼事。卷三十至三十三爲集錄，其中卷三十爲別集，三十一爲選集，三十二爲詩話，最後一卷則爲墨蹟和金石刻。從上述這些體例看來，雖然不是專評詩僧的著作，但書中內容涉及唐詩的各個方面，所以其中亦不乏與詩僧有關的資料，如有關詩僧用字〔註31〕、傳記等資料，〔註32〕此外較值得注意的是卷三十所錄的方外的別集，〔註33〕這些記錄實有助於我們考察僧詩集的流傳情形。

　　上述這三本著作儘管注意到詩僧在文學方面的努力，但是他們的論述中，詩僧往往只是配角而已。

　　清人對唐代僧詩的批評不多，但不表示他們不關心這個問題，反倒是延續了嚴羽以禪喻詩的命題來討論，清人普遍的看法是認爲好的僧詩必須「無禪語，有禪理」。〔註34〕不過，清初黃宗羲約略評述過唐代的僧詩，他說：

　　　　唐人之詩，大略多爲僧詠……豈不以詩爲至清之物，僧中之詩，人境

〔註31〕 如卷四有一條資料是貫休與王貞白談練字，卷九談五言律詩中列舉巧對中有賈島、無可的詩聯，卷十一談到賈島在詩中用「僧」、「鳥」二字對仗，成爲後來詩家應急時常取用的字。見《唐音癸籤》（臺北：木鐸出版社，1982 年 7 月臺一版點校本），頁 30、90、107。

〔註32〕 如卷二十九有關於貫休、靈徹的傳記資料，見《唐音癸籤》，頁 302。

〔註33〕 胡震亨在「方外」一類作家中兼錄收僧人和道士的別集，其中共收有二十八位僧人的別集如下：僧惠頤八卷、玄範二十卷、法琳三十卷、靈澈十卷、皎然十卷、靈一一卷、懷浦一卷、無可一卷、栖白一卷、尚顏荊門集五卷、子蘭一卷、齊己白蓮集十卷、外編十卷、貫休三十卷、虛中碧雲集一卷、修睦東林集一卷、處默詩一卷、可朋玉壘集十卷、曇域龍華集十卷、曇光詩一卷、自牧括囊集十卷、楚巒詩一卷、無顏一卷、應之一卷、智暹一卷、康白詩十卷、王梵志詩一卷、寒山子詩七卷、龐蘊詩偈三卷、三百餘篇、智閑偈頌一卷、二百餘篇。

〔註34〕 如馮班《嚴氏糾繆》曾引劉克莊語爲據，批駁嚴羽的以禪喻詩的作法，他強調：「詩家以少陵爲祖，其說曰："語不驚人死不休"；禪家以達摩爲祖，其說曰："不立文字"。詩之不可以爲禪，猶禪之不可以爲詩。」何文煥《歷代詩話考索》曰：「釋氏寂滅，不用語言文字。《容齋隨筆》論《大經集》著六十四種惡口，載有大語、高語、自贊嘆語，說三寶語。宣唱尚屬口業，況制作美詞。乃皎然論謝康樂早歲能文，兼通內典，詩皆造極，謂得空王之助，何自昧宗旨乃爾。」沈德潛：「僧詩無禪語，有禪理，乃佳。近代方外人純以偈頌入詩，入目可憎也」。以上四家的意見，至少有一共通之處也許可以說清代文人認爲僧詩堪稱佳作的標準在於——「無禪語，有禪理」。

俱奪，能得其至清者，故可與言詩多在僧也。〔註35〕

這一段話，顯示了黃宗羲是站在詩風、境界之上，肯定唐代僧詩的作品，這與宋代詩論家從修辭、題材立論不同。

以上我們已經大致瀏覽了古代文人對詩僧的意見，以下我們看看僧家自身對詩僧的看法。

（二）僧人的看法

僧人當中直接對於詩僧創作的評論並不多，首先我們來看北宋詩僧惠洪（1071？～1128），惠洪本身工於詩畫，爲蘇軾、黃庭堅等人的方外朋友，《四庫全書總目提要》提到惠洪的詩論中，雖有許多假託僞造是蘇軾、黃庭堅所說的話，但是總的來說，他的詩論頗能切中體會創作時的一些情況。〔註36〕依《提要》的意見，我們不妨來看看惠洪如何評論唐代的詩僧，《冷齋夜話》卷六說：

> 唐僧多佳句，其琢句法比物以意，而不指言一物，謂之象外句。如
> 無可上人詩曰：「聽雨寒更盡，開門落葉深」。是「落葉」比雨聲也。
> 又曰：「微陽下喬木，遠燒入秋山」。是「微陽」比遠燒也。用事琢
> 句，妙在言其用而不言其名耳。〔註37〕

上文已經指出除了那些本身信仰佛教或受佛教影響的士人之外，一般士大夫對於詩僧的評價，一般少予正面的肯定，但是身爲僧家的惠洪，他卻說「唐僧多佳句」，這話已經展示了他對詩僧的評價迥異於一般士子。可是，爲什麼惠洪有這樣迥異於一般文人的評價呢？從現存的文獻，我們並不能充份理解個中因由。不過我們從這一段引文看來，惠洪主要是針對於詩僧遣字運句，以及象徵、比喻技巧的運用立說，惠洪是就文字技巧這一點來給予唐代詩僧高度的評價。至於是否還有什麼其他理由來支持他這樣的判斷，由於文獻不足，我們並不能充份的把握。不過無論如何，他對於唐代詩僧高度評價，這

〔註35〕見《南雷文定・三集》卷一〈平陽鐵夫詩題辭〉（臺北：商務印書館，1970年4月第一版，據清咸豐刊本重排標點本），頁12。

〔註36〕《四庫全書總目提要》卷一百二十「子部雜家類四」云：「……惠洪本工詩，其詩論實多中理解，所言可取則之。其託於聞之某某，置而不論可矣。」見《合印四庫全書總目提要及四庫未收書禁燬書目》第三冊（臺北：商務印書館，1971年7月第一版，1985年5月增訂三版，鉛印標點本），頁2527。

〔註37〕見《冷齋夜話》卷六「象外句」條（見《學津討原》第二十函，收在《百部叢書集成》續編第四十六，臺北：藝文印書館，1971年），葉4a。

樣一個基本的立場、態度，是再清楚不過的了。

　　清末虛雲（1839～1959 以後）對於僧侶製作詩歌的評價，也充分反映了佛教人士的意見。我們可以說虛雲的意見，也與一般文人的評價大不相同，虛雲和尚說：

> 禪曷爲而有詩也？自行人單刀直入，一念相應，吐詞拈韻，往往爲士夫夫所誚，世以文字難僧，僧亦遂以文字應世；或馳騁世典，彈心雜學，將無上妙法，視爲具文，正眼法藏，淪乎聲色，甚而尋章摘句，四六精詳，處處驢唇馬舌。噫，法門一至於此耶？一變而語錄，再變而辭賦，三變而爲詩文，佛法何可言哉？雖然，亦不可概論也，當觀其人爲何如耳。其人見諦眞，則言言至理，語語明宗，假山水以寓其懷，借時物以舒其臆，如遠公之招陶劉，佛印之契蘇黃，士慧之於子韻，詩亦何妨於禪哉！但不以見長，若以此見長，詩精則亦詩僧而已。〔註38〕

我們可以看出虛雲的論斷比惠洪來得周延。虛雲認爲有些僧人爲詩，常常直抒所見，不太講究文字的淘煉，因此，很多士大夫也常就文字的層面詰難僧人表達文字的功力，爲了回應這個挑戰，部份僧家往往矯枉過正，以致放下佛典、捨棄內學，紛紛走向外典雜學，講求詞章。這樣就不免遺忘了僧人求道求悟的職責。何況僧人追求雕章儷句，對於求道求悟自然是一種耽擱，對於這種僧人，虛雲是不予苟同的。值得注意的是，虛雲這種看法，顯然與小乘排拒吟詠、歌舞的立場是相似的。

　　不過，虛雲並沒有對身爲僧家而又從事詩歌創作者持徹底反對的態度。反之，他認爲一但在修持上能夠見到至理，則雖然「假山水以寓其懷，借時物以舒其臆」不但無妨。而且由於已能夠妙悟眞諦，自然「言言至理，語語明宗」，是則創作又有何妨明道！

　　反省虛雲的看法，我們可知「宗教」是他論斷的標準。「尋章摘句」，要求「四六精詳」，以致遺忘正法，當然應該摒棄。但是，若本身能悟妙諦，再發而爲文，則並無不可；而且往往由於本身的證悟，更可使作品成爲「言言至理，語語明宗」的良好法器。當然能夠發揮這樣的宗教功能的作品，虛雲是不會反對的。

〔註38〕見詹勵吾〈虛雲老和尚詩歌偈讚集卷頭〉引，見《虛雲老和尚詩歌偈讚集》（多倫多：詹勵吾編印，1959 年 8 月第一版），頁 2。

我在上文中提到宋代文人對詩僧傾向於持負面的看法，只有少部份人持肯定的態度。值得注意的是，虛雲這樣一種對佛教文學創作的肯定，自然不同於文士那種否定詩僧的偏執之見，但是也與文人中對詩僧持正面看法不同，因為虛雲主要是從發明宗理這個宗教標準來論詩，因此，如果有人只欲以詩為名，遺忘正道，則未免太淺薄了，最高不過就是詩僧而已。

（三）小　結

總的來說，文人對唐代詩僧的評價並無統一的看法，不過，宋代文士對唐代詩僧的評價，較傾向於非正面的，如批評詩僧的內容偏狹、語言平淡等等，所以他們認為詩僧無法滿足詩家講究詩法的標準，故而評價自然不高。但是，文人中也不乏同情或篤信佛教者，他們對詩僧的評價就較高。更有個人喜好清淡詩風者，他們就更盛揚詩僧的藝術成就。相較而言，僧人對於詩僧的評價雖然較為一致，不過這其中卻包存著文學及宗教上兩種不同立場的觀察，但是不管是從文學上、修辭上立論，或者從宗教上、證悟上立論，兩者都肯定了詩僧在創作的努力。

而上述文人和僧人種種評價上的異同，如果我們藉詮釋學的觀點來說，便是所謂「前理解」的問題。詮釋學者認為每當人作為一主體面對一份文獻（text）嘗試理解和詮釋的時候，他所面對的並非只是純粹外在客觀世界的一件存在物而已，每份文獻的背後都有一份生命體驗，而文獻就是這人類心靈所展開的世界，和這生命體驗外在化的呈現。故此詮釋者與文獻相遇，並非只是主體與無意識存在物的相遇，而是主體心靈（詮釋者）與另一心體主體（文獻的原作者）之間「視域的融攝」。在兩個心靈世界相遇的過程中，有一個相當重要的事實，就是詮釋者的「前理解」的先見，在詮釋的過程中是不可避免的；詮釋者自身的歷史、文化和傳統，透過所發出的問題和所著重的角度，必然會滲入他對文獻的選擇與理解之中，所謂「文獻自身純粹的觀點」，並非絕對的。因為詮釋是不可能從一個空白而純粹客觀的精神狀態開始的。〔註39〕

〔註39〕參見 Hoy, David Couzens〔美〕霍埃著，蘭金仁譯：《批評的循環——文史哲解釋學》第二章「理解的特徵：伽達默爾的哲學解釋學」，頁 51～90；第三章第四節「釋義的歷史性」（瀋陽：遼寧人民出版社 1987 年 8 月第一版），頁 119～126。以及 Juhl, P. D. 〔美〕卻爾著，吳啓之、顧洁洪譯：《解釋：文學批評的哲學》第五章第二節「說話者的思想、個性及其對語言的理解」（北京：文化藝術出版社，1991 年 6 月第一版），頁 79～84。

二、今人研究唐代詩僧概況

在當前宗教研究課題上，佛學研究是相當受學人關注的領域，這一方面的論著可謂汗牛充棟，〔註40〕而學界跨越佛教與文學二領域的專著也是不勝枚舉，其中有關詩歌與佛教的專著實在不少，這些著作對於我們研究「詩僧」這一個課題，或有或少都有幫助，甚至有些著作中的一些論述涉及到「詩僧」相關問題，在此我們不必一一列舉。

承如上言，學界對於「詩僧」這一個課題，已有一些初步的爬梳，相關論述亦往往散見於跨越佛教與文學二領域的研究專著中，但許多論述只停留在，把「詩僧」當成是中國文化史上的一個特殊現象來描述而已，這些著作有一些是將「詩僧」這個文化史上的特殊現象，放在文化史的觀點來考察的，〔註41〕近年來學界對於「詩僧」這個課題的整理和研究，漸漸累積出一些成績，以下是筆者對學人研究詩僧成果的概述與檢討：

（一）輯校詩僧詩歌

《全唐詩》雖總集李唐一代詩歌之大成，其實編輯過程相當倉促。據劉兆祐的研究指出清康熙御製的《全唐詩》是以清錢謙益、季振宜的《全唐詩稿本》為底本，編輯而成的。〔註42〕而周勛初的研究進一步指出《全唐詩稿本》中晚唐部份是採明胡震亨《唐音統籤》的成果的，並修正劉氏的部份推論。〔註43〕《全唐詩》凡例中便提到刪去編輯時所據的底本——《唐音統籤》——中「有

〔註40〕 歐美、日本佛學研究的成果可參見下列二書：狄雍原（J. W. de Jong）著，霍韜晦譯《歐美佛學研究小史》（香港：佛教法住學會，1983 年 9 月第一版）；吳汝鈞著《佛學研究方法論》第一部份「日本及歐美之佛學研究點滴」「德國之佛學研究」（臺北：臺灣學生書局，1983 年 3 月第一版，1989 年 9 月初版二刷），頁 3～89。

〔註41〕 如：早年如羅香林先生研究佛教文學這個論題，是置於文化史之下來觀察的，見《唐代文化史》（臺北：臺灣商務印書館，1953 年）。近年則有《佛教與中國文化》《禪宗與中國文化》《佛教與中國文學》等著述專就佛教與文學的問題來討論。

〔註42〕 參見劉兆祐〈清錢謙益季振宜遞輯唐詩稿本跋〉（載《東吳文史學報》第三期，1978 年 6 月）、〈御定全唐詩與錢謙益季振宜遞輯唐詩稿本關係探微〉（載《幼獅學誌》十五卷一期，1978 年 6 月）、〈清康熙御製全唐詩底本及相關問題之探討〉（載《中研院國際漢學會議論文集》文學組，1981 年 10 月）三文考證。

〔註43〕 有關《全唐詩》所據的底本及所收各家詩集的板本問題，可參見周勛初〈敘全唐詩成書經過〉一文，收在氏著《文史探微》（上海：上海古籍出版社，1987 年 12 月第一版），頁 249～277。

道家章咒、釋氏偈頌二十八卷」，認為這些釋家偈頌「本非歌詩之流」，而全數刪去。〔註44〕其實《全唐詩》中漏收的僧詩還很多，如敦煌文獻中所發現的王梵志的詩，便未見收於《全唐詩》中。所幸當代學人陸續補輯《全唐詩》已有不錯的成果，如陳尚君集歷年來輯佚成果於《全唐詩續拾》乙編，並加上校訂王重民、孫望、童養年等人輯佚《全唐詩》的成果，共成《全唐詩補編》（北京：中華書局，1992 年 10 月第一版）三大冊，〔註45〕而陳氏輯佚僧詩並非詩歌與偈頌不分，他說明了收錄的標準是：

> 甲、唐人所譯經論中偈頌一概不取；乙、儀讚文字一律不收；丙、
> 四言偈頌一般不收；丁、不押韻之作不收；戊、對句而未成篇者不
> 收。〔註46〕

陳氏蒐羅的範圍相當廣，舉凡唐宋四部典籍、佛藏、道藏、元明清著作、敦煌遺書、流落日本、朝鮮的佚詩、以及新出土的材料都加收羅，而考證、辨偽工夫嚴謹之外，更勤於吸收學界所發表的成果以為校勘的基礎，這套書是繼《全唐詩》之後研究唐代詩歌者不可或缺的基本材料，當然也是研究唐代僧詩重要的材料。

汪泛舟《敦煌僧詩校輯》從敦煌變文、敦煌寫卷等輯選僧詩 471 首並作校釋，本書雖只是一個選本，體例上有絕句、律詩、排律、三韻小律等格律詩外，也收了古風、譯詩、歌行等體式，兼有齊言和雜言，全書根據詩的性質分為佛國生活、僧俗雜詠、修道禪觀詩、雜言詩及譯詩等四個部份。使我們可以窺見敦煌僧詩的大致風貌。〔註47〕

（二）註解賞析詩僧詩歌

大陸註析詩歌的著作相當多，不過早年選的焦點或總一代詩歌之大成，或集中於大家的作品，或依題材編選歷代詩作。近五年我們開始看到針對僧人創作編選出版的情形，到目前為止至少可見到下列十種選集，另有一種專輯僧詩的總集，茲臚列於下：

1. 周先民《中國歷代僧詩選》（江蘇：南京大學出版社，1991 年 6 月，196 頁）

〔註44〕見清康熙御製《全唐詩》凡例第二十三之十五條，頁8。
〔註45〕陳尚君《全唐詩補編》三冊（北京：中華書局，1992 年 10 月第一版）。
〔註46〕見《全唐詩續拾》凡例，收在《全康詩補編》中冊，頁1。
〔註47〕汪泛舟輯校《敦煌僧詩輯校》，共 197 頁（蘭州：甘肅人民出版社，1994 年 6 月第一版）。

2. 李淼《禪詩一百首》（香港：中華書局，1992 年 5 月，203 頁）

3. 王洪、方廣錩《中國禪詩鑑賞辭典》（北京：中國人民大學出版社，1992 年 6 月，1467 頁）

4. 洪丕謨《禪詩百說》（北京：中國友誼出版社，1993 年 7 月，288 頁）

5. 洪丕謨《佛詩三百首》（江蘇：江蘇文藝出版社，1993 年 8 月，385 頁）

6. 李淼《禪詩三百首譯析》（長春：吉林文史出版社，1995 年 1 月，357 頁）

7. 高文、曾廣開《禪詩鑑賞辭典》（鄭州：河南人民出版社，1995 年 7 月，854 頁）

8. 雲門居士（何香玖）《佛家唐詩三百首》（河北：花山文藝出版社，1996 年 8 月，591 頁）

9. 馮學成《明月藏鷺——千首禪詩品析》（成都：四川文藝出版社，1996 年 10 月，1108 頁）

10. 陳耳東《歷代高僧詩選》（天津：天津人民出版社，1996 年 11 月，574 頁）

11. 艾若、林凡、郁賢浩《中國歷代詩僧全集》（北京：當代中國出版社，1997 年 1 月）

上述這些選本，同一般詩歌選本一樣，大抵選僧人代表詩作一至數首，或有兼選文人的禪詩，然後依時間排序羅列，再分別加以註解和賞析，但我們閱讀起來與一般詩歌選本並無多大的差別，分析的方式也大同小異，這種讀本式的賞析並無法突顯出僧詩尤其是詩僧與一般文人詩作相同或者相異的地方。其中只有雲門居士（何香玖）《佛家唐詩三百首》一書，選詩斷限於唐代一朝，對於詩僧作品作了較為深入的賞析，能給人更多的啟發。

另大陸出版由艾若、林凡、郁賢皓等人主編的《中國歷代詩僧全集》，本書共分五卷，包括晉唐五代、宋代卷、元代卷、明代卷、清代卷，筆者目前只見到《中國歷代詩僧全集》晉唐五代卷三冊（1997 年 1 月出版）。〔註48〕據艾若在唐五代卷書前的編輯緣起說：「本書祇收僧人詩作，不收僧人頌古、銘讚、歌詠、詞、變文等，也不收無詩意的偈，連晚年還俗僧人詩作也不收錄。蒐輯的觸鬚伸及過去時代僧人僧詩比較集中的地區，全國重點圖書館，兼及一些史書、佛藏、方志、筆記中的僧詩」（頁 10），經他初步統計，現存僧詩有六萬餘首，僧眾詩人數千人，總字數超過一千五百萬字。該書蒐輯皆有所本，出處有據，校

〔註48〕本書蒙李建崑教授於中興大學所舉行的「第二屆通俗文學與雅正文學學術研討會」中賜補，謹此致謝。

勘認眞，並仿《全唐詩》體例，僧人皆列有小傳，該書出版可謂集僧人詩作之大全，實是一部方便研究者研究僧詩、具學術研究價值的重要文獻。

　　至於臺灣方面對於僧詩資料的整理有限，選本如杜松柏《禪詩三百首》（臺北：黎明文化公司，1981 年 11 月），另外杜先生兩本著作——《詩與禪》（臺北：黎明文化事業公司，1971 年），《中國禪學——中國禪詩欣賞法》（臺北：金林文化事業，1984 年 6 月）——書名雖不似選本，而基本上是屬於選本性質的。較近的有陳香《歷代名僧詩詞選》（臺北：國家出版社，1986 年 8 月），距今亦有十餘年了，很顯然的，相對於大陸僧人詩作的蒐集校注所付出的努力而言，臺灣學界對於僧詩的關注則相當有限。

（三）研究專著及論文

　　近年學界相繼有詩僧的研究專文及研究專著發表，呈現了不同研究觀照，以下我將學界研究的成果，分成下列幾點來討論：

1. 詩僧的分類與分期

　　孫昌武先生在〈唐、五代詩僧〉一文中，將詩僧分爲三大類群，第一批是活躍江左，以皎然爲中心的大曆詩僧、第二批是活躍於京城的中晚唐僧人無可（fl.827～835）、廣宣（fl.794～812），第三批是活動於晚唐以貫休、齊己爲中心的詩僧。〔註 49〕然而孫先生將唐代詩僧區分爲三個集團的概念，並不寂寞，日本學人平野顯照便曾指出中唐時期的詩僧有二個集團，一個是活動於江南的江左集團，如皎然、靈一、靈澈等人，一個就是活動於江北的御用集團即廣宣、栖白、僧鸞等人。〔註 50〕

　　我們反省孫先生的分類，其實兼含時間和地域二種標準，這種分類，其實反映了歷史事實，也充份展現了他尊重歷史的精神。我們或許可以這樣理解他的分類：第一，從詩僧的性質來看，唐代詩僧可區分爲在朝和在野兩類；第二，就歷史的發展來看，唐代詩僧可分爲兩期，一個是代宗中唐大曆時期，一個是晚唐僖宗文德時期，前一期以皎然（720～793 或 798）爲代表人物，

〔註 49〕　見孫氏著《禪思與詩情》第十一章「唐、五代詩僧」（北京：中華書局，1997 年 8 月第一版），頁 333～339。

〔註 50〕　見平野顯照著，張桐生譯《唐代的文學與佛教》第一章第四節「廣宣上人考——唐代詩僧之一研究略傳」（臺北：業強出版社，1987 年 5 月第一版），頁 90～131。原題〈廣宣上人考——唐代詩僧傳〉，原載《大谷學報》56 卷 4 號、57 卷 4 號，1977 及 1978 年。

後一期的代表人物是貫休（832～912）和齊己（863？～937？）。

2. 詩僧的生平

有關詩僧的傳記研究，仍集中在幾位較著名的詩僧，如皎然、貫休、齊己，其中又以皎然的研究較多，也取得了可觀的成果。皎然生平的研究有姚垚〈皎然年譜稿〉（《書目季刊》第 13 卷 2 期，1979 年 9 月），李建崑〈皎然與吳中詩人之往來關係考〉（《古典文學》第 12 集，1992 年 10 月），賈晉華的〈皎然非謝靈運裔孫考辨〉（《江海學刊》1992 年第 2 期）、〈皎然出家時間及佛門佛門宗系考述〉（《廈門大學學報》第 1990 年第 1 期）及《皎然年譜》（廈門：廈門大學出版社，1992 年 8 月第一版）研究最著。貫休的生平有日本學者小林太市郎《禪月大師の生涯藝術》（日本：創元社，1947 年 3 月）、〈禪月大師の食物〉（《支那學》第 7 卷 5 號，1947 年 8 月）、〈禪月大師〉（《中華六十名家行錄》，日本：弘文堂，1948 年 2 月；又《世界歷史事典》第六冊，日本：平凡社，1952 年 8 月）、釋明復〈貫休禪師生平的探討〉（《華岡佛學學報》第 6 期，1983 年 7 月）；齊己的生平有張達人的〈晚唐第一詩僧齊己〉（《生力》第 8 卷 96 期，1975 年 9 月）、釋明復〈唐代齊己禪師及其白蓮集〉（《中國佛教》第 26 卷 5 號）；其他如靈一的生平，有日本學者河內昭圓〈詩僧靈一について〉上（《文藝論叢》第 5 號，1975 年 9 月）、〈詩僧靈一について〉下（《文藝論叢》第 6 號，1976 年）；靈澈的生平，有日本學者河內昭圓〈「澈上人文集序」管窺——詩僧靈澈の生涯〉（《大谷大學研究年報》第 26 號，1974 年）；廣宣的生平，有日本學者平野顯照〈廣宣上人考——唐代詩僧傳〉（《大谷學報》第 56 卷 4 號及 57 卷 4 號）；淡然的生平，有曹汛的〈淡然考〉（《中華文史論叢》1987 年第 1 期）。

3. 詩僧的詩論

唐五代的詩歌理論著作，主要是「詩格」這種著作形式呈現的，〔註 51〕而在詩學史上有一個特殊現象就是，唐五代詩格的作者中，有不少是詩僧。

唐五代的詩格散佚甚多，目前我們只能透過《文鏡秘府論》〔註 52〕、《吟

〔註 51〕 所謂「詩格」是中國古代文學批評中某一類書的名稱，作為某一類書的專有名詞，其範圍包括以「詩格」、「詩式」、「詩法」等命名的著作，其後由詩擴展到其他文類，而有「文格」、「賦格」、「四六格」等書，乃至「書格」、「畫格」、「字格」之類。從初唐一直到北宋，文壇上曾廣泛流行過「詩格」一類的著作。

〔註52〕 《文鏡密府論》，（日本）遍照金剛撰，王利器校注，中國社會科學出版社，1983 年7月第一版。

窗雜錄》〔註53〕、《詩法統宗》〔註54〕及《詩學指南》〔註55〕等書等書窺探原
貌。詩格這類著作的內容多爲作詩的格、法，資料相當瑣屑，加上這類書的
時代、眞僞、書名、人名等方面都存在著種種疑問，因此過去對於唐代詩格
中詩歌理論的研究向來不多。近來學界對於詩格資料的整理日多，目前以張
伯偉研究的成績最爲可觀，近年著力整理文獻，編著有《全唐五代詩格校考》
（西安：陝西人民教育出版社，1996 年 7 月第一版）一書。

　　據張伯偉《全唐五代詩格校考》一書所考，現存全唐五代的詩格有二十
八種，史志存目的有二十一種，出於僧人之手的詩格計分別如下示：皎然《詩
議》一卷、《詩式》五卷，〔註56〕賈島《二南密旨》一卷，〔註57〕齊己《風騷
旨格》一卷、《玄機分明要覽》一卷（該書僅存目，見錄《宋史・藝文志》「文
史類」），虛中《流類手鑑》一卷，辭遠《詩式》十卷（該書僅存目，見錄《宋
史・藝文志》「文史類」）。

　　皎然的詩論在唐代不僅具有代表性，而其詩僧的特殊身份，更使得他成
爲我們研究詩歌與佛教關係時的重要指標。我們知道沙門中撰寫詩格聞世者
以皎然爲代表，皎然乃沙門中最早有文學理論作品傳世的僧侶，其《詩式》
之作最爲早出，也最爲重要，我們發現不僅皎然以後相繼有許多僧人仿效皎
然撰寫「詩格」，且晚唐人撰寫詩格，或以皎然爲範例，或以皎然的意見作爲
自己立論的基礎，這個有趣的現象，曾引起學者的興趣，如張伯偉〈佛學與
晚唐五代詩格〉（見《中華文史論叢》第 48 輯，1991 年；又見《禪與詩學》，
頁 3～29，杭州：浙江人民出版社，1992 年）一文，便從詩格的形式和內容

〔註53〕　舊題南宋陳應行編的《吟窗雜錄》，今國立故宮博物院藏有明嘉靖戊申（27年）
　　　　崇文書堂刻本。上海圖書館藏有明刻本，美國國會圖書館藏有明抄本微卷，
　　　　日本京都大學附屬圖書館藏有日本文政九年官刻版。據羅根澤先生所考本書
　　　　實出於北宋蔡傳所編，見《中國文學批評史》第五篇第三章（臺北：文史哲
　　　　出版社，1980年9月臺二版），頁55～57。
〔註54〕　《詩法統宗》，明胡文煥編，南京大學圖書館藏羅根澤校張漫游手抄本。
〔註55〕　《詩學指南》，清顧龍振輯，1970年臺北廣文書局據清乾隆刊本影印。
〔註56〕　皎然，大曆、貞元間詩僧，《詩式》是其主要論詩著作，《詩式》有一卷本和
　　　　五卷本兩種。《歷代詩話》、《學海類編》所收只有一卷本。清人陸心源編的《十
　　　　萬卷樓叢書》收有五卷本，可窺其全貌。
〔註57〕　前人多以爲賈島《二南密旨》爲僞作，但迄今尚未能發現堅強有力的證據以
　　　　定其僞，故也有學者以爲雖未必出自其手，但也可能包含其遺說在內，從其
　　　　引用的詩例來看，均爲大曆詩，可知《二南密旨》乃賈島詩風的產物，即使
　　　　是僞托的，仍與賈島的詩學相通。

（術語、概念的運用），考察過佛教對於晚唐五代詩格大量出現的影響。

由於皎然在唐代詩論中的地位相當重要，我們甚至可以說在整個中國詩歌理論史也當重要，所以皎然的詩論最爲學界所重視，學人研究唐代詩僧的詩論，也多把焦點放在皎然。

有關皎然的詩論這一方面的論述，實在很多，其實這方面的論述在一般文學批評史、古典詩學理論等著作中，都闢有專章或立專節來討論，如：羅根澤《中國文學批評史》（臺北：文史哲出版社，1980 年）、羅宗強《隋唐五代文學思想史》（上海：上海古籍出版社，1986 年）、袁行霈、孟二冬、丁放《中國詩學通論》（合肥：安徽教育出版社，1994 年 12 月）、莊嚴、章鑄《中國詩歌美學史》（長春：吉林大學出版社，1994 年）、霍然《隋唐五代詩歌史論》（長春：吉林教育出版社，1995 年）、蕭華榮《中國詩學思想史》（上海：華東師範大學出版社，1996 年）等書。而研究《詩式》詩論的專著，則有鍾慧玲《皎然詩式研究》（政治大學中文研究所碩士論文，1974 年 6 月）、許清雲《皎然詩式研究》（臺北：文史哲出版社，1988 年 1 月第一版）一書。

另外對《詩式》的校本或注本，筆者目前所見有四種版本，分別是許清雲的《皎然詩式輯校新編》（臺北：文史哲出版社，1984 年）、李壯鷹的《皎然校注》（濟南：齊魯書社，1986 年）、周維德的《詩式校注》（杭州：浙江古籍出版社，1993 年）、張伯偉的《全唐五代詩格考》（西安：陝西人民教育出版社，1996 年），其中張氏的校本，不僅是校勘皎然的《詩式》而已，乃全面彙編唐、五代的詩論著作，並加以考證校勘的著作。

單篇論文當中，筆者所見者，仍以《詩式》研究者爲多，如：徐復觀〈皎然詩式「明作用」試釋〉（《中外文學》第 9 卷 7 期，頁 28～32，1980 年 12 月，又收入《中國文學論集續篇》，臺北：學生書局，1981 年 10 月第一版，頁 149～154）、王夢鷗〈試論皎然詩論〉（見《古典文學探索》，頁 295～314，臺北：正中書局，1984 年 2 月第一版）、黃景進〈唐代意境論初探——以王昌齡、皎然、司空圖爲主〉（《文學與美學》第二輯，頁 143～167，臺北：文史哲出版社，1991 年 10 月第一版）、陳國球〈詩的體認：皎然詩論初探〉（中國唐代學會主編：《第三屆中國唐代文化國際學術研討會論文集》，臺北：政治大學，1996 年 11 月 24～25 日）、張伯偉〈略論佛學對晚唐五代詩格的影響〉（《中華文史論叢》第 48 輯，1991 年，又見收氏著《禪與詩學》，杭州：浙江人民出版社，1993 年 10 月修訂二版）一文，指出晚唐五代詩格採用內典的術語和形式。

　　目前學界研究皎然詩論的成果當中，多注意到皎然的境論與佛教的關係。如王夢鷗先生〈王昌齡生平及其詩論〉〈試論皎然詩式〉二文（收入《古典文學論索探》，臺北：正中書局，1984 年 2 月第一版）最早指出皎然詩論受王昌齡之影響，且與佛教有密切的關係，王昌齡頗多方外之交，其論文意中頗多禪語，且詩說之錄、流傳與保存，亦多賴於江南禪僧。

　　稍後孫昌武、黃景進、蕭榮華的研究均進一步指出唐人的意境論與佛教法相宗唯識學的認識論有關：孫昌武〈佛的境界與詩的境界〉（收入《意境縱橫探》，天津：南開大學出版，1986 年 10 月第一版，頁 1～18）認爲是皎然的意境論乃受慈恩宗所弘揚的法相唯識學和禪宗的影響；黃景進〈唐代意境論初探——以王昌齡、皎然、司空圖爲主〉，（收入《文學與美學》第二輯，臺北：文史哲出版社，1991 年 10 月第一版，頁 143～167）觀察唐代重要的詩論家每與方外結交，甚且本人即爲方外之人，皎然「取境」之論與《俱舍論》中論「識」有密切的關係；蕭華榮《中國詩學思想史》第四章第四節之三〈境與境生象外〉（上海：華東師範大學出版社，1996 年 4 月第一版，頁 128～134）提到中唐以後以「境」論詩的增多，與佛教的傳播有關，特別是皎然的境論與唯識宗「根」「境」「識」之論有關。

　　至於外文方面，筆者收集的日文資料中，也集中於討論皎然的詩論，如：船津富彥〈詩式校勘記〉（《東洋文學研究》1 號，早稻田大學，1953 年）、船津富彥著:〈今本詩式についての疑い〉（《日本中國會報》第 7 號，1955 年 10 月）、船津富彥著:〈皎然の詩論とその原典批判（一）〉（《東洋文學研究》4 號，早稻田大學，1956 年 3 月）等。

4. 詩僧的詩作

　　對於詩僧作品的實際論述方面，最常見到的是描述型的文章，如：程裕禎〈唐代的詩僧和僧詩〉（《南京大學學報》1984 年第 1 期，頁 34～41）、徐庭筠〈唐五代詩僧及其詩歌〉（《唐代文學研究》第 1 輯，太原：山西人民出版社，1988 年 3 月第一版，頁 177～193）、姜光斗〈論唐代浙東的僧詩〉（1994 年 11 月 22 日浙江新昌「中國唐代文學國際學術討論會」）等文；有的著眼於處理詩僧中的意象，如羅宗濤〈皎然、貫休、齊己詩中的花〉（高雄佛光山：一九九四年中國佛教插花學術研討會，1994 年 4 月 10～11 日）、〈唐五代詩僧之夢初探〉（《政大學報》第 73 期，1996 年 10 月，頁 1～16）二文處理詩僧詩歌中花、夢二個意象，蕭麗華〈晚唐詩僧齊己的詩禪世界〉（《佛學研究中心學報》第 2 期，

1997 年 6 月，頁 157～178；又收入《唐代詩歌與禪學》，頁 173～199，臺北：東大圖書公司，1997 年 9 月第一版）一文，處理了齊己詩歌中白蓮意象。

此外，羅宗濤另有〈貫休與唐五代詩人交往詩淺探〉（臺北中央圖書館：佛教與中國文化國際學術會議，1994 年 7 月）一文，則是分析貫休與時人酬唱詩作中的內容，而蔣寅〈皎然詩禪論〉（《學人》第 3 輯，1992 年）一文，從皎然的生平經歷入手，進一步展示了皎然詩作與佛門宗風的關係。

第一本詩僧研究專著——覃召文的《禪月詩魂——中國詩僧縱橫談》，覃氏是從「詩禪文化」這一個角度來觀察詩僧的，展示了詩僧和僧詩在詩禪文化史上的創作梗概和面貌，他認為詩僧的詩歌長於表現禪境，而且往往是文人筆力所不及，不過這個判斷並未建立在比較及論辨的基礎上。

以上是我對於當前學界研究詩僧成果的概述，在這個概述中除了介紹學人的研究成果外，並企圖檢討他們研究時所採取的研究進路。整體而言，學界對於「詩僧」的論述，仍有許多研究是依附在文人詩歌的研究之下，這些著作雖不是專門針對詩僧的研究，但對詩僧的研究仍有參照的價值。而近幾年來，上述的情況已有改變，學界陸續對詩僧傳記、詩作資料的搜考、整理、研究，反映出學界已開始正視「詩僧」為一個重要的研究議題。而就研究成果而言，大陸方面在研究詩僧的生平傳記、歷史淵源和活動情形等歷史考證上，或者詩作風格分析上，都取得較多的成績，甚至一九九一年十月在湖南益陽，大陸方面還舉行過一次針對詩僧齊己的學術研討會——「唐詩僧齊己詩歌研討會」。〔註 58〕

第五節　本文的架構

在研究唐代詩僧這個主題時，本文不採文學史、列傳的方式來寫，故重點不在詩僧的交游和流派的呈現。本文的寫作不單旨在透過唐代詩僧的創作

〔註 58〕見《唐代文學研究年鑑一九九二年》（桂林：廣西師範大學出版社，1993 年 11 月，頁 21～22）的記載，會中有三十餘人發表論文，完全集中討論齊己的生平或詩歌，可惜筆者無緣寓目。該學術研討會後，1992 年 3 月 1 於益陽成立了「中國歷代僧詩集註」編纂工作籌備組，現已出版了《中國歷代詩僧全集》共晉唐五代卷（主編為沈玉成、印繼梁）、宋代卷（主編為楊鐮）、金元代卷（主編為楊鐮），明代卷、清代卷等五卷，筆者目前只見到《中國歷代詩僧全集》晉唐五代卷三冊。

論探索語言與眞理的關係，以呈現文學與宗教間的互滲情形。筆者亦嘗試藉用當代思潮中對於語言的研究的方法，去探討詩僧的創作論及語言觀，從而指出詩僧在理論及作品背後所彰顯的理論意義。以下簡述本文各章的重點：

第一章「導論」，說明本文選題的意義，研究動機、方法和範圍，並回顧唐代詩僧的研究史，檢討歷代對於唐代詩僧的研究，首先回顧古人對於唐代詩僧的批評，其次整理當前學界對唐代詩僧的研究，並根據學人的研究成果，加以分類，作一概覽性的分析。最後說明本論文的架構。

第二章「詩僧一詞考辨」，本章旨在辨析詩僧與僧詩的不同，爲本文立論選材時的基本依據。本章考察了詩僧一詞的出現，及「詩僧」一詞的內涵，並根據詩歌與偈頌的發展，區別詩僧與文人的不同，而對於「詩僧」一詞的操作定義，則是根據考察唐宋人使用「詩僧」一詞的原初概念來規範的。

接下來幾章分別從詩僧的詩格著作和詩歌創作篩選出詩僧在創作論上的論述或表現，其目的是溯及宋代「以禪喻詩」的理論淵源。
第三章「創作主體與創作對象」，首先從內容方面檢討詩僧的創作論，就唐代詩僧的詩格著作內容言，最重要而且影響最深遠的論述，莫過於皎然的「境」論了，所以本章集中處理皎然的「境」論。而分析皎然「境」論所處理的問題，用現代的理論語言來說，便是創作主體如何攝取、呈現創作對象，以及創作對象如何刺激創作主體的問題。

第四章「創作手法與創作內容」，相對於第三章從詩格著作內容檢討詩僧的創作論，就形式意義而言，本章主要整理詩僧在詩格著作中有關詩歌創作的技巧。第一節「創作方法的基本形態」，整理詩僧以那些術語總結詩歌創作方法，並反省詩僧所使用的詩學術語與佛教名相有無因承關係；第二節「創作手法與文學思潮、文學流派」，則進一步反省詩僧提出的詩歌創作手法與當時文學思潮、文學流派的互動關係。

第五章「創作與信仰」，是從「詩歌的作用」這一層次反省詩歌創作與宗教修悟的關係。而詩僧就這一個問題所持的反面及正面的立場，正好具體表現在「詩魔」和「詩爲儒者禪」這兩個命題的提出。本章藉著上述兩個命題的分析，其實可以進一步印證宋代「以禪喻詩」理論發展痕跡的唐代淵源。

第六章「語言與眞理」，則從「語意層次」探討詩僧的詩歌語言與最高存有之間的關係。首先分析佛教的一般觀點，進而分析詩僧使用詩歌語言在追求、體驗、領悟、表述宗教的終極意義（眞理），是兼採「對應」和「開顯」

二種表現方式的，然後從詩僧的實際創作，可分析出詩僧具體展現詩語言的宗教向度，至少有「明道」、「證道」、「悟道」三面，在這些向度裏，我們又可充份說明「生命」、「詩語」、「存有」三者之間彼此對話與辯證的關係，此亦可證唐代詩僧熟知一般語言的困境，以及對於語言困境的超越。

第七章「唐代詩僧述評」，首先歸納詩僧的對詩論的貢獻，反省詩僧的詩學觀念在詩禪文化脈絡中的理論意義，最後從文學史及禪教史兩方面總評唐代詩僧的成績和貢獻，並給予唐代詩僧應有的歷史定位。

第二章 「詩僧」一詞考辨

　　詩僧的出現是中國詩禪文化史上一個特殊現象，本文有鑑於學界當前使用或定義「詩僧」一詞過於籠統，因此重新梳理文獻，追溯「詩僧」一詞出現的時間，並以歷史上使用詩僧一詞的原義爲依據，分析「詩僧」一詞的內涵。由於中唐至北宋時期是詩壇上最早且普遍使用「詩僧」一詞的時期，也是最能展現歷史上使用「詩僧」一詞原義的時期，爲了正本清源，所以本文特別著力於分析唐宋人對於「詩僧」的描述，透過唐宋人的描述，我們得以了解早期的「詩僧」從事詩歌創作的態度，以及活動的範圍，當然我們藉此可具體了解到唐宋人如何評價「詩僧」的涵養，「詩僧」創作與一般文人創作的差異。

第一節 「詩僧」一詞的出現

　　在唐代龐大的詩人群中，有一支特別引人注目的異軍，這便是當日的僧侶階層了。《全唐詩》卷八〇六至八五一共四十六卷，主要收的是僧家的詩歌，包括僅存殘缺逸句的十四家，總計有一百一十五家，可謂洋洋大觀。〔註1〕其實僧家作詩的數量還不僅止於此，至少還可加上還俗的僧侶如周賀（法號清塞，fl.831～835）〔註2〕、賈島（法號僧本，779～843）二家，兩家詩主要見於《全唐詩》卷五〇三以及卷五七一至五七四。據筆者收集的資料統計，僧家

〔註1〕 見《全唐詩》（臺北：文史哲出版社，1971 年 10 月臺一版），頁 9063～9635。
〔註2〕 見《唐摭言》卷十，收在《學津討原》第二十三函，《百部叢書集成》續編（臺北：藝文印書館，1971 年），葉 8a-b。

爲詩而有詩作或殘句傳世者，已超過四百餘家。〔註3〕我們可確定的是還有更多僧人，他們曾經寫過詩，或從事過詩文活動，但是並沒有任何詩句流傳下來，只有僧名或法號，徒供懷古而已。檢閱《全唐詩》或《宋高僧傳》便有許多這樣的僧人。

唐代僧人作詩的風氣漸開，如以安史之亂爲分期，安史之亂以前有王梵志〔註4〕、寒山（691～793）〔註5〕、豐干、拾得〔註6〕等人較爲著名，安史之亂以後寫詩的僧人驟然增多，士林之間開始出現了「詩僧」這個稱謂。而我們一般籠統的認爲「詩僧」一詞出現於唐代，其實還可以進一步談得清楚一點，許多學人根據《全唐詩》的資料指出現存文獻中最早使用「詩僧」一詞的人，是活動於大曆至貞元間的僧人皎然（720～793 或 798）〔註7〕所寫的一首題爲〈酬別襄陽詩僧少微〉的詩，其實最早指出這條材料的是日本學者市原亨吉，〔註8〕而大陸學人也持一致的看法。〔註9〕皎然這首詩作於大曆十年（775），這一年

〔註3〕 參見「附錄：唐僧作詩名錄及存詩數量」。

〔註4〕 王氏爲初唐時期詩人，生平亡考。

〔註5〕 寒山的生卒年不詳，清王漁洋已懷疑寒山時代之正確性，並推寒山爲元和時期人（fl.806～820）。余嘉錫《四庫提要辯證》卷二十據《太平廣記》所引《仙傳拾遺》等記載推定其爲玄宗先天（713）至代宗大曆（766）或德宗貞元（758）間人。胡適之先生《白話文學史》認爲寒山的年代應在中宗中期到德宗初年（700～780）。陳慧劍《寒山子研究》第三章「寒山時代內證考」（臺北：天華出版公司，1968 年 10 月第一版），考寒山的年代約在中宗至穆宗初年（700～820）。關於寒山的時代，學界至今仍未有定論，很多人誤信了《寒山子詩集》（四部叢刊本）中署名閭邱胤的序言，認定寒山是隋末唐初人，但大陸學人錢學烈則考寒山爲中唐人，見氏著《寒山詩校注》前言（廣東：廣東高等教育出版社，1991 年 10 月第一版）。錢先生定寒山生卒年爲武則天授年間至德宗貞元年間人，約爲 691～793 年，他認爲寒山既非道士，也非和尚，只是一位隱士。本條資料承蒙黃教授啓方提供。

〔註6〕 豐干與拾得的生平已不可考，但據《全唐詩》（臺北：文史哲出版社，1971年 10 月臺一版）作者小傳，他們與寒山大約爲同時期的詩人，頁 9063、9103、9109。

〔註7〕 皎然卒於貞元九年（793）至貞元十四年（798）之間。此據貫晉華《皎然年譜》所考（廈門：廈門大學出版社，1992 年 8 月第一版），頁 143～147。

〔註8〕 見（日）市原亨吉〈中唐初期における江左の詩僧について〉（《東方學報》第 28 冊，1958 年 4 月），頁 219。

〔註9〕 如下列各篇文章都一致提出同樣的看法：程裕禎〈唐代的詩僧和僧詩〉（《南京大學學報 1984 年第 1 期》），頁 34；徐庭筠〈唐代的詩僧和僧詩〉（《唐代文學研究》第一輯，太原：山西人民出版社，1988 年 3 月第一版），頁 177；蔣寅《大曆詩人研究》上編（北京：中華書局，1995 年 8 月第一版），頁 325；

皎然五十六歲，居於湖洲與顏眞卿、李萼、陸羽、康造、崔子向、少游等人游集唱和。〔註10〕該詩詩題下有一小引「詩中答上人歸夢之意」，可知是在夢見僧友後，寄贈這一首詩到襄陽（今湖北襄樊）給少微的，詩云：

> 證心何有夢，示說夢歸頻。文字齋秦本，詩騷學楚人。
>
> 蘭開衣上色，柳向牛中春。別後須相見，浮雲是我身。〔註11〕

詩中皎然稱讚少微的書法能寫秦代古字，作詩能學楚騷風韻。由於從資料上我們難以邃判「詩僧」一詞是否是皎然所創用，很可能在皎然之前或者同時人，已普遍用「詩僧」一詞，而皎然不過是藉用當時一般人對於少微的稱謂而已。

從史料上得知，自皎然以後詩僧一詞便不斷出現，我們翻檢《全唐詩》，還可見到不少有「詩僧」字眼的詩題，如詩僧無可（fl.827～835）〔註12〕的〈贈詩僧〉；〔註13〕詩僧齊己（863？～937？）的〈勉詩僧〉〔註14〕及〈逢詩僧〉。〔註15〕但是使用「詩僧」這個詞者，並不限於僧人，文人中也有人加以使用。如劉禹錫（772～842）在〈澈上人文集紀〉一文中提及詩僧的發展源流，〔註16〕

覃召文《禪月詩魂——中國詩僧縱橫談》（北京：三聯書店，1994年11月一版），頁56。

而研究佛教詩歌成績顯著的孫昌武先生，早年以爲劉禹錫〈澈上人文集紀〉一文是最早記載詩僧一語的文獻，見《唐代文學與佛教》（西安：陝西人民出版社，1985年8月第一版），頁126；而近年他修正這個看法，其新著《禪思與詩情》改稱詩僧一詞最早見於皎然的〈酬別襄陽詩僧少微〉詩，見第十一章「唐、五代詩僧」（北京：中華書局，1997年8月第一版），頁333。

〔註10〕據賈晉華《皎然年譜》所考，頁81～83。

〔註11〕見《全唐詩》卷八一八、冊十二（臺北：文史哲出版社，1971年影印北京中華書局鉛印本），頁9217。

〔註12〕無可生卒年不詳，俗姓賈，賈島從弟，大和年間（827～835）爲白閣寺僧。生平事蹟見《唐詩紀事》卷七十四、《唐才子傳》卷六。

〔註13〕詩云：「寒山對水塘，竹葉影侵堂。洗藥冰生岸，開門月滿床。病多身又老，枕倦夜兼長。來謁吾曹者，呈詩問否臧。」見《全唐詩》卷八一三、冊十二，頁9154。

〔註14〕詩云：「莫把毛生刺，低徊謁李膺。須防知佛者，解笑愛名僧。道性宜如水，詩情合似冰。還同蓮社客，聯唱遶香燈。」見《全唐詩》卷八四〇、冊十二，頁9478。

〔註15〕詩云：「禪玄無可並，詩妙有何評。五七字中苦，百千年後清。難求方至理，不朽始爲名。珍重重相見，忘機話此情。」見《全唐詩》卷八四〇、冊十二，頁9507。

〔註16〕劉氏云：「世之言詩僧，多出江左。靈一導其源，護國襲之；清江揚其波，法振沿之……」，見《劉禹錫集》卷十九集紀（卞孝萱校訂，北京：中華書局，1990年3月第一版），頁240。

白居易（772～846）信佛又好詩，甚至懷疑自己前世是詩僧。〔註17〕

依上述的文獻，我們可以確定的是「詩僧」一詞出現於中唐，更準確一點說是中唐的大曆年間。

第二節　「詩僧」一詞使用背後的含義

自皎然以後，使用詩僧一詞的人相當普遍，如果我們檢閱《全唐詩》便可發現司空圖（837～908）的〈寄詩僧秀公〉、方干（？～885？　或809～873？）的〈贈詩僧懷靜〉、鄭谷（851？～910？）的〈寄詩僧秀公〉，都可見到他們將「詩僧」放入詩題之中，姚合（775？～855？）、許渾（788？～858 或 791～858）等人亦曾使用「詩僧」一詞。

一般想法，沙門是與世俗人大不相同的，他們既選擇了遠離塵囂、刻苦潛修的生活，自然要離捨一切世俗中的歌舞活動，這種對於僧侶角色的期許與認定，在小乘戒律中有明顯而嚴格的規定，如《四分律》提到：

> 於聖法律中，歌戲猶如哭，舞如狂者，戲笑如小兒。〔註18〕

律藏係整理佛陀所制定的戒律，各部派所傳原則相同，但細部則不一致。《四分律》為印度上座部系統法藏部所傳之律典，姚秦弘始十四年（412）譯成漢文，另外大眾部藏的律典《摩訶僧祇律》（東晉義熙十四年，西元418年譯成漢文），與彌沙塞部的律典《五分律》（劉宋元嘉元年，西元424年譯成漢文）中均未見佛陀允許沙門從事外學，可見小乘戒律原則上並不同意僧人吟詠歌舞等行為。〔註19〕

《四分律》為我國所譯各種律本中流傳最廣、影響最大的佛教戒律，自從唐中宗敕令天下同奉《四分律》後，這本戒律便成了官方規定僧人必須遵守的生活規範。〔註20〕釋昭慧曾分析《四分律》中反對歌詠聲舞有以下幾個

〔註17〕白氏〈愛詠詩〉云：「辭章諷詠成千首，心行歸依向一乘。坐倚繩床閒自念，前生應是一詩僧。」，見《全唐詩》卷446，頁5010。

〔註18〕見《四分律》卷五十八，見《大正藏》第二十二冊律部二（臺北：新文豐出版公司，1983年1月修訂版），頁998中。

〔註19〕即使部份律典允許僧人從事俗世歌舞吟詠活動（如《十誦律》及《毘奈耶雜事》，詳參本文第五章第一節之二「詩魔的概念源自小乘的傳統」），而所從事的吟詠歌舞活動，其中必有宗教上的目的。

〔註20〕參見曹仕邦〈記兩種由中國譯場方式編纂的非翻譯佛典：簽定四分律疏、至元法寶勘同錄〉，《中國佛教譯經史論集》（臺北，東初出版社，1990年6月第

重要理由：（一）壞威儀（二）曠時廢事（三）近惡墮惡（四）妨修禪定（五）障礙解脫。〔註21〕唐僧義淨所譯的小乘律部經典中，〔註22〕也與《四分律》持類似的看法，如《根本說一切有部毘奈耶雜事》說：

> 佛言苾芻不應往彼歌舞之處故現其身，若苾芻身作歌舞及以諷詠，
> 或復教人或自收攝或復現身，皆越法罪。〔註23〕

苾芻就是指和尚、出家人，〔註24〕可知小乘戒律中有禁止和尚學習歌舞，或者教人歌舞的明文規定，當然亦不允許和尚在歌舞場所中出現。這條戒規並提到「諷詠」和「歌舞」一樣，都是僧人不可觸犯的律則，可見在小乘戒律中，不僅禁止僧人從事歌舞活動，同樣也禁止僧人從事如一般文人吟詠詩歌的活動。〔註25〕

　　事實上「僧人不可為詩」的戒條，也確實約束著僧人，如詩名盛滿京師的詩僧皎然，六十七歲（786）返湖州居於苕溪草堂，〔註26〕忽然要「屏息詩道」，認為僧人作詩「非禪者之意」，於是拋棄了筆硯，將剛完成的《詩式》

一版），頁122。

〔註21〕詳見釋著《如是我思》（臺北：東初出版社，1989年9月第一版，1990年6月修訂版），頁342～349。

〔註22〕根本說一切有部，梵名 The Sarvāstivādins，為小乘二十部之一，佛陀入滅後三百年頃，由上座部分出者，爾後又分出犢子部等諸部。毘奈耶藏，梵名 Vinaya-pitaka，三藏之一，即律藏的意思。《大正大藏經》二十三、二十四冊收錄義淨譯的小乘律典有：《根本說一切有部毘奈耶》五十卷、《根本說一切有部苾芻尼毘奈耶》二十卷、《根本說一切有部毘奈耶出家事》四卷、《根本說一切有部毘奈耶安居事》一卷、《根本說一切有部毘奈耶隨意事》一卷、《根本說一切有部毘奈耶皮革事》二卷、《根本說一切有部毘奈耶藥事》十八卷、《根本說一切有部毘奈耶羯恥那衣事》一卷、《根本說一切有部毘奈耶破僧事》二十卷、《根本說一切有部毘奈耶雜事》四十卷、《根本說一切有部尼陀那目得迦》十卷、《根本說一切有部百一羯磨》十卷、《根本說一切有部戒經》一卷、《根本說一切有部苾芻尼戒經》一卷、《根本說一切有部毘奈耶尼陀那目得迦攝頌》一卷、《根本說一切有部略毘奈耶雜事攝頌》一卷、《根本薩婆多部律攝》十四卷、《根本說一切有部毘奈頌》三卷等十八部。

〔註23〕見《根本說一切有部毘奈耶雜事》卷四，《大正藏》第二十四冊律部三，頁221中。《毘奈耶雜事》內容記述制律之事緣等，總分八門。先以五言四句之攝頌述其綱領，復於一一門中各以十攝頌細別之，共八十九攝頌。

〔註24〕苾芻，本是雪山的香草名，後用作梵語 bhiksu 的音譯，指出家人、和尚，即「比丘」的異譯。梵語 bhikkhuni，譯作苾芻尼，即女僧、比丘尼。

〔註25〕小乘戒律反對僧人為詩的考慮，基本上是認為詩歌會妨礙宗教上的修悟，在詩僧創作中也有相類似的反映，也就是「詩魔」的問題——以作詩為魔障。

〔註26〕見賈晉華《皎然年譜》，頁127～128。

以及所有的詩文作品束之高閣。不過後來皎然經過湖州太守李洪的開解，便放棄了小乘的看法重拾筆硯創作。〔註27〕這種態度的轉變實受大乘觀點的影響，而檢驗中唐時人的看法，詩歌頗被視爲一種助道的工具，如白居易說道宗的作品是「爲義作，爲法作，爲方便智作，爲解脫性作，不爲詩而作也」，「是故宗律師，以詩爲佛事」，「先以詩句牽，後令入佛智」，〔註28〕劉禹錫說靈澈是「以文章接才子，以禪理說高人」，〔註29〕權德輿說靈澈「皆以文章廣心地，用贊後學，俾學者乘理以詣，因裏而悟」。〔註30〕

　　承上所論，我們可確知的是「詩僧」這一詞是在大曆年間開始使用的，且普遍在大曆以後的中、晚唐詩文中出現，這些情形一方面顯示了「詩僧」已是被僧俗兩階層所共同接納的社會身份；另一方面，或可再進一步的說，「詩僧」這個詞出現於中唐，反映了中唐僧俗各階層已逐漸擺脫小乘戒律中「僧人不可歌詠」的束縛，至少社會上眾人的意識中已經不排斥僧人作詩，甚至認可僧侶在詩歌創作方面的成績，因此，僧侶也可以跟文人一樣，享有詩名。那麼甚麼是「詩僧」呢？「詩僧」這一稱謂的具體內涵爲何？以下我們透過唐宋歷史文獻來考察。

第三節　當前學界對於「詩僧」一詞的定義

　　僧人有詩名，或者有詩歌傳世者，論者概以「詩僧」一詞統稱之。將「詩僧」理解爲有詩歌創作的僧人，不僅過於籠統，而且可能不符合歷史上人們對「詩僧」這一詞的習慣用法。在考察唐宋人使用「詩僧」一詞的歷史含義時，我們不妨先看看當前學界定義「詩僧」一詞的情況。

　　現代學人對詩僧的研究中，如程裕禎先生的〈唐代的詩僧和僧詩〉已談到詩僧的形成和僧詩的特色，但如果我們進一步考察則可以發現程先生並沒有區別詩僧與僧詩的不同。〔註31〕而這個廣泛的看待詩僧與僧詩的看法，其實非常普遍，周勛初先生的看法也是如此。〔註32〕第一本詩僧研究專著——

〔註27〕見《宋高僧傳》卷二十九〈唐湖州杼山皎然傳〉，頁728～729。

〔註28〕見白居易〈題道宗上人十韻并序〉，《全唐詩》卷444，頁4978。

〔註29〕見劉禹錫〈澈上人文集序〉，《全唐文》卷605。

〔註30〕見權德輿〈送靈澈上人盧回歸沃洲序〉，《全唐文》卷493。

〔註31〕程裕禎著：〈唐代的詩僧和僧詩〉。《南京大學學報》1984年第1期，頁34～41。

〔註32〕周氏說：「會做詩的和尚很多，稱爲詩僧。」見氏主編《唐詩大辭典》（南京：

覃召文《禪月詩魂——中國詩僧縱橫談》一書中,判斷詩僧是詩禪文化的重要成員,他有效地提供了我們從「詩禪文化」這一個角度來看詩僧,並展示了詩僧和僧詩在詩禪文化史上的創作梗概和面貌,但是也沒有區別詩僧和僧人爲詩的不同,因此在他的理解下,詩僧就是有詩作傳世的僧人。

而徐庭筠先生的〈唐五代詩僧及其詩歌〉將「詩僧」定義爲:

> 詩僧,詩歌創作在這些僧人的生活中必然占有重要地位,而不是一
> 時動興、偶一爲之。爲了寫出好詩句,這些詩僧也像世俗詩人一樣,
> 終日尋詩覓句,苦心孤詣,飽嚐創作的艱辛。〔註33〕

徐先生從僧人寫詩的動機來定義詩僧,其實只注意到詩僧爲了藝術而創作的一個側面,而推論他們創作態度與世俗詩人一樣,因此在他文中所舉證的對象,就出現了與定義互相衝突的地方。

另外,還有孫昌武先生最早提出「詩僧」就是披著袈裟的文人這樣一個定義,他描述這些文人多半因生活落拓或仕途蹇窒才轉而爲僧侶,所以生活上仍是以詩爲專業。〔註34〕而我們根據郭紹林全面考察唐代士大夫與佛教關係,唐代士人確實有爲了生活和名利等原因而皈依佛門,士人投身空門的原因很多,有的是爲解決經濟困境,有的是爲政治避難,有的想藉佛門清淨地讀書,有的則想藉釋家清名干求利祿等等。〔註35〕但是上述這些功利因素的考慮,顯然不是大曆時期所謂的「詩僧」出家的原因,譬如靈一、清江、法振、皎然、靈澈等人,在高僧傳裏提到他們時,都說他們是因爲宗教的熱忱而投身空門的,且對於宗教修悟都有相當的堅持。〔註36〕所以孫氏最近在出版的新著《禪思與詩情》中,便修正了「詩僧」一詞的定義,他說:

> "詩僧"這個稱呼是有特定含義的。他們不是一般的佛教著作家,
> 也不是普通的能詩的僧人,而專指唐宋時期在禪宗思想影響下出現

　　　江蘇古籍出版社,1990 年 11 月第一版)附錄,頁 48。

〔註33〕見徐庭筠〈唐五代詩僧及其詩歌〉。《唐代文學研究》第 1 輯(太原:山西人民出版社,1988 年 3 月第一版),頁 179。

〔註34〕見孫氏著《唐代文學與佛教》(西安:陝西人民出版社,1985 年 8 月第一版),頁 126～132。

〔註35〕詳參郭紹林《唐代士大夫與佛教》第二章第五、六、七節「士大夫的應舉、出仕與佛教」「士夫夫的隱居與佛教」「士夫夫的避難與佛教」(河南:河南大學出版社,1987 年 8 月第一版),頁 115～132。

〔註36〕如靈一、清江、皎然、靈澈四位詩僧都見錄《宋高僧傳》中,詳見本文第一章第二節「詩僧的界定」的分析。

　　的一批僧形的詩人。他們與藝僧（琴、畫、書）等一樣，自中唐時期出現，兩栖於文壇與叢林，是禪宗大興所造成的獨特社會環境的產物。〔註37〕

在這個認識下他排除了六朝的支遁、慧遠、湯惠休、惠琳等人，也排除了中唐以前的王梵志、寒山、豐干、拾得等人。孫先生在過去的定義上，又加上了時間及信仰兩個條件，而提出一個新定義，他認為「詩僧」就是「專指唐宋時期在禪宗思想影響下出現的一批僧形的詩人」。我們仔細思考這個定義，恐怕仍難以使人信服，雖然南禪大盛於中唐以後，與詩僧一詞開始使用的時間相當，但是如果遽以判斷詩僧就是禪宗的產物，中間似乎缺乏強而有力的說明。

　　其實現代學人在使用「詩僧」這一詞的時候，也有人延續使用歷史上習用的意思，如學人蔣寅〈皎然詩禪論〉一文中，也不認為皎然是披著袈裟的詩人，他認為皎然在當時人們心目中的形象是，具有文學才能的高僧而不是披著袈裟的詩人，〔註38〕這種不強加現代人的意見於歷史的態度，反而反映出尊重歷史的精神。

第四節　唐宋人使用「詩僧」一詞的歷史考察

　　因此本文對於「詩僧」理解的進路，是依歷史文獻使用詩僧一詞原義為依據，因此在正式定義「詩僧」之前，須先分析唐宋時期的一些文獻。

一、（唐）嚴維、皇甫曾、劉長卿、盧綸、李端、錢起、顧況

　　既然可以肯定「詩僧」一詞出現於中唐大曆年間，因此我打算檢討這一段期間的歷史文獻，以期了解當時唐人使用「詩僧」一詞所代表的概念內涵。首先，我們來看現存文獻第一次出現詩僧的地方，也就是皎然直呼為「詩僧」的（766～779）。雖然少微已無詩作傳世，但據獨孤及（725～777）的描述，我們可知少微的文采風流在大曆年間普遍受到文人的欽賞：

　　　　歲次乙卯（775），自京持鉢而來，給事中天水趙公涓賦詩抒別，卿
　　　　大夫已下，屬而和者二十七章。既而飛錫濟江，休于晉陵，又東至

〔註37〕見孫氏著《禪思與詩情》第十一章「唐、五代詩僧」（北京：中華書局，1997年8月第一版），頁333。

〔註38〕見蔣寅〈皎然詩禪論〉，收入《學人》第3輯（南京：江蘇文藝出版社，1992年12月），頁400。

於姑蘇，將涉於震澤，逾會稽，上天台，至國清上方，而止趣靜境
者。不料，遠近登漸門者不計歲月，則上人還斯，詎可知也？上人
之文章，可得而聞也。諸公將議遠別，得不以斯文爲贈乎！〔註39〕

少微在士林間不僅負有詩才文名，我們考察其他文人送給少微的詩作，又可
發現一事實就是，文人相當讚譽少微追求清修的毅力。下面是《全唐詩》中
所錄當時文人題贈給少微的詩歌：

1. 嚴維〈送少微上人東南游〉

　　舊游多不見，師在翟公門。瘴海空山熱，雷州白日昏。

　　片心應爲法，萬里獨無言，人盡酬恩去，平生未感恩。〔註40〕

2. 皇甫曾〈送少微上人東南游〉

　　石梁人不到，獨往更迢迢。乞食山家少，尋鐘野寺遙。

　　松門風自掃，瀑布雪難消。秋夜聞清梵，餘音逐海潮。〔註41〕

3. 劉長卿〈送少微上人游天台〉

　　石梁人不到，獨往更迢迢。乞食山家少，尋鐘野路遙。

　　松門風自掃，瀑布雪難消。秋夜聞清梵，餘音逐海潮。〔註42〕

4. 盧綸〈送少微上人游蜀〉

　　瓶鉢繞禪衣，連宵宿翠微。樹開巴水遠，山曉蜀星稀。

　　識遍中朝貴，多諳外學非。何當一傳付，道侶願知歸。〔註43〕

5. 李端〈送少微上人入蜀〉

　　削髮本求道，何方不是歸。松風開法席，江月濯禪衣。

　　飛閣蟬鳴早，漫天客過稀。戴顒常執筆，不覺此身非。〔註44〕

6. 錢起〈送少微師西行〉

　　隨緣忽西去，何日返東林。世路寧嗟別，空門久息心。

〔註39〕見獨孤及〈送少微上人之天台國清寺序〉，《毘陵集》《四部叢刊》正編第三十
　　　　三冊（臺北：商務印書館，1979年影印），卷十六，葉8b。

〔註40〕《全唐詩》卷263，頁2923。

〔註41〕《全唐詩》卷210，頁2183。

〔註42〕《全唐詩》卷147，頁1482。皇甫曾、劉長卿二詩差別甚少，恐其一是誤植或
　　　　重收，而據《文苑英華》卷219，載此詩爲劉長卿作，故作者應以劉長卿爲是。
　　　　《文苑英華》蒙李建崑教授於中興大學所舉行的「第二屆通俗文學與雅正文學
　　　　學術研討會」中賜補，謹此致謝。

〔註43〕《全唐詩》卷280，頁3180。

〔註44〕《全唐詩》卷285，頁3244。

人煙一飯少，山雪獨行深。天外猿啼處，誰聞清梵音。〔註45〕

7. 顧況〈送少微上人還鹿門〉

少微不向吳中隱，爲箇生緣在鹿門。行入漢江秋月色，襄陽耆舊幾
人存。〔註46〕

8. 熊孺登〈野留別少微上人〉

若爲相見還分散，翻覺浮雲亦不閒。何處留師暫且住，家貧唯有坐
中山。〔註47〕

9. 戴叔倫〈送少微上人入蜀〉

十方俱是夢，一念偶尋山。望刹經巴寺，持瓶向蜀關。

亂猿心本定，流水性長閒。世俗多離別，王城幾日還。〔註48〕

10. 歐陽詹〈送少微上人歸德峰〉

不負人間累，棲身任所從。灰心聞密行，菜色見羸容。

幻世方同悟，深居願繼蹤。孤雲與禪誦，到後在何峰。〔註49〕

透過上面嚴維（fl.757）〔註50〕、皇甫曾（？～785）、劉長卿（？～790？）、
盧綸（？～799？）、李端（？～785？）、錢起（710？～782？）、顧況（727？
～816？）、熊孺登（fl.815）〔註51〕、戴叔倫（732～789）、歐陽詹（757？～
802？）等人送給少微的詩來看，少微雖然「識遍中朝貴」，但是他卻不因此
而攀緣權貴，改變求道的決心，也沒有任何干祿世俗的意味，他「削髮本求
道」，爲了求道他經常不辭辛苦四處游方，即使「乞食山家少，尋鐘野寺遙」
「人煙一飯少，山雪獨行深」，卻能甘之如飴，認爲「何方不是歸」，其游方
的足跡曾到江南的會稽（浙江）、姑蘇（江蘇），以及江北的川蜀（四川）、鹿
門（山西孟縣）等地，從上述諸詩看來，少微應是一位重視清修、追求淨境

〔註45〕《全唐詩》卷237，頁2634。
〔註46〕《全唐詩》卷267，頁2969。
〔註47〕《全唐詩》卷476，頁5421。
〔註48〕《全唐詩》卷273，頁3082。
〔註49〕《全唐詩》卷349，頁3905。以上熊孺登、戴叔倫、歐陽詹等三條資料蒙臺
大《佛學研究中心學報》審查委員賜補。
〔註50〕嚴維，生卒年不詳，但尚可考知其於至德二載（757）登進士辭藻宏麗科。見
《唐詩大辭典》，頁149。
〔註51〕熊孺登，生卒年不詳，與白居易、元稹、劉禹錫、靈澈相唱和。憲宗元和十
年（815）曾持元稹書札至江州會見白居易，事跡散見《唐詩紀事》卷43、《唐
才子傳》卷6等。見《唐詩大辭典》，頁482。

的僧人，由於他的僧格清高，而且又具有文采，所以普遍受到文人敬重。

　　透過文人對詩僧少微的描述，我們初步得到一個看法就是：大曆時期的文人給予少微一個「詩僧」的名號，應該是一個褒詞，〔註52〕可見「詩僧」一詞被使用之初，並不只是單純指涉會作詩歌的僧人而已，僧人得以享有「詩僧」的雅譽，至少應兼具文學和宗教兩方面的表現。因此，就歷史上使用「詩僧」一詞的事實來看，實不容許我們將「詩僧」理解爲披著袈裟的詩人，那些不在乎宗教修持而專事寫詩的僧人，他們的外表雖是僧人，但是骨子裏實與一般詩人無異，這些人不可以當作是詩僧；因此，只有在文學和宗教兩方面都有表現的僧人才可稱得上是「詩僧」。

二、(唐) 劉禹錫

　　以上是基於對詩僧少微的看法所作的分析，我現在要問的是上述這種基於少微而產生的對詩僧的理解，是否也適用在其他詩僧身上呢？爲了解決這個問題，讓我們看看稍晚的劉禹錫（772～842）對當時詩僧的評述：

> 世之言詩僧，多出江左。靈一導其源，護國襲之；清江揚其波，法振沿之。如么絃孤韻，瞥入人耳，非大樂之音。獨吳興畫公能備眾體。畫公後澈承之。至如〈芙蓉園新寺〉詩云：「經來白馬寺，僧到赤烏年。」〈謫汀州〉云：「青蠅爲弔客，黃耳寄家書。」可謂入作者閫域，豈特雄於詩僧間耶？〔註53〕

這一段材料是現存唐人文獻中第一次對「詩僧」所作的具體說明。劉禹錫在爲詩僧靈澈（746或749～816）的集子作序時提到的，劉氏認爲詩僧當中皎然（720～793或798）的文學成就最高，因爲就文學的廣度言，皎然的創作兼備了各種體式，而靈澈是皎然以後文學成就最高的詩僧。〔註54〕此處我們要問的是：劉氏爲什麼認爲唐代僧人當中以靈一（727～762）爲首，〔註55〕開啓一個「詩僧」

〔註52〕從宋代文人對於「詩僧」的詩風偏狹的評價，以及清末民國虛雲高僧在自己詩歌集出版時，期許僧人不應以「詩僧」自名等處，我們看到中唐以後僧俗使用「詩僧」一詞未必是個褒詞，甚至還有一種貶抑的味道。

〔註53〕《劉禹錫集》，卷十九集紀〈澈上人文集紀〉（卞孝萱校訂，北京：中華書局，1990年3月第一版），頁240。

〔註54〕詩僧皎然、靈澈是最早教導劉禹錫做詩的兩個和尚。參卞孝萱《劉禹錫叢考》（成都：巴蜀書社，1988年7月第一版），頁26。

〔註55〕靈一事蹟見（唐）獨孤及《毘陵集》卷九〈揚州慶雲寺一公塔碑〉；及《宋高僧傳》卷十五有傳，頁359～360。

的風範，繼而有護國（fl.772）〔註56〕、清江（？～811）〔註57〕、法振（fl.767）
〔註58〕等詩僧沿續了靈一的風範。以下我就劉禹錫爲何會說靈一「導詩僧之源」
這個問題來進行討論：〔註59〕

　　基於劉禹錫作爲詩人的基本素養，以及他個人在內學方面的常識，其實
我們可以相信劉禹錫並非不知道在靈一之前沒有僧人作詩，而從下面的一段
話也可證明我們的假設。〈秋日過鴻舉法師寺院便送歸江陵并引〉說：

> 梵言沙門，猶華言去欲也。能離欲，則方寸地虛，虛而萬象入，入
> 必有所泄，乃形乎詞。詞妙而深者，必依於聲律。故自近古而降，
> 釋子以詩名聞於世者相踵焉。因定而得境，故脩然以清；由慧而遺
> 詞，故粹然以麗。信禪林之藕蕚，而戒河之珠璣耳。〔註60〕

劉氏這一段「并引」提到「自近古而降，釋子以詩名聞於世者相踵焉」，應是基
於他對僧徒爲詩的一般了解所提出的。我們知道古人使用「近古」的意思是指
距今不遠的時代，〔註61〕如果「今」泛指的是唐王朝，則劉氏的「近古」指的
便是唐以前的年代，包括魏晉、南北朝、隋代等都可以說是近代；如果「今」
指的是他自己當下的帝王的紀年，則「近古」便應當指李唐王朝奠基以來的那
段時間。但是不管是那一個意義的「今」，都表示了劉氏確實知道僧人爲詩並非
始於靈一的這個事實。

　　既然劉氏知道僧人寫詩非始於靈一，卻又說靈一導詩僧之源，那麼，我
們便有需要進一步理解「導其源」這個話是什麼意思？也就是說，我們必須
考察靈一、護國、清江、法振、皎然、靈澈等六位詩僧，是在何意義之下被

〔註56〕護國，生卒年不詳，代宗大曆末年即不見行跡，事蹟見《詩話總龜》卷三十
　　　二，及《唐才子傳校箋》（北京：中華書局，1987 年 5 月至 1990 年 9 月第一
　　　版），卷三，頁 534～535。

〔註57〕清江，生年不詳，疑卒於元和六年（811），《宋高僧傳》卷十五有傳，頁 368
　　　～369，又見《唐才子傳校箋》卷三，頁 537～540。

〔註58〕法振，生卒年不詳，事蹟見《唐才子傳校箋》（北京：中華書局，1987 年 5
　　　月至 1990 年 9 月第一版），卷三，頁 546。

〔註59〕劉氏這一段材料，顯示了另一個值得我們注意的問題，就是中唐詩僧活動範
　　　圍的重點在江左，有關「江左」的地理考察，參見下文。

〔註60〕見《全唐詩》，卷三五七，頁 4015～4016。

〔註61〕如〈項羽本紀贊〉云：「然羽非有尺寸乘埶，起隴畝之中，三年，遂將五諸
　　　侯滅秦，分裂天下，而封王侯，政由羽出，號爲霸王，位雖不移，近古以
　　　來未曾有也。」見《史記》（臺北：鼎文書局，1979 年 12 月點校本第一版，
　　　1986 年 10 月初版三刷），本紀第七，頁 339。

他視爲詩僧的？以及靈一是在何意義之下被他視爲「詩僧」的第一個代表？
這不僅關係到劉氏對於「詩僧」一詞的運用，也關係著我們了解中唐時期使
用詩僧一詞的概念。

對於上述問題的解決，上面所引〈秋日過鴻舉法師寺院便送歸江陵并引〉
的一段話，也可作爲一個內證來說明。現在我們繼續來分析這一段話。劉禹
錫在并序中提出僧侶得以從事創作的有利條件，他認爲：僧人能心地虛靜，
修練入定，摒除世俗欲念，因而能體察萬物，創造出優美的詩境——「能離
欲，則方寸地虛，虛而萬象入，入必有所泄，乃形乎詞」；相對的，因爲入定
體物而創造出來的詩境，必然清麗脫俗，因宗教智慧而凝鍊出來的詩句，必
然精緻豐富——「因定而得境，故脩然以清；由慧而遣詞，故粹然以麗」；雖
然這一段話是在肯定僧家是有條件和能力從事詩歌創作的，但卻也相對地透
露出他概念中的「詩僧」所應具備的特質。

他不把王梵志、寒山、拾得、豐干等人視爲詩僧，而這些僧人有一共同
特色就是詩歌語言相當通俗口語，而且以詩宣理的痕迹相當明顯直接，這種
直接幾乎喪失了詩的含蘊之美，因此，即使這些僧人作了不少詩歌，但他們
並不符合劉禹錫概念中的詩僧，所以當他概述唐代詩僧源流時，並不是從王
梵志或寒山等人開始。依他的話，我們可以理解詩僧必須「能離欲，則方寸
地虛」，也就是不貪求欲望、捨除欲念，以使心虛空而不執著，而心虛空不執
著以後，便能涵納萬有——「虛而萬象入」，而「入必有所泄，乃形乎詞」——
——就是說心中能涵納萬有，那麼凡是從胸中自然流泄出來的文字，就是佳句，
所組成的詩篇就是佳構，便能生出佳境——「因定而得境，故脩然以清；由
慧而遣詞，故粹然以麗」。

透過上面的分析，我們可以確知劉氏所謂的「詩僧」，並不能簡單的說是
有詩歌創作的僧人，或是用心於詩歌創作的僧人；所謂「詩僧」是指有突出
的文學表現的僧人，而他們的突出的文學表現又與他們個人宗教修習息息相
關。也就是說，這個具備僧人與詩人雙重身份的「詩僧」，既要在宗教修養上
用心——即「定」、「慧」方面的修持，也須具有文學上的一定表現力——即
掌握語言的能力，足以使詩歌語具有相當的韻致。

在此我要重申的是劉氏概念中的「詩僧」，是兼具宗教表現和文學表現
的，這與上文我們提到的獨孤及、嚴維、皇甫曾、盧綸、李端、錢起、顧況
等人的看法也是一致的。

三、〔唐〕高仲武

上述獨孤及、嚴維、皇甫曾、盧綸、李端、錢起、顧況、劉禹錫等人對於詩僧的看法頗為一致，也予詩僧創作相當高的評價，論者也許會質疑這些文人與詩僧的交誼不錯，所以彼此酬答的詩文中，難免有過譽的情形。雖然這種讚譽，也是人之常情，確未必是全不可信的。接著我們透過當時的詩歌選本來考察，如高仲武（fl.756～779）所編的《中興間氣集》，〔註62〕此書的選編與評論，大致代表了大曆詩風的傾向──清新雅麗。在這個標準下，高氏選錄了靈一四首五律詩，而且還給靈一的詩歌相當不錯的評價：

> 自齊梁以來，道人工文者多矣，罕有入其流者。一公乃能刻意精妙，
> 與士大夫更唱迭和，不其偉歟！如「泉湧階前地，雲生戶外峰」，則
> 道猷、寶月曾何及此！〔註63〕

上文已提到嚴維與少微的詩歌，他與僧人的交往是相當密切的，他的另一首〈哭靈一上人〉詩中稱讚靈一「經論傳緇侶，文章遍墨卿」〔註64〕言詞中，兼從宗教和文學兩方面立說，我們自然不會意外，但是我們從高氏這一段材料，至少可以肯定的是詩僧在與眾多詩家相比時，絲毫不會遜色，而且靈一刻意精妙之處，更是晉時的僧人如道猷、寶月所不及，這種看法肯定靈一在文學方面的表現，因此我認為中唐文人肯定詩僧文學表現的一面是相當可信的。

四、〔唐〕白居易

與劉禹錫時代相當的白居易（772～846），在唐代文人中是篤信佛教的重要典型之一，他不僅與佛門人物交往密切，而且具有相當精湛的佛學修養，《景德傳燈錄》甚至把他列入南嶽懷讓禪師法嗣的第三世弟子。〔註65〕因此如果

〔註62〕 中唐前期高仲武的《中興間氣集》選編當時詩人篇什，起自肅宗至德初年（756），迄於代宗大曆末年（779），詩人共二十六人，詩作共一百三十餘首。各詩人均綴有評語，所選詩以五律為多，五古次之，高氏常用清雅、婉麗、綺靡、巧用文字等評語讚美詩人，因此這些評語也可當作是高氏品評詩人的主要標準。參見王運熙語，見周勛初主編《唐詩大辭典》，頁533。

〔註63〕 《中興間氣集》，收入《四部叢刊》第九十三冊（臺北：商務印書館，1976年據上海涵芬樓借嘉興沈氏藏明刊本影印）卷下，葉12a。

〔註64〕 見嚴維〈哭靈一上人〉，《全唐詩》，卷二六三，頁2921。

〔註65〕 見《景德傳燈錄》卷十「白居易」條下，提到白居易是南嶽懷讓禪師第二世弟子如滿禪師的法嗣。《燈錄》說白氏每到任守的縣治，「多訪祖道，學無常師」，可謂交游一半在僧中，如曾經寫信給濟法師時，「援引維摩及金

我們透過白居易對詩僧的詮釋，應該有相當的參考價值。在這裏我先引述白居易〈題道宗上人十韻并序〉：

> 普濟寺律大德宗上人法堂中，有故相國鄭司徒、歸尚書、陸刑部、元少尹及今吏部鄭相、中書韋相、錢左丞詩。覽其題皆與上人唱酬；閱其人，皆朝賢；省其文，皆義語。予始知上人之文，爲義作，爲法作，爲方便智作，爲解脫性作，不爲詩而作也。知上人者云爾，恐不知上人者，謂爲護國、法振、靈一、皎然之徒與？故予題二十句以解之。
>
> 如來說偈讚，菩薩著論議。是故宗律師，以詩爲佛事。一音無差別，四句有詮次。欲使第一流，皆知不二義。精潔霑戒體，閒淡藏禪味。從容恣語言，縹緲離文字。旁延邦國彥，上達王公貴。先以詩句牽，後令入佛智。人多愛詩句，我獨知師意。不似休上人，空多碧雲思。

〔註66〕

根據詩前「并序」，可知道宗是普濟寺僧，在道宗的法堂上有故相國鄭司徒、歸尚書、陸刑部、元少尹及今吏部鄭相、中書韋相、錢左丞等朝中顯貴酬唱道宗的詩作，白居易認爲道宗作詩的動機既不是爲朝貴而作，也不是爲文學而作，而是「爲義作，爲法作，爲方便智作，爲解脫性作」，也就是爲宗教而作。

白居易以詩來解釋道宗作詩的意旨和特色，詩中描述道宗作詩的態度是「以詩事爲佛事」，作詩的目的是「先以詩句牽，後令入佛智」，所呈現的詩歌風格是簡潔清淡、不拘泥於文字的——「精潔霑戒體，閒淡藏禪味。從容恣語言，縹緲離文字」，因此讀者在讀道宗的詩歌時，不應耽溺於華辭麗句，而應注意詩句背後的眞意——「人多愛師句，我獨知師意」。根據白居易的詮釋，道宗這種爲了宗教而藝術的創作意識，在白居易的認知裏，不同於護國、法振、靈一、皎然，也不同於惠休。〔註67〕白居易甚至以詩勸一位僧人應該要專心禪修：「姓白使君無麗句，名休座主有新文。禪心不合生分別，莫愛餘

剛三昧等六經鬪二義而難之，又以五蘊十二緣說名色前後不類，立理而徵之，並鉤深索隱，通幽洞微」，又曾學凝禪師八漸之目時，「各廣一言而爲一偈，釋其旨趣，自淺之深，猶貫珠焉」（臺北：新文豐出版社，1993年4月初版六刷標點本），頁185。

〔註66〕《全唐詩》卷444，頁4978。

〔註67〕惠休原名湯休，有詩名，與鮑照齊名，現存詩十餘首，散見《藝文類聚》、《初學記》、《玉臺新詠》等書。

霞嫌碧雲。」〔註68〕可見，惠休的創作傾向於文學，而道宗「以詩爲佛事」、「先以詩句牽，後令入佛智」，透過詩歌接引世人體會佛教的智慧，詩歌成了宣教明道的工具，顯然這種創作動機是傾向於宗教的。相較之下，護國、法振、靈一、皎然等人則介於道宗與惠休之間，而又比較接近道宗的方式，此正好呼應「并序」裏所說一般人容易混淆道宗爲皎然之徒。白居易在此可說區別了僧人的創作動機有三種不同類型：一是爲宗教而藝術，以道宗爲代表，二是介乎宗教與藝術之間，以護國、法振、靈一、皎然等詩僧爲代表，三是純爲藝術而作，以惠休代表。這三類僧人的創作動機，正好提醒我們注意詩僧在文學與宗教的兩個成份中，確有比重不同的差異。〔註69〕

五、（宋）贊寧

最後我要利用《宋高僧傳》來考察，劉禹錫所提到的六位詩僧，我們發現僧傳中有靈一、清江、皎然、靈澈等四人入傳。〔註70〕《宋高僧傳》三十卷，爲宋僧贊寧奉詔撰，完成於太平興國八年（983），原書序謂正傳五三三人，附傳一三〇人，實則正傳五三一人，附傳一二五人。除了少部份是南北朝、隋代僧人，大部份都是唐代僧人的傳記。贊寧爲僧人立傳有十個標準，僧人必須在「譯經」、「義解」、「習禪」、「明律」、「護法」、「感通」、「遺身」、「讀誦」、「興福」、「雜科聲德」等方面有所表現才能入傳。〔註71〕換句話說，贊寧爲僧人立傳是著眼於僧人的宗教上的成就，而不是在文學方面的表現。

當然《宋高僧傳》裏的高僧如果在文學上也有突出的成績，受到當時文人的重視，傳文也會記上一筆，如提到皎然「文章雋麗」「兼攻並進，子史經書，

〔註68〕 見〈答次休上人〉，《全唐詩》卷447，頁5036。按：《唐音癸籤》卷二十四「僧用碧雲」條指出碧雲一詞可遠自惠休，頁261。

〔註69〕 就詩僧完成宗教的目的言，其實還存有三個層次差別，這三個層次分別是悟道／證道／明道，具體的說就是藉著詩歌擺脫現實的羈絆，藉著詩歌呈現意識中悟道的智慧和觀照，或透過詩歌成爲接引眾人了悟明道，這三個層都指向詩歌是一個宗教性的工具。

〔註70〕 靈一傳，見《宋高僧傳》卷十五，頁359～360；清江傳，見《宋高僧傳》卷十五，頁368～369；皎然傳，見《宋高僧傳》卷二十九，頁728～730；靈澈傳，見《宋高僧傳》卷十五，頁369～370。至於護國、法振未入《宋高僧傳》，生平資料亦相當有限，根據《唐才子傳》，我們僅知他們二人與清江一樣都是天寶、大曆間的江南僧，大曆初都有詩名，且都與當時的詩人如王昌齡、皇甫冉、韓翃、李益、嚴維等人相互唱和，另參本文註26、28。

〔註71〕 見〈大宋高僧傳序〉，《宋高僧傳》頁2～3。

各臻其極，凡所游歷，京師則公相敦重，諸郡則邦伯所欽」。〔註72〕另外，我們又發現不在劉禹錫所舉的詩僧行列中，但差不多與詩僧皎然同時的僧人玄晏（742～800），在《宋高僧傳》有一段記載也是兼及宗教與文學兩種表現的：

> 釋玄晏，江夏人也，姓李氏。祖善而博識多學，注《文選》，……晏少習毗尼，長學金剛，解空破相，臻極玄奧。而聞律藏有一時外學之說，或賦詩一章，運思標拔，孤游境外。彭城劉長卿名重五言，大嗟賞之。由是風雲草木，每有賦詠，輒爲工文者之所吟諷也。」〔註73〕

玄晏列入《高僧傳》，他在宗教方面的表現自然受到肯定，所以傳文說玄晏「少習毗尼，長學金剛，解空破相」，已達到玄奧的境界。此外傳文又提到玄晏有文學表現，它一開始便說玄晏的祖父是注《文選》的李善，這便提醒讀者注意玄晏的文學表現，恐怕與他的家風有關。此外，傳文又提到劉長卿贊嘆他的詩才，問題是玄晏到底是在何種創作方式下，得到劉長卿的高度評價呢？我們不妨嘗試這樣解釋：玄晏寫詩的方式，是由宗教修悟而自然抒發爲詞章的，他偶然有所創作，是「運思標拔，孤游境外」的，這是說他在運思創作之際，能夠超拔於凡塵的羈絆，並且獨游於俗境之外，這種創作方式不是純爲文學而文學，也不是爲了宣揚佛理而文學。很可惜的是，玄晏的詞章已全部散佚，我們無法從實際的作品去檢驗僧傳的描述，目前我們只可以歸納出僧傳的看法：一、玄晏具有不錯的文學造詣，而他的文學造詣的形成，又與他個人在宗教上的修持有密切的關係。二、玄晏他這一種文學與宗教密切相關的創作特色，不僅在大曆時期僧侶的創作中，非常突出，而且也是當時詩人之所以欣賞僧家創作的地方。

此外，僧傳中提到玄晏是江夏人，江夏即今湖北武昌，地理位置屬江右，與劉禹錫所稱許「江左」詩僧的創作方式，也是一致的。因此，在這個概念下，我認爲玄晏其實和皎然一樣，足以被視爲「詩僧」。

綜合以上所述，我們得到一個結論：中唐時期從代宗大曆，經德宗貞元，到憲宗元和時期，文人概念中的「詩僧」是兼具文學與宗教雙方面成就的，文人對於詩僧的評論，反映了中唐時期一些文人是樂於結交僧友——特別是善於寫詩的「詩僧」，這些得到文人高度評價的詩僧有一共通的特色，就是他

〔註72〕見《宋高僧傳》卷二十九〈唐湖州杼山皎然傳〉，頁728。
〔註73〕見《宋高僧傳》卷二十九〈唐鄂州開元寺玄晏傳〉，頁732～733。

們不僅詩作得好，而且在佛教方面有一定的造詣，但值得注意的是──詩僧並非單純指會寫詩的僧人而已，他們是從事文學創作的信仰實踐者，而且在詩歌與信仰兩方面都得時人高度肯定的。

第五節　本文對「詩僧」的定義

　　承上所論，就歷史的事實來說，也許在詩僧使用以前便有詩僧的事實，但是無可否認的是，中唐可以說是詩僧身份自覺的時期，本文根據中唐文人對於詩僧一詞的使用，認爲不妨將詩僧一詞暫作如下理解：

> 「詩僧」指兼有宗教與文學表現的僧侶，也就是說文學與宗教爲詩僧不可或缺的兩個成份，當然這兩成份在詩僧身上必然有著比重不同的差別。

根據上面筆者對於詩僧的定義，詩僧是兼具詩人和僧人雙重身份的，務具文學與宗教兩種表現。因此在沒有宗教表現，只是披著袈裟的詩人，不能視作是詩僧，也就是說只是在外表上具備僧人的樣貌是不夠的；反過來說，僧人沒有實際的文學創作，甚至創作了與詩歌句子長短相當類似的偈頌，也不能稱作是詩僧，譬如燈錄中所載許多作偈的僧人，歷史上便不被視爲是詩僧。

　　從句子長短這個表層形式上看，偈頌與詩歌確有某些類似的地方，但二者究竟是不同性質的創作。從詩家的角度看，偈頌中的禪語入詩即成理障；從禪家的角度看，詩歌的藻飾修飾又有執著文字之嫌。從創作者的立場來看，偈頌因機致教，唯重簡潔，從閱讀者的立場來說，偈頌不在工，取其妙悟而已。相對而言，作詩者則不可一字不工。正因如此，絕大部份詩僧在禪宗史上並不太重要，而那些開宗立派的宗師在詩歌史上也往往名不見經傳。而反過來說，我們看到一些詩僧表現出作詩的謹慎態度，他創作詩歌時也常常冥思苦想，句斟字酌，費心推敲，類似一些苦吟的詩人，這正是突顯了詩僧創作上文學性的一面。

第三章　創作主體與創作對象——
以皎然的「境」論爲中心

　　前人對於唐代詩僧的論述及研究，筆者已在第一章第二章分別進行了批判性的反省和回顧，承上所論，以下所要展開的論述是本論文對於唐代詩僧創作論的研究。

　　唐代詩僧當中實際有詩歌理論著作傳世的僅有：皎然《詩式》、《詩議》、〔註1〕齊己《風騷旨格》，及虛中《流類手鑑》，上述這些著作中顯然又以皎然的《詩式》爲最重要。因爲皎然的詩論，在詩僧當中不僅具有代表性，甚至在整個唐代詩歌理論上，也具備了高度的代表性。

　　我們知道唐代在古典詩學上最重要的一個地位就是從理論上明確提出詩歌「意境」的概念並加以探討，探討「意境論」的學者相當多，〔註2〕而皎然詩論中最關鍵也最具代表性的，正是有關意境方面的論述。由於詩僧皎然的境論在詩僧當中不僅具有代表性，在整個唐代來說具有相當重要的地位，因此本章分析詩僧的「境」論，是以皎然爲中心，一方面反省皎然「境」論的內涵及其理論意義，另一方面並探討「境」論與佛教理論之間的關係。本論

〔註1〕　清顧龍《詩學指南》中所錄皎然的詩格著作，分爲《詩議》、《評論》、《詩式》三種。《評論》所載大部份可在五卷本《詩式》中找到，僅有數則爲五卷本《詩式》所無，此乃別輯皎然評論前人著作以及論述詩歌作法之語者，許清雲、李壯鷹、周維德等校注皎然的《詩式》，亦從《詩式》中獨立出《評論》。
〔註2〕　參見張毅〈建國以來「意境」研究述評〉，附錄：建國以來「意境」研究重要論文目錄，收入南開大學中文系古典文學教研室主編：《意境縱橫探》（天津：南開大學出版社，1986年10月第一版），頁241～259。

文論述的章旨之一，是要彰顯佛教與詩歌的交互關係，本章正是朝向這個目標邁進的。本章首先處理的就是皎然「以境論詩」的問題。

皎然的境論主要有四點：「取境」、「造境」、「緣境」、「境象有虛實」，而我們反省皎然境論的內涵，則涉及創作論中創作主體與創作對象的問題。

為了呼應本文論述的目標，處理詩歌與佛教關係，彰顯佛教對詩歌的影響，因此本篇採取以點觀面的方式來處理詩僧的詩論，也就是選取幾個重要的議題來進行，本章考察詩僧詩格著作中的詩論，打算選取幾個具有代表性的問題來進行細步分析，希望藉由點以觀照面的方式，呈現詩僧詩歌理論與佛教理論之間彼此呼應的關係。

詩歌意境論是中國文藝理論很重要的一個範疇，一般中國文學批評史、文學理論史、詩學史等著作均以專章或專題來處理這個問題，不僅如此，學界專門探討詩歌意境論的文章也相當多，許多學者從不同角度來研究這個範疇的各種問題，有的追溯理論的發展源流，有的闡發理論的具體內容，有的呈現理論發展的階段和影響。﹝註3﹞可說是多采多姿，不一而足。

談到詩歌意境論的形成與發展過程中，一般流行的看法都認為是受到佛教的影響，這似乎已是學界所公認的事實。其實意境論的理論淵源是多方面的，有儒家道家成份，也有佛家的成份，只不過評估這種影響，彼此的重點或看法並不一致而已：﹝註4﹞有的學者著眼於禪宗佛性論、禪定禪寂觀、頓悟法門、不即不離語言觀，﹝註5﹞有的學者著眼於唯識法相宗「萬法唯識」「境由心造」的理論，﹝註6﹞也有學者注意到天台宗的止觀法門，﹝註7﹞還有人著眼於華嚴宗所

﹝註3﹞ 詳見《意境縱橫探》（天津：南開大學出版社，1986年10月第一版）一書所收各篇論文。

﹝註4﹞ 羅宗強便認為詩歌意境理論的出現，有多方面的因素，其中最重要的，當為詩歌創作經驗的累積，除此之外，意境這個概念的來源有二個：一是來自道家，二是來自佛家。意境說的出現，向來多數論者歸結為佛教境界說的產物，實不確。參見羅氏《隋唐五代文學思想史》（上海：上海古籍出版社，1986年8月第一版），頁812～183。

﹝註5﹞ 見周裕鍇《中國禪宗與詩歌》（上海：上海人民出版社，1992年7月第一版）第四章「空靈的意境追求」，頁118～119；李淼《禪宗與中國古代詩歌藝術》（高雄：麗文文化事業股份有限公司，1993年10月臺一版）第四章第一節「禪宗造就意境論」，頁179～219。

﹝註6﹞ 持這種看法的學者相當多，如：陳洪〈意境——藝術中的心理場現象〉，收入《意境縱橫探》，頁19～44；劉暢〈探索"境界"的過程〉，收入《意境縱橫探》，頁260～295；成復旺、黃保真、蔡鐘翔《中國文學理論史》第二冊（北京：北京

追求的一種圓融無礙、交光互影、層層無盡的宗教世界。〔註8〕上述學人的研究成果具有相當的啓發性，對於我們了解意境論與佛教的關係，提供了許多視角。

第一節　「境」字的意義：從一般用法到佛教唯識的轉變

在分析皎然的「境」論之前，我們不妨先考察「境」字的用法及意義的轉變。

考「境」字的原義，是指一定時間長度的終止，據《說文解字》，「境」本爲「竟」字。許愼訓「竟」爲「樂曲盡爲竟」，段玉裁注云：「曲之所止也，引伸凡事之所止，土地之所止皆曰竟。毛傳曰：疆，竟也。俗別制境字，非。」一支曲子演奏完了，就是「竟」，可見「竟」最早是一個時間概念。後來「境」應用在空間的概念，指土地界限，邊境或國界的意思。許多學人指出，佛教傳入中國前，中國古籍中境（或竟）和界二字已通用。〔註9〕

從一般文字訓詁意義上來考察，先秦兩漢至魏晉南北朝時期的境和界二字，主要是標示邊界、國界的範圍和一定時間長度的終止，但有時也指精神現象，如莊子所說的「榮辱之境」、「是非之竟」，與任彥昇所說的「虛明之絕境」〔註10〕就是指某種精神狀態。簡言之，佛教傳入中國之前，「境」字大部

　　　出版社，1987 年 7 月第一版，1991 年初版二刷），頁 123；黃景進〈唐代意境論初探──以王昌齡、皎然、司空圖爲主〉，《美學與文學》第二集（臺北：文史哲出版社，1991 年 10 月第一版），頁 143～144；曾祖蔭《中國佛教與美學》（武昌：華中師範大學出版社，1991 年 10 月第一版），頁 218～219；葉嘉瑩《王國維及其文學批評》（臺北：桂冠圖書公司，1992 年 4 月第一版），頁 238～234。

〔註7〕　參見黃氏〈王昌齡的意境論〉，收入《中國文學理論與批評論文集》（臺北：新文豐出版公司，1995 年 10 月第一版），頁 77～110。

〔註8〕　詳見劉綱紀〈唐代華嚴宗與美學〉，收入《傳統文化、哲學與美學》（桂林：廣西師範大學出版社，1997 年 8 月第一版），頁 286～296。

〔註9〕　關於境字的用法，可參見下列諸文所徵引的文獻：劉暢〈探索境界的歷程〉，《意境縱橫探》，頁 262～264；成復旺、黃保眞、蔡鐘翔《中國文學理論史》第二冊（北京：北京出版社，1987 年 7 月第一版，1991 年初版二刷），頁 123；黃景進〈唐代意境論初探──以王昌齡、皎然、司空圖爲主〉，《美學與文學》第二集，頁 143～144；曾祖蔭《中國佛教與美學》（武昌：華中師範大學出版社，1991 年 10 月第一版），頁 218～219；葉嘉瑩《王國維及其文學批評》（臺北：桂冠圖書公司，1992 年 4 月第一版），頁 238～234。

〔註10〕　《莊子‧逍遙遊》云：「定乎內外之分，辨乎榮辱之境，斯已矣。」，見《二

份用於指時空範圍的終止，偶爾也用來指主觀精神狀態。但自佛教傳入中國，這種情況就產生變化了，佛經的翻譯家們，把境字引入經譯中，境字的含義豐富了。在檢視佛典中「境」字用法之前，我們先從字源來看，梵文有三個字 visaya（意為「感覺作用的區域」），artha（意為「對象」），gocara（意為「心之活動範圍」）都譯作「境」，或譯作「境界」、「塵」。〔註11〕「境」字可說是佛教的常用字，佛教各宗派都有使用，且含義互有異同，以下我們歸納漢譯佛典中「境」的用法有三個：

第一，指宗教修養的程度。如《無量壽經》卷上云：「斯義弘深，非我境界。」〔註12〕《六祖壇經》：「悟無念法者，見諸佛境界」，〔註13〕這些是說佛與眾生、凡與聖各因其所知所覺之程度不同，而有分限差別。

第二，「境」用於指勝妙智慧，也就是說，用「境」指稱佛性、真如或實相。兩晉南北朝時期許多漢譯佛經，出現了許多「境」、「法界」等字詞，如竺道生講習法顯所譯的《涅槃經》時，便將「佛性」譯成「佛界（因）」或「境」。學者呂澂說：「『佛性』指心的原始意義……心之能夠發生作用，而要一定的條件，即『待緣而起』。諸緣中最重要的是『境界緣』（所緣）。換言之，單有心而無境界（緣）也還不能發生作用，既然要有境為條件才能構成『佛性』，所以又把佛性的重點放在境界上，即放在法的實相、法性上。這『佛性』指境的派生意義。《涅槃經》無疑是反映出這一情況的……」。〔註14〕

第三，「境」是指根與識的對象，亦即指心與感官所感覺或思惟的對象。唯識宗主要持這種用法。由於這種用法是佛教認識論中重要的基本理論，且與中國傳統使用「境」的概念有很大的不同，因此下文以較多的篇幅來詮釋。

十二子》（清光緒浙江書局輯校本），頁13c。

《莊子·秋水》云：「且夫知不知是非之竟，而猶欲觀於莊子之言，是猶使蚊負山，商蚷馳河也，必不勝任矣。」見《二十二子》（清光緒浙江書局輯校本），頁52b。

任彥昇〈王文憲集序〉：「斯固通人之所包，非虛明之絕境，不可窮者，其唯神用者乎。」李善注曰：「然其不可窮而盡者，其唯有神用乎？言難測也。……虛明，亦心也。」見李善注《文選》，卷四六，葉653a。

〔註11〕　見《佛光大辭典》（高雄：佛光出版社，1989年第一版），頁5765中。

〔註12〕　《無量壽經》卷上，收在《大正藏》第20冊寶積部下涅槃部全，頁267。

〔註13〕　《六祖壇經》，收在《大正藏》第48冊諸宗部五，頁351中。

　　　以上資料轉引自《佛光大辭典》（高雄：佛光出版社，1989年第一版），頁5766。

〔註14〕　見《中國佛學源流略講》（臺北：里仁書局，1985年1月臺一版）第六講「南北各家師說」，頁128。

　　唯識學的基本主張就是「萬法唯識」,所謂「萬法唯識」就是認爲一切境相皆由識所變現,相傳爲印度大乘佛教瑜伽行派創始人之一世親所作的《唯識三十頌》中有一偈頌頗能說明唯識學的基本主張:

　　　　是諸識轉變,分別所分別,由此彼皆無,故一切唯識。〔註15〕

唯識學把有形的萬物稱爲「法」或「色」,把感受功能叫作「識」,而世界上的一切物質現象——即「法」或「色」——都是心識的產物,現象界一切「分別」和「所分別」,也都是「識」在作用。唐高僧玄奘（602?～664）〔註16〕集合十家釋論所譯成的《成唯識論》,對上面這個偈頌的解釋如下:

　　　　……彼實我、實法,離識所變,皆定非有;離能、所取無別物故,
　　　　非有實物離二相故。是故一切有爲無爲,若實若假,皆不離識。……
　　　　或轉變者,謂諸內識,轉似我、法外境相現。此能轉變,即名分別,
　　　　虛妄分別爲自性故,謂即三界心及心所。此所執境,名所分別。即
　　　　所妄執實我、法性。由此分別,變似外境、假我、法相。彼所分別
　　　　實我、法性,決定皆無,……〔註17〕

這段釋論提到「一切有爲無爲,若實若假,皆不離識」,這就是唯識學「萬法唯識」的意思。「實我」、「實法」就是指宇宙萬有,唯識學認爲宇宙萬有既然都是諸識所轉變的,如果沒有諸識在作用,便沒有「實法」、「實我」,因此「實我」、「實法」並非眞實存在,不可執迷於「實我」、「實法」;換一個角度說,即使「實我」、「實法」並非眞實存在,但是由諸識所變現的「外境」卻又具體存在,如此說來,便不得不承認有一個「識體」的存在,以及在識體認識

〔註15〕　《唯識三十頌》是唯識宗的基本論典,由玄奘漢譯至中土。該偈頌引自玄奘
　　　　譯的《成唯識論》（臺北:老古文化事業公司,1981年9月影印光緒二十二年
　　　　金陵刻經處刻本）卷七,頁279。

〔註16〕　玄奘大師在太宗貞觀朝西行至印度取經,帶回大小乘佛經五二〇夾六五七部,
　　　　大師返國後在太宗、高宗的支持下,先後在長安、洛陽組織譯經院,總計譯出
　　　　七十五部一三三五卷的佛典經論,譯經的内容可謂相當廣泛,包羅佛教各派學
　　　　說的重要經典。玄奘之學精博無涯,不僅在法相唯識之學,但其所闡弘主體則
　　　　爲法相,唯識學在中國的發展,也因玄奘而能形成系統,所以玄奘又被奉爲法
　　　　相宗的祖師。參見湯用彤《隋唐佛教史稿》（臺北:木鐸出版社,1983年9月
　　　　臺一版）,頁176～195。法相宗又稱慈恩宗、唯識宗、俱舍宗、有相宗、五性
　　　　宗、普爲乘教宗、應理圓實宗。見于凌波《唯識三十頌講記》（臺北:佛陀教
　　　　育基金會,1997年8月第一版）第一講「唯識宗學統概述」,頁10。

〔註17〕　見《成唯識論》卷七（1981年9月影印光緒二十二年金陵刻經處刻本）,頁280,
　　　　收在《大正藏》第31冊瑜伽部部下,頁38下。

外境之過程中所產生的「境相」。儘管這些「境相」都是虛妄的，但是我們必須肯認它們的存在。

　　玄奘弟子中有普光（？～664）、法寶（fl.654）二人，〔註18〕曾爲《俱舍論》作疏解，我們從二人的疏解當中，更可清楚的看到唯識學運用「境」字來表示人之感覺或思維的對象。唐僧普光《俱舍論記》云：

> 但是所緣皆名爲境。〔註19〕

> 此言彼者，彼色等境。謂五識身緣彼五境，故言彼識。彼識所依淨色名根。〔註20〕

> 若於彼色等境，此眼耳等有見聞等取境功能，即說彼色等爲此眼等境。功能所託名爲境界。如人於彼有勝功能，便說彼爲我之境界。

〔註21〕

法寶《俱舍論疏》云：

> 十二界，謂六根六識。……於色等境者，謂六根六識等，於色等境之中有功能，故名爲境界。〔註22〕

> 若於彼法此有功能者，正理論云：如人於彼有勝功能，便說彼爲我之境界。釋曰：有境之法，於自境上。有見聞等即說彼爲此法境界。

〔註23〕

普光、法寶解釋六根六識之說相當清楚，他說人之所以能獲取知識，就是因爲人的心靈有六種認識能力，即眼識、耳識、鼻識、舌識、身識、意識等「六識」，識的作用也就是所謂的「了別」，但六識要獲得知識必須有所依，也就是要依眼根、耳根、鼻根、舌根、身根、意根等「六根」，亦即感官及意識之知覺，除此之外，還必須有外境可「緣」，這外境相對於六根六識，即是眼境、耳境、鼻境、舌境、身境、意境等「六境」。簡言之，「六根」、「六識」與「六境」的關係如下：眼識，依眼根生起，認識色境；耳識，依耳根生起，認識聲境；鼻識，依鼻根生起，認識香境；舌識，依舌根生起，認識味境；身識，

〔註18〕普光、法寶約高宗時僧，見《宋高僧傳》卷四，頁68～69（臺北：文津出版社，1991年8月初版，據1987年北京中華書局點校本影印）。

〔註19〕見《俱舍論記》卷一，收在《大正藏》（臺北：新文豐出版公司，1983 年 1月修訂版）四十一冊論疏部二，頁 9 下。

〔註20〕見《俱舍論記》卷一，收在《大正藏》四十一冊論疏部二，頁 15 下。

〔註21〕見《俱舍論記》卷二，收在《大正藏》四十一冊論疏部二，頁 34 下。

〔註22〕見《俱舍論疏》卷二，收在《大正藏》四十一冊論疏部二，頁 495 中。

〔註23〕見《俱舍論疏》卷二，收在《大正藏》四十一冊論疏部二，頁 495 下。

依遍於通體的身根生起，認識輕重冷暖滑澀等觸境；意識，依意根生起，認識一切法境（法指一切事物）。六根六識等有取境的「功能」，而六境所以稱之爲境界，即因可爲這些功能「所依託」，或「所緣」，即認知主體在認知過程中，依照不同之認知功能，在攝受認知對象之過程中，所對應地產生之活動範圍，所以唯識論典中又用「游履」二字。

「游履」二字是六境是六根六識等可以活動的範圍，而且因爲本來每個範圍的性質就各不相同，所以因之也就有不同名稱的境相。丁福保《佛教大辭典》釋「境」一條說：「心之所游履攀緣者，謂之境。如色爲眼識所游履，謂之色境，乃至法爲意識所游履，謂之法境。」〔註24〕便是持唯識的說法。

唯識學的六識說後來衍生成八識說。八識，即指前面所說的六識（眼、耳、鼻、舌、身、意），再加上末那識和阿賴耶識。末那識，依阿賴耶識見分爲根生起，認識阿賴耶識見分而錯覺爲我，以爲其境，於此境上去思量，所以又稱作思量識；阿賴耶識，依末那識見分爲根生起，認識種子、根生身、器界爲境相，有含藏諸法種子及被第七識執藏之故，所以又稱作含藏識。前六根、六識基本上指人的感官系統的反應功能，後二根、二識則摻入理性的成份。〔註25〕此八識之每一識都由自根種生，又都與其相應的心所相爲伴，而認識各種境相。

我們知道兩晉南北朝時期，「境」、「境界」等字詞雖大量出現，但是「境」仍未具有美學方面的含義，也就是說當時「境」仍未在文藝理論上應用。但是上述唯識學中所強調種種識與境產生的關係，透過佛經的譯介，使得佛教認識「境」的理論漸行於中國，這不僅大大豐富中國傳統語言中「境」字的內涵，學界也普遍認爲中國正是在這種新思維的刺激下，逐漸加強了傳統認識心物關係的理論，在中印思潮互相激盪下，「境」字開始出現了美學上的含義，而唐代意境理論的成型，特別是詩僧皎然具體的「境」論，是一個重要的參考指標。考察皎然的詩論共有四個與境有關的主張，也就是「取境」、「造境」、「緣境」、「境象有虛實」四點，下文便依此四點進行論述。

皎然的詩論除見存於《文鏡秘府論》者外，傳世者尚有一卷本和五卷本之別，同時又有不同的名稱──《詩式》、《詩議》、《評論》等，情況頗爲複雜。

〔註24〕　丁福保《佛學大辭典》（臺北：新文豐出版公司，1974年10月台一版），頁2489。
〔註25〕　參見吳汝鈞《印度佛學的現代詮釋》（臺北：文津出版社，1994年6月第一版），頁143～146。

近人周維德與李壯鷹分別都注有《詩式校注》，將詩式與詩議都匯爲一編，頗便
討論，所以我們不妨以周氏與李氏的校注本爲主要參考與徵引之依據，〔註 26〕
來進一步探索這一問題。

第二節　創作主體對於創作對象的呈現

一、取境之說

「取境」之說首先由皎然提出，皎然曾從創作的過程和功效兩方面加以
論述。以下我們分成兩部份來論述：

（一）就過程來說

「取境」是指創作過程中一個攝取、選擇境象的階段，《詩式》卷一第十
九「取境」條云：

> 評曰：或云：詩不假修飾，任其醜朴，但風韻正，天眞全，即名上
> 等。予曰：不然。無鹽闕容而有德，曷若文王太姒有容而有德乎？
> 又云：詩不要苦思，苦思則喪自然之質。此亦不然。夫不入虎穴，
> 焉得虎子？取境之時，須至難至險，始見奇句；成篇之後，觀其氣
> 貌，有似等閑，不思而得，此高手也。有時意靜神王，佳句縱橫，
> 若不可遏，宛如神助，不然，蓋由先積精思，因神王而得乎！〔註 27〕

《文鏡秘府論》南卷「論文意」收有皎然《詩議》的一段文字，與上面《詩
式》所說的很相似，茲引如下：

> 或曰：詩不要苦思，若思則喪于天眞。此甚不然。固須繹慮于險中，
> 采奇于象外，壯飛動之句，寫眞奧之思。夫希世之珠，必出驪龍之
> 頷，況通幽含變之文哉？但貴成章之後，有其易貌，若不思而得也。
> 「行行重行行，與君生別離」，此似易而難到之例也。〔註 28〕

分析上面二段話，透露出「苦思」與「自然」兩種不同的創作方式。「自然」的

〔註26〕 李壯鷹《詩式校注》（濟南：齊魯書社，1986年3月第一版，1987年7月初版
　　　　二刷），以下簡稱李注《詩式》。周維德《詩式校注》（杭州：浙江古籍出版
　　　　社，1993年10月第一版），以下簡稱周注《詩式》。
〔註27〕 李注《詩式》卷一，頁30。周注《詩式》卷一，頁23。
〔註28〕 王利器《文鏡秘府論校注》（北京：中國社會科學出版社，1983年7月第一版），
　　　　頁326。

創作論，指的是創作不須經過辛苦經營，而是一種自然的流露或呈現；而「苦思」的創作論，則指創作須經過一番自發的努力，作品不是自然而然的呈現，而是自覺地經營出來的成果。如果我們運用「自然」與「自覺」這組概念來理解，顯然地，皎然是主張「自覺說」而反對「自然說」。皎然在《詩式》所駁斥的「自然說」有如下三種：

1. 詩不假修飾，任其醜朴，但風韻正，天真全，即名上等。
2. 詩不要苦思，苦思則喪自然之質。
3. 有時意靜神王，佳句縱橫，若不可過，宛如神助。

第一，自然說認為詩歌只要「風韻正，天真全」就已經是好詩，皎然首先修正這種說法。所謂「風韻正，天真全」指的是詩家性情能在作品中自然流露，皎然以婦德比喻，可見這部份應屬於作品的內容問題。皎然駁斥這種自然說，並不是說詩歌不需要含蘊詩人的性情，皎然的自覺說是主張詩家在作品中自然流露才性之外，還須在形式部份加強修辭方面的努力，所以他說光有婦德的無鹽，當然比不上兼具婦德、婦容的王太妃。

第二，自然說認為苦思經營反而會斲喪詩歌自然之質，皎然認為這根本忽視了創作者必經構思取景的過程，一首好的詩作在完成時，呈現出了無斧斲之跡的自然之美，但是在完成前，必有一個經歷，因為作品的完成，不可能一任自然不加斤斧就可以產生的，這其間必然經過創作主體有意識的自覺的努力。

第三，自然說主張創作靈感的暢旺完全賴神力的作用，皎然也是持反對態度。他以為「神王（旺）」（也就是靈感豐沛）的出現，並非如羚羊掛角、無迹可尋，靈感之所以出現，也需要創作者長期的努力，「先積精思」是「神王」的條件，以說掌握靈感的方法就是自覺的努力。

「取境」之說，是皎然回應自然說對於自覺說的批評提出的。所謂「取境」是一創作活動，屬於創作過程中一個階段，皎然認為「取境」要面對險難，從險難處下手是奇句佳篇的產生條件。以下我要進一步分析「難」、「險」與「奇」的關係。

皎然曾說過作詩不可「以詭怪而為新奇」、「以爛熟而為隱約」，〔註29〕這便是主張作詩貴有新意，應避免熟爛，因此所謂「奇」當指新奇。皎然認

〔註29〕李注《詩式》卷一「詩有六迷」條下，頁 19；周注《詩式》卷一「詩有六迷」條下，頁 10。

為奇句佳篇的獲得要從「至難至險」下手，因此「至難至險」便是對詩人在馳聘想像力，以及想像過程中意境的提煉、文字形式的表現和固定的要求，所以「險」有奇險的意思，「難」有反覆推敲的意思，皎然《詩式‧序》中曾說：「放意須險，定句須難」，〔註30〕這與《文鏡秘府論》引王昌齡《詩格》的話頗為類似：「所作詞句，莫用古語及今字舊意」「詩有傑起險作，左穿右穴」「凡詩立意，皆傑起險作，傍若無人，不須怖懼」。〔註31〕

其實，分析皎然的審美傾向，皎然欣賞的是一種「典麗」、「奇險」「飛動」的美，如皎然說的「詩有七至」：「至險而不僻，至奇而不差，至麗而自然，至苦而無迹，至近而意遠，至放而不迂，至難而狀易。」〔註32〕詩要「至奇」、「至險」是指立意構思應有驚人之處，應出人意表，不落俗套，而不是「虛誕」、「怪僻」的意思；詩要「至麗」、「至苦」、「至難」，與皎然強調取境須自覺努力的主張相互呼應。

如果我們將皎然這種審美傾向，對照詩歌發展的歷史來看，皎然認為「奇句」的取得與境之「難」、「險」有關的這種看法，不正反映了大曆以後的審美風尚嗎？中唐從大曆十才子詩風開始轉變，而迥異於盛唐氣盛，這是學界所公認的，〔註33〕因此也有不少學人認為中唐險怪詩派如韓愈、孟郊等是受到皎然崇奇尚怪的思想與其所領導的吳中詩派的影響。〔註34〕

〔註30〕見李注《詩式》序，頁1；周注《詩式》序，頁1。

〔註31〕見《文鏡秘府論校注》，頁289、296、307。

〔註32〕「詩有七至」原作「詩有六至」，《格致叢書》本、《吟窗》抄本、《詩學指南》本，及《詩人玉屑》所引均作「七至」，引文見周氏校《詩式》卷一「詩有七至」條，頁11。李注《詩式》作「詩有六至」，頁21。

〔註33〕這方面的研究可參見劉國瑛《心態與詩歌創作——大曆十才子研究》（上海：學林出版社，1994年2月第一版）、蔣寅《大曆詩風》（上海：上海古籍出版社，1992年8月第一版）及《大曆詩人研究》上、下編（北京：中華書局，1995年8月第一版）等著作。

〔註34〕大陸方面的研究有：趙昌平〈吳中詩派與中唐詩歌〉，《中國社會科學》，1984年第4期；蕭占鵬〈皎然詩論與韓孟詩派〉，《文學遺產》1989年第4期；陳友冰〈傳統的背叛和詩美的創新——淺論中晚唐險怪詩風的流變及其美學價值〉，《中國文哲研究集刊》第10期（臺北：中國文哲研究所，1997年3月），頁183～220。李珍華、傅璇琮則更上推王昌齡詩論影響到韓愈文學理論，見二氏合著〈談王昌齡的詩格〉，《文學遺產》1988年第6期。

臺灣方面的研究有：羅聯添《唐代文學論集》下冊（臺北：學生書局，1989年月第一版），頁209；李建崑〈皎然與吳中詩人之往來關係考〉，《古典文學》第12集（臺北：學生書局，1992年10月），頁91～114。黃景進〈王昌齡的意境論〉，收入《中國文學理論與批評論文集》（臺北：新文豐出版公司，1995年

　　承上所論，「取境」說的提出，正是皎然對於創作活動的重視，它是創作過程中重要的一環。那麼，我們要進一步問，究竟「取境」指創作過程中那一個階段？我們似可從《詩議》那段引文探得消息：皎然在駁斥自然說對於自覺說的批評時認爲詩歌要能夠「寫眞奧之思」，詩人「固須繹慮于險中，采奇于象外，壯飛動之句」；所謂「采奇於象外，壯飛動之句」，就是詩人攝取外在景物做爲進一步可供藝術加工的原始素材，這一種往外攝取的「取景」觀，就是皎然所謂的「取境」，換句話說，「取境」是指創作主體（主）對創作對象（客塵）的攝受過程；劉禹錫說「境生於象外」，〔註35〕說「境」在客觀物象之外形成，不在客觀物象自身，這種看法便是從皎然「取境」說衍生出來，因爲創作者攝取物象以後，在心中形成心象，這一個心象，才是可供創作者從事藝術加工的「境」。

　　而我們追溯「取境」一詞出現的佛典，可發現皎然的「取境」之說與唯識學有高度的關係。唯識宗認爲境乃由識變現，認爲境是心識功能活動範圍之所託，心識有認識的功能和活動，自然便有「取境」一詞的出現。如：

　　　　想：謂於境取像爲性，施設種種名言爲業。謂要安立境分齊相，方
　　　　能隨起種種名言。思：謂令心造作爲性，於善品等役心爲業。謂能
　　　　取境正因等相，驅役自心令造善等。(《成唯識論》卷三)〔註36〕

從《成唯識論》解釋「想」、「思」兩個遍行心所中，我們知道「取境」原指取著所對之境，亦即對某一境界有所貪愛，從而染著於心，不能離脫。又普光《百法明門論疏》說：「領納外塵，覺苦知樂，如是取境，名之爲取。」〔註37〕從普光疏，我們可更清楚理解唯識學中「取境」是指主體心認識、接納外界（客塵），並產生快樂與苦痛的感覺的能力及過程。其實詩人覓意構句、往外攝取景物的過程，便如唯識學所說的「取境」，是一種主攝（受）客（塵）的認知思維過程。詩境是一種能令人心游目想的令人取著的藝術境界，它是主體心象的產物，但又不是客觀實在的複製，就主體對客體的認識活動而言，

　　　　10月第一版），頁77～110。
〔註35〕劉氏説：「片言可以明百意，坐馳可以役萬景，工於詩者能之。……詩者其文章之蘊邪？義得而言喪，故微而難能，境生於象外，故精而寡和。」，見《劉禹錫集》卷十九集紀〈董氏武陵集紀〉（卞孝萱校訂，北京：中華書局，1990年3月第一版）。
〔註36〕見《成唯識論》卷三，頁82，收在《大正藏》第31冊瑜伽部下，頁11下。
〔註37〕世親著，玄奘譯的《百法明門論》亦是唯識學重要論著。

皎然的「取境」說實與唯識學所說的「取境」有高度的關係。因此當前學界不少論者討論詩僧詩歌理論時，多將焦點集中在皎然的「境」論與佛教唯識學之間的關係，而探討唐代的意境論，也會提到佛教唯識學對中國意境論產生的影響。〔註38〕以上我們主要從唯識學的觀點，呈現詩僧皎然的取境說與唯識理論上的關聯性，以下我們來檢討禪定與取境的關係。

　　針對詩人對境的攝取過程，王昌齡有比皎然更具體的描述，現在我們不妨先看看昌齡《詩格》的說法：

> 思若不來，即須放情卻寬之，令境生。然後以境照之，思則便來，來即作文。如果境思不來，不可作也。
>
> 夫置意作詩，即須凝心，目擊其物，便以心擊之，深穿其境，如登高山絕頂，下臨萬象，如在掌中。以此見象，心中了見，當此即用。
>
> 〔註39〕

昌齡的詩論主要是談創作的問題，〔註40〕學界公認皎然詩論受到王昌齡的影響。〔註41〕昌齡在這裏提出了詩人構思時創造意象的方法：所謂「凝心擊物」、「以心擊物」，就是說詩人的創作意識（心）在面對外在許多景物時，不可能照單全收，必經一番攝取別擇，在這個選擇的過程，意識（心）當中必先形成一個心境（境象），所謂「以境照之」、「如在掌中」就是這個心境（境象），在這個境象中，景物有如在掌中清晰可得，「心中了見，當此即用」，便是說詩人可進一步將清晰可得的心象（境象）藝術加工，轉變成詩歌作品。換言之，「境」的作用就在其提供了一個範圍，「照境」就是方便創作主體得以仔

〔註38〕詳見孫昌武《唐代文學與佛教》（西安：陝西人民出版社，1985 年 8 月第一版），頁 175～183；同樣觀點又見孫氏〈佛的境界與詩的境界〉一文，《意境縱橫談》，頁 2～7，以及《佛教與中國文學》（上海：上海人民出版社，1988 年 8 月第一版，1991 年 2 月初版二刷），頁 250。另黃景進〈唐代意境論初探——以王昌齡、皎然、司空圖為主〉一文也是持相同的看法，見《美學與文學》第二集，頁 158。

〔註39〕《文鏡秘府論校注》南卷論文意引，頁 285。

〔註40〕根據日本學者興膳宏的研究指出：《文鏡秘府論》南卷所收諸觀點最精約，並且最能多角度反映出王昌齡文學理論的特色，且南卷所收四十八節文字，幾乎都是創作論。見氏著〈王昌齡的創作論〉，收入《日本學者中國文學研究譯叢》第五輯（長春：吉林出版社，1990 年 3 月第一版）。

〔註41〕關於皎然論詩所受王昌齡的影響，及皎然與昌齡詩論之異同，王夢鷗有深入探討，見王氏《古典文學論探索》（臺北：正中書局 1984 年 2 月第一版），頁 295～314。

細觀照此一範圍中的物象，以發現物象之間的關係及可能的意義；簡單的說這套創造意象的方法就是設「境」觀照以凝結意象。〔註42〕

　　綜而言之，昌齡所談的「照境」及皎然所說的「取境」，有一個共同點就是二人都關注詩人如何將情意轉化爲意象這個問題，不過昌齡強調的重點在主體心的「觀看照見」作用，皎然強調是主體心的「攝取別攝」作用。

　　我們知道梵文 dhyana，漢譯爲禪那或禪定，禪定第一個目標是要達到一心不亂、使心意能專注於一點上（one-pointedness），此一點或爲鼻端，或爲眉間，或爲丹田，或爲佛相，或爲誦佛號，或爲一字眞言，或爲任何所緣之外境，如木、石、方、圓之各種物形及至曼陀羅等。〔註43〕初入禪定的時候，有「覺」、「觀」二種很強烈的粗細不同的心理觀察活動；「覺」一種粗略的心理認識，是了取境界之大略輪廓的粗相；「觀」是指觀察入微的認識，是仔細觀察所緣境之種種一切，細加分別而認取其詳情；初禪時還沒到達停止心理活動的境地，因此就禪的進展來說，思惟作用是被認爲有害的，是要被漸次克服的，到了二禪、三禪、四禪一切「覺」、「觀」的心理活動都停止了。禪定最終的目標，就是令自他一切的有情，皆能趨入解脫或圓滿的菩提覺地。因此禪定之專注一境，是爲了達到轉變身心趨向解脫的相應努力，把心意專注一境，使妄念不生，即是制伏潛意識中種子使之不能現行的直接辦法，專注於一境則不能接受境對感官的刺激，眼、耳、鼻、舌、身、意等六個識皆相對停止了活動。

　　承上所說，假如我們要說昌齡有關將情意轉化爲意象的主張，與禪定的過程有相當類似性的話。那麼，我們只可說昌齡重在「觀看照見」的「照境」，還只是初禪的階段「觀」的作用，因爲到了二禪以上「觀」的心理活動停止了。現在我們再回過頭來檢視皎然的「取境」、「采奇于象外」等說法，似乎與禪定的過程沒有直接的關係。

──────────

〔註42〕根據黃景進教授的研究指出，昌齡設境觀照以取象的理論，很可能是受到天台止觀禪定的影響，見黃氏〈王昌齡的意境論〉，《中國文學理論與批評論文集》，頁 77～110。

〔註43〕佛教的禪定功夫，就最重要的觀法而言，可權分爲七大類：（一）依不淨觀或白骨觀而入定，（二）依數息觀或止息觀而入定，（三）依專注一境或一點而入定，（四）依觀想佛相或壇城而入定，（五）依念誦佛號或明咒而入定，（六）依法爾空性而入定，（七）依慈悲喜捨四無量心而入定。參見張澄基《佛學今詮》上冊（臺北：慧炬出版社，1973 年 10 月第一版）第五章「禪定瑜珈論」，頁 267～402。

（二）就功效來說

承上所說，取境是指主體認識客體的認知模式，那麼值得注意的是，這個創作對象（境）與作品有著密切的關係，皎然因此又從功效面談取境，《詩式》卷一「辨體有一十九字」條說：

> 夫詩人之思初發，取境偏高，則一首舉體便高；取境偏逸，則一首舉體便逸。才性等字亦然。體有所長，故各功歸一字。偏高偏逸之例，直於詩體、篇目、風貌不妨。一字之下，風律外彰，體德內蘊，如車之有轂，眾美歸焉。其一十九字，括文章德體風味盡矣。……
>
> 其比、興等六義，本乎情思，亦蘊乎十九字中，無復別出矣。〔註44〕

詩思初發猶如樂曲開始定調，直接關係著全篇的藝術境界的高下，所謂「直於詩體、篇目、風貌」，這便是從功效言「取境」的方式，關係著全篇詩歌格調的高下。因此臨文之際、舉筆下字，要善自選擇，所以說「取境偏高，則一首舉體便高，取境偏逸，則一首舉體便逸」。皎然提出「高」、「逸」、「貞」、「忠」、「節」、「志」、「氣」、「情」、「思」「德」、「誠」、「閑」、「達」、「悲」、「怨」、「意」、「力」、「靜」、「遠」等十九種不同的詩歌所外顯的風韻以及內蘊的體德，其中並以「高」、「逸」二品為冠，這種審美情趣，當與他僧人的身份有關。〔註45〕對於上列十九種詩體，皎然均有一句簡單的說明，其中對「靜」和「遠」二品的解釋，頗能反映「取境」的功效：

> 靜，非如松風不動，林狖未鳴，乃謂意中之靜。
>
> 遠，非如渺渺望水，杳杳看山，乃謂意中之遠。

皎然以為詩人要描寫「靜」、「遠」，並非如實地描寫「松風不動」、「渺渺望水」，詩人以動態來表現意識中的靜，其實就是透過一番「取境」的功夫，讓詩的格調更高而不致落入俗套。所謂的「意中之靜」，如王建「蟬噪林逾靜，鳥鳴山更幽」、王維「雨中山果落，燈下草蟲鳴」、「月出驚山鳥，時鳴春澗中」、「明月松間照，清泉石上流」等詩句，都是藉動態來呈現恬靜、空寂的心緒。同理「意中之動」、「意中之遠」，就是以靜態來表現意識中的動感，以近景表現遠景等手法，這便有賴詩人用心於「取境」；換句話說，詩人用心於「取境」，其功效便是使詩歌創作呈現出不同的風韻格調。

〔註44〕李注《詩式》，頁53～54；周注《詩式》，頁38～39。

〔註45〕見羅根澤《中國文學批評史》（臺北：學海出版社，1980年9月臺二版），頁50。

綜上所言,「取境」可以說是詩人對意境的創造,這個由主體攝取客體的過程,是一種創造,而不只是一種認知而已。「取境」並不是一種鏡現說:主體並不是如實地反映外在境象而已,它會因外在境象(客塵)而引發內在情緒(苦樂);由「取」而得到之「境」,既不等同於單純客觀世界的物境,也不是主觀的情和客觀的景的簡單相加,而是二者水乳交融,密不可分的有機統一體,它不僅要「氣象氤氳」、「意度盤礴」,而且要「情在言外」、「旨冥句中」。所以「取境」是詩歌創作過程中的關鍵環節,決非等閒可得,高手於「取境之時」,「放意須險,定句須難」,「至難至險,始見奇句」。「取境」之時是主體和客體相契合的過程,也是形象思維的過程,它常常伴隨著久積於心,突然勃發的「神王」(靈感);取境的成功與否,關係到藝術作品水準的高低,因此說「取境偏高,則一首舉體便高;取境偏逸,則一首舉體便逸」。由於「取境」關係著主體的情與外在的境的融合問題,關於這個問題,皎然詩論也有觸及,這就是下面我們要論述的「緣境」說。

二、造境之說

皎然對於創作主體的論述,除了「取境」說外,還有一個「造境」說,嚴格說來,皎然的詩格著作當中並未立「造境」一說,雖然「造境」在皎然的詩論中尙未形成具體的論述,而此處專立「造境」這一個論點,是因爲皎然所說的「造境」,也觸及創作主體與創作內容的問題。下面就是「造境」一詞的出處:

> 道流迹異人共驚,寄向畫中觀道情。如何萬象自心出,而心澹然無所營。手援毫,足蹈節,披縑灑墨稱麗絕。石文亂點急管催,雲態徐揮慢歌發。樂縱酒酣狂更好,攢峰若雨縱橫掃。尺波澶漫意無涯,片嶺峻增勢將倒。盼睞方知造境難,象忘神遇非筆端。昨日幽奇湖上見,今朝舒卷手中看。興餘輕拂遠天色,曾向峰東海邊識。秋空暮景颯颯容,翻疑是眞畫不得。顏公素高山水意,常恨三山不可至。賞君狂畫忘遠遊,不出軒墀坐蒼翠。〔註46〕

這是一首觀畫詩,是皎然應顏眞卿的邀請,觀賞玄眞子在置酒張樂跳舞之際所畫的洞庭三山圖,皎然「盼睞」眷顧畫作之後,深爲佩服玄眞子能憑著想像將洞庭三山的景色畫得生動逼眞,讓昨天湖上所見到幽奇景象,今日可以

〔註46〕 〈奉應顏尚書眞卿觀玄眞子置酒張樂舞破陣畫洞庭三山歌〉,《全唐詩》卷821,頁9255～9256。

──重現於手中的舒卷，連顏真卿看玄真子的畫，看到忘神時，翻而懷疑畫中之境是真的，而甚至忘記了遠遊。

皎然在此所提的「造境」一詞，就是創作者運用想像完成藝術創作的過程。「造境」雖然是皎然談繪畫創作時提出的，其實亦適用於理解詩歌創作。皎然認為「造境」之難，在於「如何萬象自心出，而心澹然無所營」，這就是說創作者心中既要含寓萬象，而將心中萬象以藝術形式表現時，又要忘卻萬象，如此才能得萬象之神。換句話說，創作者「造境」必須合乎自然，沒有造作斧鑿痕跡的作品才是上乘的作品。

其實「造境」與上文所談的「取境」一樣，都是談創作主體如何呈現創作對象的過程，但是兩者卻有階段的不同，如果用現代語言來說「取境」是對景寫生，那麼「造境」就是背景寫生了。對景寫生比較側重於面對外在環境時有所篩選、別擇或取捨；而背景寫生則比較側重於主體對於創作對象把握的準確度，就皎然而言，他衡量「造境」優劣的標準，與六朝以來的文藝傳統一樣，講究的不在單一形象的精準，而是主體對於創作對象所彰顯出來的精神氣韻的整體把握。

主體本於外在的境（對象）加以創造或昇華，變成一個主體所對的一個境象、一個心境，這個境象或心境就是創作的意識內容，因此，「造境」便可以說是創作主體對於意識內容的一種把握、整理和創造。皎然的態度就是將主體意識視為「造境」過程中的一個重要關鍵，主體心識既決定「境」以何面貌呈現，也決定著藝術作品的風格取向，如〈白雲歌寄陸中丞使君長源〉一詩中說：「白雲遇物無偏頗，自是人心見同異」，〔註47〕不同的人見雲有不同的感受，當然不同人的「造境」也會呈現不同的境相；此外，皎然還說過：「境非心外，心非境中」，這便說明了「心」涵攝「境」的關係。〔註48〕

我們知道唯識論者認為世間一切的客觀外境皆由識所變現，識又稱作「心」、「意」、「了」，此即強調心識在主體的能動作用。既然境由心造，因此離心、離識，則無一切境相生。《大乘起信論》說：「一切諸法，唯依妄念而有差別，若離心念，則無一切境界之相。三界虛偽，唯心所作，離心則無六塵境界。」〔註49〕換句話說心識可以待境、取境乃至於變境，而不僅僅是單

〔註47〕 〈白雲歌寄陸中丞使君長源〉，《全唐詩》卷821，頁8257～8258。
〔註48〕 見《全唐文》〈唐蘇州開元寺律和尚墳銘〉，卷918，頁9564下。
〔註49〕 《大乘起信論》，收在《大正藏》第32冊論集部，頁577中。

純的客觀現象的反映。比如心理活動時時作「意」，躍躍欲試，以待境取境，當根與境相接時，心識自身就有一種力量，引導著心，心所共觸一境，生起感覺，是爲「觸」；觸境以後，心則有一定的感受與印象，是爲「受」；在此基礎上，識又會發生突變，能綜合而爲意象，是爲「想」；想之後，識自己還會產生對所緣境相的處理，則爲「思」。從作意到思，是由感性到理性的逐步發展過程，而其中心識具有促進與變化作用，包含了識境之間互動互生的複雜關係。

　　綜上所述，我認皎然認爲主體心識決定著境相存在樣態的態度，其實就是唯識論中「萬法唯識」的主張。

第三節　創作對象對於創作主體的觸發：緣境之說

　　皎然有兩個地方提到「緣境」。上文提到皎然將詩歌分爲十九體，用十九字分別作爲概括，並於每字下略加說明，這十九體當中有一體爲「情」，皎然釋「情」，便觸及感情與外境的問題，這是「緣境」說的一個出處：

　　　　情：緣境不盡曰情。〔註50〕

另一出處則出現在皎然〈秋日遙和盧使君遊何山寺宿易上人房論涅槃經義〉詩中說：

　　　　詩情緣境發，法性寄筌空。〔註51〕

上面的「情」是指詩人體現於作品中的感受、體會或情緒，「境」是指作品中所呈現的一種美感世界。「詩情緣境發」就是探討境與識的關係，這關係含涉著二個方向：一個是由內心到外物，另一個便是由外境到內識。就作者而言，詩人將感情投射於詩境；就讀者而言，依緣著詩境可再現詩人的感情。換句話說，詩人的感受、體會或情緒，要透過作品所生成的意境傳達給讀者；而意境的作用，可以把詩人心中的感受、體會或情緒，形象化地呈現在讀者面前。如果說「情」是境的靈魂，那麼「境」就是情的載體，而「詩」就是這兩者有機地統合在一起的產物；因此，當皎然衡量詩歌是否達到「情」的標準（即具有情韻無窮的魅力），就是要看作品中所含蘊的詩人之「情」，能否「緣境不盡」。

〔註50〕李注《詩式》，頁54；周注《詩式》，頁39。
〔註51〕皎然〈秋日遙和盧使君遊何山寺宿易上人房論涅槃經義〉，《全唐詩》，卷815，
　　　　頁9175。

　　至於作者如何將詩情藉著詩境來呈現呢？皎然提出具體的手法就是「比」和「興」。皎然在評論江淹與班婕好的詠團扇時說：「江則假象見意，班則貌題直書」，〔註52〕「假象見意」就是借助形象表達作者的立意。又《詩式・用事》說：「取象曰比，取義曰興，義即象下之意。凡禽魚草木人物名數，萬象之中義類同者，盡入比興。」〔註53〕皎然認為萬事萬物都有外象，每一種物象之後都包含著一定的意義，含義相似或相通的，都可以找出其中類通點，用「比」和「興」的方法來以此見彼。綜而言之，「假象見意」、「緣境」、「取象曰比，取義曰興」都是探討情意與境象的關係，並關係到形象思維的方法及運用。

　　其實，討論情意與境象之間的關係，《周易》的「立象以盡意」，陸機的「詩緣情」說，都是皎然的先聲，皎然的理論繼承前人的理論並進一步深化，這當中是否有其他的因素構成？以下我們試著從佛教的觀點提出一些看法。

　　追溯「緣境」一詞的使用和概念，我們便可發現皎然的「緣境」說與唯識學也有著高度的關係。唯識學論著《成唯識論》卷二：

> 達無離識所緣境者，則說「相分」是所緣，「見分」名「行相」，「相」（分）「見」（分）所依自體名「事」，即自證分。此若無者，應不自憶「心」「心所法」，如不曾更境，必不能憶故。「心」與「心所」同所依根，所緣相似，行相各別，了別、領納等作用各異故。事雖數等，而相各異，識、受等體有差別故。〔註54〕

上面這一段話主要在分析：離識之外沒有客觀外境，識乃緣境相而生。唯識學立論，以為宇宙一切現象（即法相），唯「識」所變。識雖是一種無質礙性的、不侷限於肉身而交遍於法界的功能（能力和功用），但此功能未起現行之前，不稱識而稱種子，種子起現行之時，不稱種子而稱識，而識之現行，必待四緣俱備（這四緣就是因緣、等無間緣、所緣緣、增上緣），也就是說，見色、聞聲、嗅香、覺味乃至推理等認識功能，皆不能離開色聲香味觸等物質性的境相而生起。因此熊十力便曾指出「根、識、境三法，互相依住，識依根及境生，而不以根境親生。一切現象，相依有故。」〔註55〕皎然的「緣境」說，將詩情與詩境看成是緊密緣合的關係，雖然只有簡單兩句話，但其內涵

〔註52〕 見李注《詩式》，頁97；周注《詩式》，頁40。

〔註53〕 見李注《詩式》，頁24；周注《詩式》，頁20。

〔註54〕 《成唯識論》卷二，頁69～70。

〔註55〕 見熊十力《佛家名相通釋》，頁9。

已與唯識學所論「識緣境相而生」的概念，有著高度的類似性。

皎然的「緣境」說，存在著化景物爲情思，用景物來象徵情思的理論架構，這種思惟模式便爲後來許多詩家、詩論家、詞論家所吸收，發展成中國詩論中重要的情意理論。以下略舉數列：

唐代如權得輿〈左武衛曹許君集序〉說：「凡所賦詩皆意與境會」，柳宗元〈奉和楊尙書彬州〉說：「境以道情得」，司空圖〈與王駕評詩書〉說：「長於思與境偕，乃詩家之所尙者」；宋代如葉夢得《石林詩話》說：「意與言會，言隨意遣」；明代如袁宏道〈敘小修詩〉說：「情與境會」，王世禎《藝苑卮言》說：「氣以意暢，神與境合」；清代像王夫之《薑齋詩話》中的「情景合一」理論，主張「情景名爲二，而實不可離」，要寫「景中情」、「情中景」，李漁《窺詞管見》說：「情爲主，景是客，說景即是說情」。〔註56〕

綜上可知，唯識學中「識」與「境」的用語，實相當於中國詩論中「神思」與「景」、「物」和「情」、「意」與「境」等用語。

第四節　創作主體與創作對象的辯證關係：境象的虛實二義

詩歌作品所指涉的世界，有時是明明白白的具體實相，有時又如抽象的虛構體。皎然把詩歌所指射的世界，統稱作「境象」，並注意到了詩歌作品所再現客體與實在客體的虛實差異，皎然《詩議》說：

> 律家之流，拘而多忌，失於自然，吾常所病也。必不得已，則削其俗巧與其一體。一體者，由不明詩對，未皆大通。……夫境象非一，虛實難明。有可睹而不可取，景也；可聞而不可見，風也；雖繫乎我形，而妙用無體，心也；義貫眾象，而無定質，色也。凡此等，可以對虛，亦可以對實。〔註57〕

皎然是在論述律詩對偶問題時提出「境象」的虛實問題的，皎然反對「律家之流，拘而多忌，失於自然」，他所說的「拘忌」，就是「拘限聲病，喜尙形式」的毛病。〔註58〕根據王利器《文鏡秘府論校注》，上文的「境象非一」

〔註56〕以上轉引自《中國詩學辭典》，頁 448、598、770、777、856、859。

〔註57〕見李注《詩式》，附錄二「皎然《詩議》、《評論》」，頁266。

〔註58〕我們從皎然同時期作家所描述當時詩壇的毛病，可見一班。如元結《篋中集·序》云：「近世作者，更相沿襲，拘限聲病，喜尙形似。」元稹〈唐故工部員

是作「境象不一」，但有注語說：「一作『景象非一』」，〔註59〕從王利器的注，我們可以知道這裏有文字上的歧異，但是無論是「不一」或「非一」，我認為皎然所稱的「境象」，並非將分開的二個「境」和「象」合在一起談，反之，「境象」是一個合一體。具體地說，皎然此處所說的「境象」，是指經過作家心靈的再創造而表現在詩歌中的物象，假設我們以客觀物景為第一自然，那麼皎然的「境象」便可說是第二自然。「可睹而不可取」之景，顯然不是客觀物景，而是成了藝術意境——也就是他所說的「境象」——之後所包含的「物象」。所以他說意境所含包的「形」或「象」，都只能既「可以對虛」又「可以對實」的「心象」，因為他們存在於想像的時空中，一方面「繫乎我，而妙用無體」，一方面「義貫眾象，而無定質」，所以是「可睹而不可取」的虛實結合體。創作對象與創作意識所呈現的境象的關係，可以是實與虛，也可以是實與虛的關係。從《詩議》這一段話，可知皎然「境象虛實」說，主要是針對詩家偶對不知活用虛實的道理，拘限聲律一體的毛病而提出的。皎然從創作主體檢討詩家呈現實在客體時有「可以對虛」「可以對實」兩種方式運用，這背後顯示了一個虛實結合運用的更高技巧。

「實」使意境含有鮮明的形象性，「虛」則可以蘊含無窮的含義，給人想像的餘地；實則形象鮮明，虛則餘蘊無窮。

其實在中國典籍中很早便出現了虛實的概念，虛實相對的概念早見諸老莊之中，但將虛實二義應用於詩境，當以皎然為鼻祖。皎然身為佛教徒，對於境之虛實二義，自然不陌生。首先，我們從緣起論的觀點已可看到「境」的虛實二面含義：佛教認為世間一切現象本都是因緣和合而成的，佛教本來就否認實有的生滅的境相，一切境相都是非有、非無虛幻不實象。呂澂便曾指出：「緣起說的本意是說無實在的生滅，若誤解生滅為實有，必須予以否定才能顯示出它的本意。」〔註60〕熊十力也說：「……心物互為緣生，剎那剎那，新新頓起，都不暫住，都無定實。」〔註61〕佛教的緣起說主張無實生滅，非

外郎杜君墓系銘序〉云：「沈、宋之流，研煉精切，穩順聲勢，謂之律詩。由是而後，文變之體極焉。」裴度〈寄李翱書〉云：「時世之文，多偶對儷句，屬綴風韻，羈束聲韻，為文之病甚矣。」見周注《詩式》，頁126。

〔註59〕 皎然《詩議》已佚，佚文尚見存於《文鏡秘府論》南卷及《詩學指南》。王利器注語，見《文鏡秘府論校注》，頁317～318。

〔註60〕 見呂澂《中國佛學源略講》第八講「宗派的興起及其發展」，頁191。

〔註61〕 熊十力《佛家名相通釋》，（上海：東方出版中心，1996）頁6。

生非滅。如有二偈說：

　　一切有爲法，如夢幻泡影。如露亦如電，應作如是觀。〔註62〕

　　衆因緣生法，我說即是空，亦爲是假名，亦是中道義。〔註63〕

佛教即認爲一切事物都處於生滅流轉之中，是虛幻不實、無自性的；世間一切事物如按眞諦看是性空，按俗諦看是假有，能認識其兩面即是中道。《大品般若波羅蜜經》中有著名的鏡花水月等十喻，也說明一切客觀存在的事物都是虛妄的道理。

　　其次，我們從唯識學的觀點看「境」的含義，也是兼具虛實兩面的。承上文所論述，唯識學中「境」指「心之所游履攀緣者」或「意識所游履」，換句話說，「境」就是指被主體感覺功能所感受到的客體，而這個被主體所感知感受的客體，自然可以是客觀具體的外界事物，也可以是主觀感情意識狀態。唯識學認爲「境」本來是沒有的，只是因爲主體心的認識功能，才有與之相待的被認識的「境相」，境既是心識所產生的對象，因此，被認識的「境相」，似實境而實非境。〔註64〕所以無境者不是絕對的無，它只是無識外之實境，並不是無內識自變之似境。而且一切境相雖有千差萬別之相狀，但它們並無眞實的自體，如夢幻泡影，鏡花水月，可睹而無實體可得。就此而言，我們也可籠統地說，佛教在使用「境」字時，「境」既指可虛幻的對象，也可指實存的對象，「境」既含括客觀外境，也含括人的內心之境；「境」可指一種非有非無的虛空之境，「境」也可指一切物質和精神現象。因此，綜合上面佛教緣起論及唯識學的觀點，「境」是同時包括實與虛兩面架構的。那麼，「境象」又是什麼呢？

　　我認爲皎然的「境象」，就是藝術心象的問題，這個藝術心象是由藝術家心靈與客觀物境相融之後所產生的一種精神產品，從性質言，它是一種心象，這種心象既是創作者從客觀物境那裏獲得的，又是經過創作者心靈陶鑄的，其特徵便具有既實而虛、虛實結合的二重性，由於這種「境象」是一種虛實結合體，所以才具有美的生發性、啓示性，可以引發讀者的無窮聯想。也就是說，這種心象既不能脫離所感覺所感知的客觀外境，但也不等於是實在的

────────────

〔註62〕　鳩摩羅什譯《金剛般若波羅蜜經》，收在《大正藏》第八冊「般若部」四，頁752中。

〔註63〕　龍樹著，鳩摩羅什譯《中論》卷四，《大正藏》第三十冊「中觀部」，頁33中。

〔註64〕　如《成唯識論》卷一解釋外境依內識而假立說：「外境隨情而施設故，非有如識，內識必依因緣生故，非無如境。」，頁3～4，收在《大正藏》第31冊瑜伽部下，頁1中。

客觀外境；它既可以是具體生動、可聞可見的形象，但又不是可以具體捉摸的實體，它是「可望而不可置於眉睫之前」的虛實結合體。換句話說，它既反映眞實，但又不複製眞實，它是一種「眞實的幻覺」，用當代現象學美學大師英伽登（Roman Ingarden, 1893～1970）的話說，皎然的「境象」就是一種「創境」，它既不能與眞實存在對象的存在特性畫一等號，但又不能認爲它毫不具有現實的特性，它可說是現實的擴展。〔註65〕

　　就理論來分析審美意向性主體，除了「作者」之外，還應包括「讀者」這個層次，讀者對閱讀文本（作品）的審美體驗，是從模糊到清晰的歷程。如果我們進一步從閱讀主體的立場理解皎然的說法，「境象虛實」說便相當類似英伽頓對文學藝術作品積極閱讀中的審美具體化過程。英伽頓指出藝術作品所再現的客體，只不過是事物之多重圖式化的組合體或綱要略圖，它有許多「未定點」和「空白」需要讀者的想像來補充和具體化。〔註66〕閱讀主體透過作品領悟體會創作主體，讀者通過詩歌的藝術形象感受到它實際存在的實，這個從虛到實的過程正需要讀者的想像力來填補。讀者因受作品的刺激、浸染，而興發起類似，或者產生移情、認同、排斥等等作用，就讀者自身而言，感受或情緒的生發是由虛到實，這便是「由虛生實」。讀者的感情帶入作品使得作品的意義更加豐富，這正是英加頓所說的作品的完成在讀者手上，就作品而言，作品的意義從無到有、由簡單到豐富，這也是「由虛到實」。作品與讀者的關係是虛實相生的。因此中國詩論中頗強調虛實相生之理。

　　詩歌創作當中所呈現的景色等客體，不可太質實，太質實則了無餘味，而應該盡量作到實中有虛，虛中涵實的虛實結合；離實言虛，固然會流於空寂，離虛寫實，不能以實涵虛，則藝術的情趣、聯想等亦將無存。不獨中國人的認識如此，西方亦認爲藝術創作要在於含混朦朧之間才有美感，如「狄羅謂曉達不足感人，詩家當鶩隱味」、「儒貝爾謂文帶晦方工，蓋物之美者示人以美，而不以美盡示於人」、「利奧巴迪反復這詩宜朦朧曖曃，難捉摸，不必固，語無滯

〔註65〕英伽登《文學的藝術作品》一書研究作品的本體論，指出文學的作品是一種「意向性客體」，審美客體與實在客體之間有著清楚的界線。參見胡經之主編《西方文藝理論名著教程》第十章「茵格爾頓的藝術本體論和價值論」（北京：北京大學出版社，1989年11月第一版，1991年12月初版三刷），頁270；及朱立元主編《當代西方文藝理論》（上海：華東師範大學出版社，1997年6月第一版），頁134。

〔註66〕見英伽登著，陳燕谷等譯，《對文學的藝術作品》（臺北：商鼎文化出版，1991年12月臺一版）第十一節「再現客體的具體化」、第十二節「圖式化外觀的現實化與具體化」，頁49～64。

著則意無窮盡……渾淪惚恍，隱然而不皎然，讀者想像自然盤旋」、「叔本華云：作文妙處在說而不說，正如希臘古詩人所謂"半多於全"之理，切忌說盡，法國詩人所謂"詳盡乃使人厭倦之秘訣"」、「愛倫・坡與馬拉梅所主張，流傳尤廣，當世一論師說之曰：使人神藏鬼秘之感，言中未見之物仿佛匿形於言外，即實寓虛，以無爲有，芟隱而未宣，乃宛然如在」。〔註67〕

　　皎然的「境象虛實」說主要是針對創作主體來討論的，但是就理的內涵而言，亦兼及「閱讀主體」這一層次，而我們從皎然以後也看到了詩歌理論朝向「閱讀主體」發展的趨勢，譬如皎然以後，有許多詩話或詩歌評點便喜歡運用虛實並舉的方式來品評作品的高低，我們不妨舉幾個例子來看看。如：明謝榛評貫休詩句「庭花蒙蒙水冷冷，小兒啼索樹上鶯」景實而無趣，太白詩句「燕山雪花大如席，片片吹落軒轅臺」景虛而有味。〔註68〕清馬位《秋窗隨筆》評李白〈邯鄲才人嫁爲廝養卒婦〉詩：「妙在不說目前之苦，只追想宮中樂處，文章於虛裏摹神，所以超凡入聖耳。」〔註69〕清楊際昌說：「詩景有虛有實，若虛實之間，不必常有此，卻自應有此」〔註70〕上述的例子都是從讀者審美的立場來評騭詩歌的。

　　綜而言之，皎然將「境」的虛實二義，應用在闡釋文藝創作過程中的現象，實與佛典中「境」用的虛實二分的框架相當契合，因此我們未嘗不可說運用「境」的虛實概念於實際文藝理論上，其源流當推始於皎然。

第五節　小　結

　　成熟的意境理論應該包括文藝創作與文藝欣賞兩個部份，綜上所論可知皎然的「境」論，主要處理創作主體與創作客體之間的問題，而在文藝欣賞部份尚未有具體論述呈現出來。

　　我們反省詩僧的詩論，從「境象有虛實」這一點，就指出了創作對象與

〔註67〕引自錢鍾書《管錐編》（北京：中華書局，1979年8月第一版，1991年6月初版三刷）第四冊，頁1360～1361。

〔註68〕見明謝榛《四溟詩話》卷一，收在《叢書集成新編》（臺北：新文豐出版公司，1986年1月第一版）第79冊，頁207下。

〔註69〕見清馬位《秋窗隨筆》，收在《清詩話》（臺北：明倫出版社，1971年臺一版），頁831。

〔註70〕見清楊際昌《國朝詩話》卷一，收在《清詩話續編》（郭紹虞編選，富壽蓀校點，臺北木鐸出版社影印本）下冊，頁1687。

創作主體兩邊的架構，這兩面性的架構來講，一方面指出了創作對象的「緣境」說，另一方面又指出了創作主體的「取境」、「造境」說，這是皎然詩論裏面一個比較核心的部份。

第一，境象的虛實問題，「境象」按照我們現在的語言，就是創作主體的意識內容。「境象」的虛實問題存在著「能思」的創作主體，與「所思」的創作對象之間的關係；「境象」與「物象」的關係，就是意識內容呈現意識對象的問題；因此境象的理論，分別指向於創作主體與創作對象兩大範疇。就創作的對象言是「緣境」，就創作的主體而言，又可具體區分為「取境」和「造境」二點。

所謂的「緣境」說指外在的對象，在創作詩歌時產生一個觸發的作用，觸發我們主體的感情，使得我們有詩情的發抒而成為一個作品，意思是說這個外境對創作主體而言是一個觸媒，這是皎然關於創作對象的一個論點。關於創作主體，皎然有兩個論點，一個是「取境」說，一個是「造境」說。「取境」和「造境」是指創作主體由於受到外在環境的刺激和觸發而有了一個構思創作的過程，在構思創作的過程裏，使得他對於外境或是外象有一個構築或篩選，創造或昇華的過程，這就是我們今天所說的藝術加工的過程，而這個藝術加工的過程，皎然分成「取境」與「造境」兩個階段。

以上簡單綜述皎然「境」論的內涵，最後我們來反省皎然的「境」論在意境論發展史上的地位和意義。從歷史的發展來看，意境理論兼有儒、道、釋等成素的影響，如《易傳》的「觀物取象」、六朝玄學的「得意忘象」、「得意忘言」等言意之辨，都為意境理論定下了基本的發展取向。如就文藝理論本身的推展，宗炳的「含道應物」、「澄懷味像」（畫山水序），劉勰的「神與物遊」（《文心雕龍·神思》），姚最的「立萬象入胸懷」（《續畫品》），這些說法沒有採用當時佛教界已經出現的「境」或「境界」的概念或術語，但就理論的內涵均觸及了文藝創作時心物方面如何統一對應的問題，這些論述都為後來意境理論的形成奠下了基礎。

皎然的「境」論思考創作主體與創作對象等問題，使意境理論更趨系統性，在意境理論發展史上是一個具有突破性的階段。而進一步探討其「境」論主要的論點與思維方式，我認為與佛教唯識理論有高度的關係。

本文的論旨，一方面是整理皎然「境」論的理論架構，另一方面則探討這個理論內涵與佛教唯識理論的關係。我們可得到一個結論：皎然自覺地運

用「境」的概念來討論詩歌創作和鑑賞，是使詩歌意境理論成為系統的第一人，影響所及還使得意境理論的發展，開始與佛教結下了密切的關係，如宋代許多詩論喜以禪法論詩，而最具體的莫如宋代嚴羽「以禪喻詩」借禪法來論詩歌創作、欣賞、批評的詩論。

　　皎然是一位兼有詩人及僧人雙重身份的「詩僧」，關於皎然宗派傾向的研究，據目前學界的研究，並沒有直接證據可指出皎然受到唯識法相宗的影響，但是我們相信皎然身為一個兼備內外學修養的僧人，對於玄奘大師引進的唯識理論必然不會毫無涉獵，而且我們直接反省皎然的「境」論，其內涵確與佛教唯識理論中「境」的概念有著高度類似性。就此而言，我們也許可說皎然為日後詩文評理論家運用佛教的概念或理論進行文學批評，樹立了一個模式、開啟了一種風氣。

第四章 創作手法與創作內容——以皎然、齊己、虛中三人的詩格爲代表

　　一般我們可將創作過程析分爲兩個階段，第一階段「構思」，含納萬方，是屬於內在化的過程，而第二個階段「提煉語詞」，將心象具體文字化，是屬於外在化的過程。「境」論乃關於創作主體如何處理創作對象的一個重要論點，上一章我們從詩僧詩格著作中拈出「境」這個論題，主要在處理創作之初有關立意構思的問題，我認爲詩僧這方面論點的形成，與佛教的唯識理論關係最密。

　　而創作主體攝取創作對象之後，必然需要進一步通過文字符號來復現和傳達，而本章則在於處理創作第二階段，亦即將心象外在化的方法問題。詞語提煉的任務是尋找最準確的文字符號把創作對象生動、鮮明地呈現出來，本章的目的便是在檢討唐代詩僧在這一方面的意見。

第一節　詩僧重視詩法的文學背景

　　唐代詩僧不僅有詩格的理論著作直接討論作詩的方法，在創作上也不時表現用心苦吟的態度，在具體分析詩僧所論述的創作技巧前，我們先來看看詩僧是在怎樣的文學背景凝聚出他的詩法理論的。

一、初唐聲律學的繼承與發展

　　從詩歌發展史來看，初唐時期正是律詩的形成與完成時期。殷璠《河嶽

英靈集‧序》云：

> 蕭氏以還，尤增矯飾，武德初，微波尚在；貞觀末，標格漸高，景
> 雲中，頗通遠調；開元十五年後，聲律風骨始備矣。〔註1〕

殷氏的序作於唐天寶中，該序內容雖然講的是詩風，但是已可見初唐聲律之學已具規模。當時如宋之問、沈佺期等詩人都非常講究詩歌句與句之間的平仄、聲韻，又講究頸、頷二聯的對偶。〔註2〕羅根澤指出詩格有兩個盛興的時代，一在初盛唐，一在晚唐五代以至宋代的初年。〔註3〕要掌握中唐以前詩格的基本面貌，最直接材料是日僧空海和尚刪削整理諸家詩格所編成的《文鏡秘府論》六卷，該書是一部集初盛唐詩格大成的著作，書中所涉及的文獻，時間最早的是陸機〈文賦〉，最晚的是皎然《詩議》。〔註4〕中唐以前詩格大抵已散佚，根據《文鏡秘府論》所纂集初唐詩格有上官儀（608～664）《筆札華梁》、元兢（fl.668～669）《詩髓腦》、崔融（653～706）《新唐詩格》、李嶠（646～715？）《評詩格》，〔註5〕盛唐詩格有王昌齡《詩格》，其內容主要有聲調、病犯、對偶及體勢四個部份：

（一）聲調之論見《文鏡秘府論》天卷。該卷秩首先引沈約的《四聲譜》，繼而引崔融《唐朝新定詩格》、王昌齡《詩格》及元兢《詩髓腦》等，最後又引劉善經《四聲指歸》作結束。

（二）病犯之論見《文鏡秘府論》西卷。〈論病〉一節說：

> 顒、約以降，兢、融以往，聲譜之論鬱起，病犯之名爭興；家製格

〔註1〕 殷璠《河嶽英靈集‧序》，見傅璇琮編《唐人選唐詩新編》（西安：陝西人民教育出版社，1996 年 7 月第一版）。

〔註2〕 《新唐書‧宋之問傳》曰：「魏建安後迄江左，詩律屢變，至沈約、庾信，以音韻相婉附，屬對精密。及宋之問、沈佺期，又加靡麗迴忌聲病，約句準篇，如錦繡成文，學者宗之，號爲沈、宋。」又《新唐書‧杜甫傳》贊說：「唐興，詩人承陳、隋風流，浮靡相矜，至宋之問，沈佺期等，研揣聲音，浮切不差，而號律詩，競相襲沿。」

〔註3〕 見羅根澤《中國文學批評史》（臺北：文史哲出版社，1980 年 9 月臺二版）第五篇「晚唐五代批評史」第二章「詩格」，頁 22。

〔註4〕 日本佚名《半江暇筆》說：「唐人論詩，久無專書。其數見於載者，亦僅僅如晨星。獨我大同中，釋空海遊學於唐，獲崔融《新唐詩格》、王昌齡《詩格》、元兢《詩髓腦》、皎然《詩式》等書而歸，後著《文鏡秘府》六卷，唐人巵言，盡在其中。」，見王利器《文鏡秘府論校注》（北京：中國社會科學出版社，1983 年 7 月第一版），頁 19。

〔註5〕 初唐詩格的作者及內容，詳見王夢鷗《初唐詩學著述考》（臺北：臺灣商務印書館，1977 年 1 月第一版）。

式，人談疾累；徒競文華，空事拘檢；靈感沈秘，雕弊實繁。……
泊八體、十病、六犯、三疾，或文義異同，或名通理隔……。予今
載刀之繁，載筆之簡，總有二十八種病，列之如左。〔註6〕

顒、約、兢、融，指的是周顒、沈約、元兢、崔融，病犯之說首出自沈約的
八病說，經空海和尚的整理，初唐人談病犯共有二十八種，除了聲韻上的限
制外，還擴及字義、結構等問題，如其中第十四病「叢聚」如「上句有"雲"，
下句有"霞"，抑是常。其次句復有"風"，下句復有"月"，"雲"、
"霞"、"風"、"月"，俱是氣象，相次叢聚，是爲病也。」此爲字義之
病。〔註7〕第二十四病「凡詩發首誠難，落句不易。或有製者，應作詩頭，勒
爲詩尾；應可施後，翻使居前。故曰雜亂。」此即結構之病。〔註8〕

　　（三）對偶之論見《文鏡秘府論》東卷及北卷中的一部份。其中有上官
儀的十一種對、元兢的六種對、崔融的三種對，以及皎然的對偶說。《文鏡秘
府論》在上官儀、元兢、崔融三家對偶說之後，隨即編排皎然的八種對偶說，
就此而言，我們至少可以肯定的是，空海和尚視詩僧皎然的對偶說與初唐對
偶說是同一個發展的脈胳。

　　從文學批評發展史來看，魏晉六朝早已重視對偶的創作方法，並出現儷
對的類書編纂如《隋書‧經籍志》雜家類著錄《對林》十卷、《對要》三卷、
朱澹遠《語對》《語麗》各十卷，並同出現對偶理論反思和總結，如《文心雕
龍‧麗辭》提出「言對、事對、正對、反對」四種對偶論。初唐的對偶說，
明顯的繼承了魏晉六朝的對偶說，並開啓了中唐以後的對偶理論。

　　（四）體勢之論見《文鏡秘府論》地卷。空海在卷首以「論體勢」等四
字概括該卷的內容，其中主要纂集自王昌齡《詩格》、崔融《唐朝新定詩格》，
及佚名的《文筆式》。具體內容爲王昌齡的「十七勢」、崔融的「十體」，及《文
筆式》的「八階」。

　　綜上所述，齊梁時代已開始重視寫作時聲調、病犯、對偶及體勢等問題，
並且延續到唐代，而初唐詩格特別究心的問題，則是環繞在詩的「病犯」和
「對偶」上面。詩僧詩格屬於中晚唐的著作，在內容上一方面繼承了初唐談
「對偶」、「體勢」的問題，另一方面又增加了「物象」一類，因此詩僧的詩

〔註6〕　見王利器《文鏡秘府論校注》，頁396。
〔註7〕　見王利器《文鏡秘府論校注》「文二十八種病」節，頁443～444。
〔註8〕　見王利器《文鏡秘府論校注》「文二十八種病」節，頁454～455。

格可說是初唐詩格的進一步旁衍和深化。

二、受到科考重視聲律的影響

唐代科舉考試到了高宗後期開始加考詩賦，〔註9〕進士考試的詩通常為五言六韻，共十二句，稱作「試律詩」。〔註10〕律詩有格律、聲韻，因此容易形成一定的客觀標準，方便主考官掌握一個較為統一的衡量尺度。如明胡震亨所說：

> 唐進士初止試策。調露中，始試帖經；經通，試雜文，謂有韻律之文，即詩賦也；雜文又通，試策；凡三場。其後先試雜文，次試論，試策，試帖經為四場。……雜唐試士重詩賦，以策論惟剿舊文，帖經祇抄義條，不若詩賦可以盡才。又世俗偷薄，上下交疑，此則按其聲病，可塞有司之責。〔註11〕

唐代進士考試之所以將詩、賦列於首位，一方面固然受到社會上重視詩歌的影響，另一方面也因為進士試的詩賦都是律詩、律賦，有格律聲韻可尋，對於考試官員來說，要考核士子的文才，最方便的檢驗標準就是看士子對聲律的掌握，在考場文化的主導下，因應科考對於犯韻的規定，中唐起便使得韻書大為發達起來。〔註12〕律賦，大體上是繼承六朝的俳賦而來，尚音韻之諧協，求對偶之工整，而科考的律賦如同詩中的律體一樣，除了有押韻對偶的要求外，還有字句的限制（要求多在四百字以內完成），因此對於章法篇構的經營，便成了考生要在科考中突顯自我的一門功課。律賦的構篇大概首重破題及結尾，起首兩句必須破題，結尾二句必須頌聖，若以八股文中「承題」、

〔註9〕 《唐會要》卷七十六「貢舉中‧進士」條云：「調露二年四月，劉思立除考功員外郎。先是進士但試策而已，思立以其庸淺，奏請帖經及試雜文，自後因以為常式。」卷七十五「貢舉上‧帖經條例」條云：「永隆二年八月敕……進士試雜文兩首，識文律者，然後令試策。」這裏所謂「雜文」即指詩賦，調露二年（680）劉思立建議進士試雜文和帖經，隔年（即永隆二年）由朝延正式頒布施行。《舊唐書》亦載有此事，詳見卷190〈劉憲傳〉、卷119〈楊綰傳〉。

〔註10〕 《白居易集》卷三十八載貞元十八年（AD.800）應進士試的詩題〈玉水記方流詩〉注曰：「以流字為韻，六十字完成。」可見進士所試的詩作，都是五言律詩，限定十二句六韻。

〔註11〕 見《唐音癸籤》（臺北：木鐸出版社，1982年7月臺一版點校本）卷十八「詁箋」三，「進士科故實」條，頁197。

〔註12〕 有關這方面的研究，請詳參傅璇琮《唐代科舉與文學》（臺北：文史哲出版社，1994年8月臺一版）第七章「進士考試及第」，頁182～186。

「起講」、「提比」、「中比」、「後比」等營構法則來看，似乎多能暗合。〔註13〕
清錢大昕就注意到唐代律賦相當講究篇章結構的作法：

> 唐人應試詩賦，首二句謂之破題。韋彖〈畫狗馬難爲功賦〉，其破題
> 曰：「有二人於此，一則矜能於狗馬，一則誇妙於鬼神。此賦有破題
> 也。……〔註14〕

我們知道科考使得士大夫日漸重視去除「瑕累」，〔註15〕而在社會普遍了解科
考重視聲律、對偶以及篇章結構的標準下，詩僧用心於創作詩歌，在創作之
餘自然也會關心詩歌聲律的問題，因而進一步有了理論性的詩格反省。

　　從上面各種資料顯示，我們了解到科考對於聲律的重視，除了造成韻書
廣爲流傳外，中晚唐詩僧的詩格主要以病犯、對偶、句法等技巧爲主，也與
科考重視詩賦的聲律、對偶以及篇章結構的問題，有著一定的關聯性。

三、因應詩會聯句品第的需要

　　中晚唐詩僧的詩格，內容上主要呈現了對病犯的限制、對偶的要求、句
法的安排等技巧，其實與詩會指摘批瑕的需要也有關係。

　　我們知道以詩歌酬贈的風氣由來已久，〔註16〕唐人詩酒文會賦詩，或以詩
餞別者比比皆是，僧俗之間往來頻繁，詩歌成了僧俗交往時一種很重要的工具：
〔註17〕如皎然以詩拜謁詩壇前輩韋應物，〔註18〕靈澈從嚴維學習詩法，〔註19〕

〔註13〕 詳參李曰剛對於白居易〈性習相近遠〉賦和明顧憲成〈舉舜而敷治〉八股文
　　　　的比較。見李氏《辭賦流變史》（臺北：文津出版社，1987年2月第一版）第
　　　　五章「律賦」，頁185～188。
〔註14〕 錢大昕《十駕齋養心錄》卷十「經義破題」條。
〔註15〕 按：隋代科考已使得士大夫重視聲律的問題，流風所及還影響到緇門。如《續
　　　　高僧傳》卷三〈慧淨傳〉說：「聲唱更高，玄儒矚目，翰林學士推承冠絕，競
　　　　述所製，請摘瑕累。……（楊宏）曰："法師必須詞理切對，不得犯平頭、
　　　　上尾。"於時令冠平帽，淨因戲曰："貧道既不冠帽，寧犯平頭？"令曰：
　　　　"若不犯平頭，當犯上尾。"淨曰："貧道脫屣昇床，自可上而無尾。"……」
　　　　大業初年慧淨法師和始平令楊宏的一段對話，更使我們了解到宗門人物對於
　　　　詩歌病犯之說並不陌生。
〔註16〕 梅家玲指出以詩贈答始於「吉甫作誦、以贈申伯」（《詩經‧崧高》），見〈論
　　　　建安贈答詩及其在贈答傳統中的意義〉，《漢魏六朝文學新論——擬代與贈答
　　　　篇》（臺北：里仁書局，1997年4月），頁154。
〔註17〕 有關唐代士大夫與僧侶之間的交游，可參考郭紹林《唐代士大夫與佛教》（臺
　　　　北：文史哲出版社，1993年9月臺增訂一版）一書。
〔註18〕 見《宋高僧傳》卷二十九〈唐湖州杼山皎然傳〉，頁728～730。

廣宣與李益、賈島、法振的聯唱，〔註20〕齊己投詩給鄭谷，〔註21〕虛中與司空圖的往來。〔註22〕而隨著僧俗間往來唱和的頻繁，相伴而來的往往就是詩社組織或詩歌流派的形成：如皎然在湖州與湖州長史李洪、刺史顏真卿及吳中詩人如顧況、秦系、朱放、陸羽、張志和等人唱和形成一個湖州詩會，〔註23〕齊己與僧友、士大夫組織成的詩社有「蓮社」、「吟月社」、「虎溪社」、「香社」、「靜社」等。〔註24〕

在詩僧與文人的詩會中，我們發現「聯句」是最常見的活動之一，這種詩體據說始自漢武帝與群臣合作的〈柏梁台詩〉，一人一句一韻到底。〔註25〕統計《全唐詩》中所錄皎然參與的聯句共有五十二首，〔註26〕這些聯句至少有二人一起聯吟，如〈五言夜集聯句〉：

寒花護月色，墜葉占風音皎然。茲夕無塵慮，高雲共片心真卿。

〔註19〕見《劉禹錫集》卷十九集紀，〈澈上人文集紀〉。

〔註20〕見《全唐詩》，卷789，頁8889～8891。

〔註21〕齊己〈早梅〉詩中有「前村深雪裏，昨夜數枝開」的句子，鄭谷指出「數枝非早也，未若一枝佳」，齊己遂拜鄭谷為「一字師」。見《唐才子傳》卷九〈鄭谷傳〉。

〔註22〕見虛中〈寄華山司空圖二首〉，《全唐詩》卷848，頁9605～9606。

〔註23〕參見李建崑〈皎然與吳中詩人之往來關係考〉（《古典文學》第12集，1992年10月），趙昌平〈「吳中詩派」與中唐詩歌〉（《中國社會科學》1984年第4期），賈晉華〈大歷年浙東聯唱集考論〉（《文學遺產增刊》第18輯，1989年）、〈大歷年浙西聯唱《吳興集》考論〉（《寧波大學學報》，1992年第1期）等文。

〔註24〕齊己詩句中反映出當時的詩社活動有：「還同蓮社客，聯唱遶香燈」、「往年吟月社，因亂散揚州」、「不見來香社，相思遶白蓮」、「卻思香社裏，葉葉漏聲連」、「靜社可追長往跡，白蓮難問久修心」，見齊己〈勉詩僧〉、〈贈無本上人〉、〈荊門送晝公歸彭澤舊居〉、〈寄懷江西栖公〉、〈病起見庭蓮〉、〈寄匡阜諸公二首〉，見《全唐詩》，卷840、841、842、846，頁9478、9481、9488、9489、9515、9575。

　　按：文益《十規論》曾說：「天下叢林至盛，禪社極多」，這是件值得注意的事。此反映了晚唐五代十國禪宗已形成具有會社性質的團體，這與初唐時期只有師承關係、思想聯繫而沒有什麼組織形式的宗派是不同的。（參見杜繼文、魏道儒《中國禪宗通史》。南京：江蘇古籍出版社，1993年8月第一版，1995年2月初版二刷，頁365）。但關於「禪社」的具體情況，史籍記載甚少，難以詳知。不過我們從齊己詩句中看到各種禪社名稱，至少可知禪社除了是一種宗派會社，詩文酬答還可能是會社所允許的活動之一。

〔註25〕參見王力《詩詞格律》（北京：中華書局，1994年月二版十刷）第二章第六節談「柏梁體」，頁59。晉宋時聯句謂之連句，見宋惜《類說》卷五十一引《樂府詩題》，又清趙翼《甌北詩話》卷三。

〔註26〕見《全唐詩》，卷788、789、794，頁8880～8886、8887、8932～8941。

這一首聯句爲五言絕句，前二句出自皎然，後二句出自顏眞卿，二句一韻，押下平十二侵韻；〔註 27〕有時聯句由數十人共同完成，像〈登峴山觀李左相石尊聯句〉一首，便有二十九人彼此輪流相繼以成全篇，〔註 28〕這首聯句是五言古詩，每人二句一韻，共五十八句，押的是上平十三元韻。

受唐代近體詩律的影響，聯句以五、七言爲多，作法大抵類似五言律絕，或七言律絕，或五古七古。但偶有三言、四言的聯句，如〈三言重擬五雜組聯句〉：

　　五雜組，四豪客，往復還，阡與陌，不得已，長沙謫張薦。

　　五雜組，五辛盤，往復還，馬上鞍，不得已，左降官李崿。

　　五雜組，甘鹹醋，往復還，烏與兔，不得已，韻光度眞卿。五雜組，

　　五色絲，往復還，回文詩，不得已，失喜期皎然。〔註 29〕

這首聯句爲三言詩，每人六句，第一句及第三句重複，其要求在於句法，而不在押韻。又如〈講德聯句〉：

　　先王設位，以正邦國，建立大官，封植有德潘述。

　　二南敷化，四岳述職，其言不巧，其儀不忒湯衡。

　　暨於嬴劉，乃創程式，罷候置守，剖竹分域皎然。

　　赫矣皇矣，康哉立極，精選藩翰，庸資正直潘述。

　　爰命我公，東土作則，克己恭儉，疲人休息湯衡。

　　濟濟閭閈，油油黍稷，既富既教，足兵足食皎然。……〔註 30〕

這首聯句爲四言詩，大致仿《詩經》大小雅的句法，每人四句二韻，依次相繼，總共四回。

綜而言之，聯句是詩會活動中一種即興的集體創作，每人的句數一定，或二句或四句或六句各有不同，除了要注意押韻的問題外，還要注意與上家句式

〔註 27〕〈五言夜集聯句〉，見《全唐詩》，卷 788，頁 8884。

〔註 28〕此二十九人見詩題下注：「眞卿、劉全白（評事，後爲膳部員外郎，守池州）、裴循（長城縣尉）、張薦、吳筠、強蒙（處士，善醫）范縉、王純、魏理（評事）、王修甫、顏峴（眞卿兄之子）、左輔元（撫州人）、劉茂（魏縣尉）、顏渾（眞卿族弟，官太子通事舍人）、楊德元、韋介、皎然（名畫）、崔弘、史仲宣、陸羽、權器（校書郎）、陸士修（嘉興縣尉）、裴幼清、柳淡、釋塵外（自號北山子）、顏頡（以下三人並眞卿族姪）、顏須、顏頊、李崿（字伯高，趙人，擢制科，歷官盧州刺史）」，見《全唐詩》，卷 788，頁 8880。

〔註 29〕見《全唐詩》，卷 788，頁 8885。

〔註 30〕見《全唐詩》，卷 794，頁 8932。

的一致性或句意的相貫性，皎然參與聯句這個聯吟活動，自然知道聯句的遊戲規則，這就使得皎然容易注意到聲律、對偶、結構等問題，因此我們認為唐代文學集團活動聯句盛行，與皎然《詩式》中重視詩法問題應有一定的關係。

其次，評詩論文也是詩會的一種活動，如皎然與潘述、湯衡的〈講古文聯句〉，〔註31〕是透過聯句來談詩論文，齊己也在詩中回憶過詩會的評詩論文活動，如：「社過多來燕……新作未曾評」〔註32〕、「紅霞中結社，白壁上題詩」〔註33〕、「瀟湘曾宿話詩評」〔註34〕、「絳紗開卷共論文」。〔註35〕我們可推想的是，在詩會唱和間，自然會有品第摘批詩作的活動，聲律之學很自然成了詩會中品第或者批評創作瑕累的理論依據，我們認為詩僧之所以編撰詩格，便是在這種需要的刺激下產生的。

詩社中評詩論文之際，自然需要一種品第的標準，詩社成員間聯句的集體創作，隱含著一種詩藝的遊戲和競賽；既名為遊戲，所以不必重視內容是否能發古今之幽微；既是競賽，便很容易轉向詩藝的鑽研，也就是創作形式及技巧的問題。〔註36〕詩社成員彼此往來較為密切，因此也比較容易趨向一致的美學主張，〔註37〕這就與下面我們要談的文學風尚的問題有關。

四、從雕飾到放蕩的文學風潮

談到唐詩風格的轉變，大都會注意到唐人李肇的概括性描述：

大抵天寶之風尚黨，大曆之風尚浮，貞元之風尚蕩，元和之風尚怪。

〔註31〕見《全唐詩》，卷794，頁8933。
〔註32〕齊己〈春居寄友〉，《全唐詩》，卷841，頁9503。
〔註33〕齊己〈假山〉，《全唐詩》，卷843，頁9532。
〔註34〕齊己〈寄朗陵二禪友〉，《全唐詩》，卷846，頁9573。
〔註35〕齊己〈寄韓蛻秀才〉，《全唐詩》，卷846，頁9573。
〔註36〕Stephen Owen 根據《唐詩紀事》載中宗與群臣的宴會的應制詩指出，詩歌競賽的一個有趣現象，依質量評判少於依速度評判，而詩人相敵的工力，可能是指聲律和諧，也可能指中間對句的精巧。詳見 Stephen Owen, 賈晉華譯：《初唐詩》（南寧：廣西人民出版社，1987 年 12 月第一版，原題 *The Poetry of the Early T'ang*，根據美國 1977 年 New Haven & London : Yale University Press 版譯出），頁 159～160。
〔註37〕歐陽光研究詩社與文學流風的關係，指出詩社活動從本質上說，即是交游唱和的一種形式，只不過詩社活動更具有組織，更有規律性，其成員之間的聯繫也更為緊密，且更容易達致美學主張的趨同。《宋元詩社研究叢稿》（廣州：廣東高等教育出版社，1996 年 9 月第一版）「宋代詩社與詩歌流派」，頁 1～14。

〔註38〕

李肇的話提到大曆、貞元、元和等中唐幾個時期都是詩僧活躍的時期，〔註39〕而一般也認為大曆時期是唐代詩風開始轉變的階段。〔註40〕有些學者注意到詩僧與文人之間的互動關係，認為詩僧的崛起與中唐詩風的轉變有直接的關係，其中有一個論點便認為中晚唐險怪詩風，可能受到以皎然為核心成員的吳中詩派所揭示的「由險得奇」、「化俗為奇」創作道路的影響。〔註41〕然而我們知道有作用力便有反作用力、有壓力便有抗壓力、有宰治便有反宰治，相反方向的力量看似不相干，其實卻是緊密相隨的，同樣的道理，我認為詩僧與文人之間應該是一種相互影響的關係，我們與其說詩僧創作主張影響了文人詩風的轉變，倒不如說詩僧與文人在創作風格上的呈現，有著平行性、類似性的發展。因此也有研究者採取一個流變史的態度來看險怪詩風的轉變，是一種審美趣味的轉向，是從盛唐風骨氣象、批判現實、中正平和的審美傳統，轉向冷落寂寞、內心感悟、奇險折拗、瑰麗文辭的審美創新。〔註42〕

　　筆者以為中唐以後黨、浮、蕩、怪種種詩風，都趨向一種「遊戲論」的文學觀。這種「遊戲論」的文學觀，可能由齊梁「文章且須放蕩」的說法變化而來，這種文學觀著重文章的雕飾，並且強調業餘遊戲態度，注意到文學對自己的關係，文學活動正如「作樂以治心」一樣，只是個人為著攄懷遣悶、

〔註38〕　見李肇《國史補》卷下（臺北：中央圖書館，1989 年影印明末虞山毛氏汲古閣刊《津逮秘書》本），葉 5a-b。

〔註39〕　根據文獻的記載，我們可以確定詩僧活躍於詩壇，大致開始於大曆至貞元年間，參見本文第二章第一節「詩僧一詞的出現」。

〔註40〕　除了一般文學史的論述外，有關中唐詩風的研究研究有，蔣寅《大曆詩風》（上海：上海古籍出版社，1992 年 8 月第一版）、劉國瑛《心態與詩歌創作──大曆十才子研究》（上海：學林出版社，1994 年 2 月第一版）。

〔註41〕　因為湖州詩會的關係，使得皎然奇險的創作路線，影響了詩社中的文人詩友，這個論點基本上是認為中唐晚奇險詩風的形成，主要是受到皎然以及吳中詩人的影響。持此論點的有趙昌平〈吳中詩派與中唐詩歌〉（《中國社會科學》，1984 年第 4 期，頁 191～212）、蕭占鵬《韓孟詩派研究》第四章「皎然詩學與韓孟詩歌思想」（臺北：文津出版社，1994 年 11 月第一版，頁 73～86）、黃景進〈從韓愈、孟郊的文學思想看中唐險怪詩派的兩種風格〉（《文學史》第二輯，1995 年 10 月，頁 142～164）。

〔註42〕　陳友冰〈傳統的背叛和詩美的創新──淺論中晚唐險怪詩風的流變及其美學價值〉（《中國文哲研究集刊》第 10 期，1997 年 3 月，頁 183～220）一文持此態度論述。

養性頤情。〔註43〕皎然在《詩式》中談到古通變問題說：

> 作者須知復變之道，反古曰復，不滯曰變。若惟復變，則陷於相似
> 之格，……又復變二門，復忌太過，……如釋氏頓教，學者有沈性
> 之失，殊不知性起之法，萬象皆眞。夫變若造微，不忌太過，苟不
> 失正，亦何咎哉？如陳子昂復多而變少，沈宋復少而變多。今代作
> 者，不能盡舉。吾始知復變之道，豈惟文章乎？在儒爲權，在文爲
> 變，在道爲方便。後輩若乏天機，強效復古，反令思擾神沮，何
> 則？……〔註44〕

繼承過去的傳統是復古，創造革新是通變，〔註45〕皎然這一段話是在處理復
古與通變的問題，這關係到皎然的創作態度與主張，他認爲「復變二門，復
忌太過」、「變若造微，不忌太過」，可見皎然的創作主張比較傾向於新變，
因爲復古太過了就會走向「相似之格」，但他並不是完全反對復古，這就是
以復古爲達到創新的手段。而從其所舉「陳子昂復多而變少，沈宋復少而變
多」二個例子來看，皎然所說的變，應偏於藝術形式的變，我們知道唐初詩
律的規模奠定於沈佺期、宋之問二人之手，二人在創作上都非常重視雕飾，
特別是講究聲律的問題。〔註46〕又如皎然在湖州與士夫夫之間的聯句：〈登
峴山觀李左相石尊聯句〉、〈水堂送諸文士戲贈潘丞聯句〉、〈與漳水亭詠風聯
句〉、〈項王古祠聯句〉、〈又溪館聽蟬聯句〉、〈五言月夜啜茶聯句〉、〈五言夜
宴詠燈聯句〉、〈三言喜皇甫曾侍御見過南樓玩月〉、〈五言玩初月重遊聯句〉
等，〔註47〕就創作過程言，聯句是即興的創作，就創作內容言，聯句的內容
多爲觸目可及之景，這些聯句光從題目來看，很明顯就具有濃厚的聯誼和遊

〔註43〕 蕭綱給兒子蕭大心的信說：「文身之道與文章異；立身先須謹重，文章且須放蕩。」
本來放蕩二字是遊戲中衍出，然因當時文體雕飾成風被後人視爲淫靡之至，而
且以蕭綱爲主的文學集團又沾上宮體的名目，後人既視宮體爲淫靡之作品，便
以「放蕩」爲「淫靡」的代名。根據王夢鷗的研究指出蕭綱的放蕩說乃是一種
「遊戲論」的文學觀。詳見王夢鷗〈從雕飾到放蕩的文章論〉，《古典文學論探
索》，頁137～151。
〔註44〕 見李注《詩式》卷五「復古通變體」，頁235；周注《詩式》卷五「復古通變
體」，頁108。
〔註45〕 六朝時劉勰及蕭子顯已從文學發展的觀點處理過復古與通變的問題，見《文
心雕龍‧通變》、《南齊書‧文學傳論》。
〔註46〕 《新唐書‧杜甫傳》贊說：「唐興，詩人承陳、隋風流，浮靡相矜，至宋之問，
沈佺期等，研揣聲音，浮切不差，而號律詩，競相襲沿。」
〔註47〕 以上見《全唐詩》卷788，頁8880～8884。

戲性質。

我們知道唐代文人經常在登山遊覽之際作懷古詩、詠史詩，如杜甫〈同諸公登慈恩寺塔〉等詩便無遊戲之意。〔註48〕而皎然、顏眞卿等人在登山遊覽、閒聚夜遊玩賞時所集團創作的聯句，與其他時期詩人的創作有明顯不同。就此而言，皎然的創作便隱含一種「遊戲論」的傾向，而這個遊戲論的文學傾向，實與六朝以來的「放蕩」文學風尚類似。或許我們可進一步說中唐時期有一種遊戲論文學觀的興起，皎然等人的聯句很可能受到這個文學風尚的影響。〔註49〕

又如皎然與顏眞卿等人〈七言大言聯句〉、〈七言小言聯句〉、〈七言樂語聯句〉、〈七言嗤語聯句〉、〈七言滑語聯句〉、〈七言醉語聯句〉等聯句，〔註50〕直接以遊戲諧謔的語言作爲聯句的題目，〔註51〕這種創作態度頗符應李肇所說大曆之風「尚浮」，貞元之風「尚蕩」的文風。

貞元以後是元和，李肇說元和之風「尚奇」，《國史補》卷下說：

> 元和以後，爲文筆，則學奇詭于韓愈，學苦澀宗師；歌行則學流蕩
> 于張籍；詩章則學矯激于孟郊，學淺切于白居易，學淫靡于元稹，
> 俱名元和體。〔註52〕

李肇所謂「元和體」與唐代其他文獻的說法略有不同，〔註53〕其所謂的「元和體」是指憲宗元和時代的詩文風尚，包括奇詭、苦澀、流蕩、矯激、淺切、淫靡等五種，人物則包括韓愈、樊宗師、張籍、孟郊、白居易與張籍。如果細分，應包括崇尚奇險的「韓孟詩派」以及崇尚淺近的「元白詩派」。皎然《詩

〔註48〕 參見廖蔚卿〈論中國文學的兩大主題──從「登樓賦」與「蕪城賦」探討「遠望當歸」與「登臨懷古」〉，《幼獅學誌》17 卷 3 期。廖振富《唐代詠史詩之發展與特質》，1989 年 5 月臺灣師範大學國文研究所碩士論文。

〔註49〕 本論點論證不清之處，蒙包根弟教授指正，謹據以修改補充。

〔註50〕 以上見《全唐詩》卷 788，頁 8885～8886。

〔註51〕 佛教指身口意所行的十種惡行爲十惡，此十惡爲：殺生、偷盜、邪淫、妄語、兩舌（即說離間語、破語）、惡口（即語辭粗鄙，或口出粗惡語毀訾他人）、綺語（雜穢語、非應語、散語、無義語）、貪欲、瞋恚、邪見。皎然與顏眞卿等人的聯句題目中「大言」、「小言」、「樂語」、「嗤語」、「滑語」、「醉語」接近十惡中「綺語」。

〔註52〕 見李肇《國史補》卷下（臺北：中央圖書館，1989 年影印明末虞山毛氏汲古閣刊《津逮秘書》本），葉 5a-b。

〔註53〕 詳見羅聯添《唐代文學論集》下冊（臺北：學生書局，1989 年 5 月第一版）「唐代三條文學資料考辨」，頁 315～317。

式》不僅是大曆、貞元時期創作經驗的理論總結，其在創作方面「求奇」、「求麗」的主張，與後來的韓孟奇險詩派有一種發展的關聯性。如皎然說：「詩有七德」，「典麗」居其三，〔註54〕又說：「取境之時，須至險至奇」〔註55〕、「至險而不僻，至奇而不差，至麗而自然」，〔註56〕因為在遊戲傾向的文學風潮下，創作者自然更容易注意到創作形式技巧的問題。如果說「尚浮」「尚蕩」是一種創作態度的解放，那麼「尚奇」便是從解放的創作態度，進而轉向文學形式和技巧的新變。

綜上所言，我們或許可概括地說，一個時代儘管有不同的文學流派或文學集團，然而不同的文學集團或流派都是在一個大的審美風尚下漸次演變形成的。

第二節　詩法術語與佛教名相的關係

詩僧在詩格著成中提出了許多詩法術語，這些詩法術語的使用，其實與佛教名相有相當密切的關係。詩歌與佛教間的關係是本文寫作的目標之一，因此本節希望探討的是詩僧使用詩法術語與佛教之間的關係，以下我們將就最具體的二種術語分別說明：

一、「門」的意義及轉變

「門」，為象形字，乃房屋垣牆所設以通出入者，如門戶、門口。漢語修辭現象有所謂「借代」，就是以部份代替全部，因此門又被用以代指「家」，門風就是指家風，如《史記·孟嘗君傳》云：「文聞將門必有將，相門必有相」。但門字也有引申義，其一，門既為房室出入之處，所以門的引申義便有「關鍵，根本」的意思，如《易繫辭》云：「乾坤其易之門邪？」意思是說乾坤二卦是《易經》全書的關鍵、根本。其二，門亦有「宗派、學派」的意思，如孔門、師門、程門、佛門，而宗派中之人，謂之「門人」，學生謂之「門生」、

〔註54〕見李注《詩式》卷一「詩有七德」，頁22；周注《詩式》卷一「詩有七德」，頁12。

〔註55〕見李注《詩式》卷一「辨有一十九體」，頁53；周注《詩式》卷一「律詩」，頁34。

〔註56〕見李注《詩式》卷一「詩有六至」，頁21；周注《詩式》卷一「詩有七至」，頁11。

「門徒」，宗派的分科傳習謂之「分門」，專精一藝謂之「專門」。

其次我們來看佛教典籍的使用方法。佛教很早就採用「通」的意思解釋「門」字，如東晉高僧淨土宗初祖慧遠（334～416）的《大乘義章》卷九便曾以「通」義釋「門」：

> 問曰：道義、門義何別？釋曰：體一，隨義各異。通入名門，通到名道。〔註57〕

宗門中對於「門」的詮釋最為詳細的當推隋僧吉藏（549～623），其《淨名玄論》卷一釋「門」凡五義：「一者至妙虛通，常體為門；二欲簡別余法，門戶各異，今是不二法門，非余門也；三欲引物悟入，故稱為門；四通生觀智，所以為門；五因理通教，故名為門。」〔註58〕簡單的說，吉藏解釋佛教使用「門」字共有「虛通」、「通法」、「通悟」、「通智」、「通教」五個含義。

門因有通出入的功能，因此「門」字就有「通」的意思，而俗世中將「門」釋為「通」的使用方法，也為佛門所繼承，只是佛教有其特殊之使用方法。

不過，在「通」義之外，因為通出入之「門」有區隔內外的意思，所以佛教又有以「門」作為區分章節的單位，這是「門」字在佛門中特殊的使用方法。如慧遠進而其《大乘義章》中第二十六卷，分成「教聚」、「義法聚」、「雜法聚」、「淨法聚」四個部份，每部份之下又各以「門」分節：其「教聚」之下分三門、「義法聚」之下分二十六門、「雜法聚」之下分六十門、「淨法聚」之下分一百三十三門，這些「門」字初始僅作為區分不同義理或法相的名目，當然也可視為區分節目的名稱，後來便被指向「成佛的方法」，也就是「佛法」的意思了。這就是「門」字的第二種使用方法。如唐淨土三祖善導大師（613～681）《依觀經等明般舟三昧行往生讚》云：「說種種方便，教門非一，但為我等倒見凡夫；若能依教修行者；則門門見佛，得生淨土。」〔註59〕這段話裏所謂的「門門見佛」，就是說各種佛法都可以達成成佛的途徑。

學者之修行須由佛法，此猶人之出入通行須由門，所以稱佛教教義為佛法，這是表示它是成佛的途徑，因此佛門更有直接將「門」字納入書名的，如隋天台大師智顗（538～597）的《釋禪波羅蜜次第法門》〔註60〕、《六法

〔註57〕見《大正藏》第四十四冊，頁649。
〔註58〕見《大正藏經》第三十八冊，頁861。
〔註59〕見《大藏經》四十七冊，頁448。
〔註60〕《釋禪波羅蜜次第法門》卷一上釋「門」云：「尋求名理，理則非門不通。……若欲進修，必因門而入。……門名能通，如世門通人有所至處。」，見《大藏

妙門》〔註61〕，湛然（711～782）的《十二法門》〔註62〕

宗門或以「門」為區別法相義理的名目，或以「門」為論疏的名稱、佛典分章立節的名目，「門」字逐漸成為佛教的專用術語。然而，我們要注意的是「門」字也是中國文學批評史上的一個用語，這個現象是否也與佛教有關呢？

我們知道唐五代的詩格著作中有一個很大的特色，便是將「門」作為分章立節的名目，或是立不同的「門」名以為作詩的方法，而我們追溯將「門」的概念應用於討論作詩的方法，最早可推至皎然。皎然《詩式·序》云：

今所撰《詩式》，列為等第，五門互顯，風韻鏗鏘，使遍嗜者歸於正氣，功淺者企而可及，則天下無遺才矣。〔註63〕

《詩式》共五卷，序文提到《詩式》五卷也可以說是五門，也就是五個部份的意思。

皎然之後，有《二南密旨》一卷，舊題賈島所作，賈島早年為僧，法名無本，唐憲宗元和年間還俗應舉，賈氏雖不在我們定義詩僧之列，但是《二南密旨》全書分為「論六義」、「論風之所以」、「論風騷之所由」、「論二雅大小正旨」、「論變大小雅」、「論南北二宗例古今正體」、「論立格淵奧」、「論古今理一貫」、「論題目所由」、「論篇目正理用」、「物象是詩家之作用」、「論引古徵用物象」、「論總例物象」、「論總顯大意」、「論裁體升降」等十五個單元，而在其書末又云：「以上一十五門，不可妄傳。」可見從皎然到賈島已將「門」當作章節的名目。皎然雖未直接將術語如「門」、「勢」等作為詩法的名目，但已為後來詩格，奠定了這個發展的趨勢，而最具體的表現則是在齊己的《風騷旨格》。如《風騷旨格》中有「詩有四十門」、「詩有十勢」，《風騷旨格》一書有「詩有四十門」，齊己之後晚唐、五代的詩格，如徐寅（fl.892）《雅道機要》列有二十門，徐衍《風騷要式》一書分成「君臣門」、「物象門」、「興題門」、「創意門」、「琢磨門」五個部份，王夢簡《詩要格律》列「二十六門」，他們不是詩僧，但是他們的著作很明顯抄襲自齊己的《風騷旨格》，這些詩格中便具體以「門」作為區分不同作詩技巧的名目，如徐寅直接釋「門」說：

〔　　〕　經》四十六冊，頁 467、469、479。
〔註61〕《六法妙門》中以「門」總稱「法」：「六法能通，故名為門。」，見《大藏經》四十六冊，頁 549。
〔註62〕《十不二門》云：「是故十門，門門通入。」，見《大藏經》四十六冊，頁 704。
〔註63〕見李注《詩式》卷一，頁 2。

門者，詩之所通也，如人門戶，未有出入不由者也。〔註64〕

這便具體指出，以「門」命名不同章節，就是將「門」視爲通向詩的國度的途徑，不同的「門」，也可以說是不同的作詩方法。

從齊己以降，晚唐五代有許多詩格，將「門」的概念應用在詩歌創作論中，「門」字便指向一種寫作範式，一種藝術手法，也就是說透過不同的範式作法以通向詩國詩道。而我們發現上述詩格運用「門」字的情形，與佛教運用「門」字的情形，不僅思維模式相似，而且表現出來的結構形式也相似。

在中國文學批評史上，以「門」作爲區章立節的名目，或指稱作詩的方法，我們發現最早出現在唐人詩格著作中，這種特色其實還持續沿續到北宋。〔註65〕我認爲這種使用「門」情形，與佛教有很大的關係。其理由有二：

第一，在唐宋詩格等著述以「門」字指涉作詩的方法，或是以「門」作爲結構的特徵之前，佛教已有類似使用「門」字的情形。就概念本身的發展而言，文學批評使用「門」字很明顯延續了佛教的用法。

第二，唐宋許多詩格中以「門」結構詩格著作的特徵，皎然開其端，而齊己最具體呈現出來，皎然和齊己二位詩僧既是僧人也是詩人，他們具體展現了文學批評使用「門」這個術語，與佛教使用「門」這個術語有著互動關係。

透過上面的簡單分析，我們得到一個認識：「門」字從一般意義轉爲佛教所使用時，有二個具體的用法；一個用來當作章節的名稱，一個用來指稱佛法。

二、「勢」的意義及轉變

古人訓「勢」字，很早便有「力」的訓解，如《淮南子・脩務訓》：「夫天之所覆，地之所載……各有其自然之勢」，高誘注：「勢，力也」。〔註66〕而今我們平日的常用詞彙中，凡「力」之奮發皆曰「勢」，如關於自然界者，曰：「風勢」、「雨勢」，關於動作者曰：「姿勢」、「作勢」，關於人事者，曰：「權勢」、「形勢」、「勢利」、「勢位」、「強勢」。

〔註64〕徐寅《雅道機要》「明門戶差別」條，見《詩學指南》（臺北：廣文書局，1970年1月影印清顧龍振輯本）卷四，葉13b。

〔註65〕如仁宗寶元三年（按：《玉海》卷五十四，作「寶元二年」）李淑編《詩苑類格》三卷，中卷敍古詩雜三十門，下卷敍古人體制別有六十七門。見晁公武《郡齋讀書誌》。

〔註66〕見《淮南鴻烈集解》卷十九引，頁645（臺北：文史哲出版社，1992年10月臺一版）。

「勢」有「力」的意思，從「力」這個原始意義，「勢」又衍生出其他的意義。我們都知道中國的書法藝術，是一種表現文字線條力感與美感的藝術，因此早在東漢時期，書法理論便已採「勢」字來指稱各種書寫體，崔瑗《草書勢》中，蔡邕《篆勢》、《九勢》，劉邵《飛白書勢》，衛恆《扒體書勢》，索靖《草書勢》。隨後文學批評也採用「勢」字「力」的含義來形容文章的氣勢，如劉楨云：「文之體指實強弱，使其辭已盡，而勢有餘，天下一人耳，不可得也。」〔註67〕「勢」就是「氣勢」，在這裏便是指「文氣」而言。〔註68〕

勢除了有氣勢的意思外，我們根據周振甫先生的研究可知，勢應用於文學批評時，還有趨勢、情勢的意思。如劉勰在《文心雕龍‧定勢》一開始為「勢」下了一個定義：

> 夫情致異區，文變殊術，莫不因情立體，即體成勢也。勢者，乘利
> 而為制也。如機發矢直，澗曲湍回，自然之趣也。者規體，其式也
> 自轉；方者矩，其勢也自；文章體勢，如斯而已。是以模經為式者，
> 自入典雅之懿；效騷命篇者，必歸艷逸之華……〔註69〕

所謂「因情立體，即體成勢」，就是要主張根據情理（即内容）來確定體裁和風格，不同的内容則採用不同的體裁和風格，要順其自然的趨勢。好比溪身直，河床坦，水流則平緩；溪身曲，河床陡，水流則湍急；溪身之有直有曲，河床之有坦有陡，如同文章的體裁有章表奏議，有賦頌歌詩，有符檄書移，有史論序注；溪水有急湍平緩、回旋、直流，正如同文章有剛健、柔婉、明斷、核要，文章内容的情理，要適應不同的體裁，構成不同的風格，這就是勢，而劉勰主張根據不同的内容，變化不同體裁風格，周先生指出劉勰是為了糾正當時的一種「訛勢」（即為了求新求變，「顛倒文句」「失體成怪」），劉勰主張新變應該從内容而來，有了新變的内容，才有新變的形式，沒有新變的内容而要求新變的形式的「訛勢」，是違反了即體成勢的原則。〔註70〕因此

〔註67〕劉氏語見引於劉勰《文心雕龍‧定勢》，見范文瀾《文心雕龍注》卷六〈定勢第三十〉（臺北：學海出版社，1988年3月第一版），頁531。

〔註68〕劉勰曾評劉楨的話說：「公幹（即劉楨）所談，頗亦兼氣。」（見范文瀾《文心雕龍注》卷六〈定勢第三十〉，頁531），亦認為劉楨所講的勢是指文氣而已。

〔註69〕見范文瀾《文心雕龍注》卷六〈定勢第三十〉，頁529～530。

〔註70〕關於〈定勢〉中的勢所指為何，學界的解釋相當紛歧：范文瀾認為劉勰所講的「勢」指創作者受到一種無形的標準的規範，范文瀾說：「勢者，標準也，審察題旨，知當用何種體制作標準，標準既定，則意有取捨，辭有簡擇，及其成文，止有體而無所謂勢也。」（見范氏《文心雕龍注》，頁

劉勰認爲認識了勢，就可以根據內容來確定最適應的體裁和風格，而文章各有所體，不必故作慷慨，也不必強作低回，劉勰又說：

> 文之體勢，實有強弱，使其辭已盡而勢有餘，天下一人耳。〔註71〕

「勢有餘」就是要求作品結束時要有未盡的含意包含在文辭之中，好比車子行進中突然煞車，仍會向前滑行一些路。這裏所講的餘勢，即趨勢之未盡，與「餘味曲包」、「餘音裊裊」相似，就是含意不盡的意思。換句話說，劉勰所講的趨勢，不僅有一個方向性，還有一種不盡的發展性在其中。

承上所論，早在東漢「勢」已經成爲一個重要批評術語，「勢」首先應用於書論、文論，而最早將「勢」導入詩論的則是唐王昌齡，在詩歌理論發展史上，詩僧繼其後，如皎然《詩式》一開始便有「明勢」一節相當重視「勢」：

> 高手述作，如登荊、巫，覿三湘、鄢、郢山川之盛，，縈回盤礴，千
> 變萬態：文體開闔，作用之勢。或極天高峙，崒焉不群，氣騰勢飛，
> 合沓相屬；奇勢在工。或修江耿耿，萬里無波，淡出高深重複之狀。
> 奇勢互發。古今逸格，皆造其極妙矣。〔註72〕

上面這一節文字以自然景象比喻勢，雖然皎然對於各種「勢」有注解說明，然而由於形容的文字過於抽象簡略，我們仍難就此掌握皎然所說的「勢」的眞正意蘊。

而在「勢」上面安上許多名目，最特出的莫過於齊己。齊己的《風騷旨格》中專列「詩有十勢」一節，這十勢分別是：「獅子返擲勢」、「猛虎踞林勢」、「丹鳳啣珠勢」、「毒龍顧尾勢」、「孤雁失群勢」、「洪河側掌勢」、「猛虎投澗勢」、「龍潛巨浸勢」、「鯨吞巨海勢」。其實在齊己之前已有王昌齡論「勢」，昌齡往往在「勢」之前加上一些動作詞。王昌齡《詩格》中有「十七勢」一

534）。簡單的說，「勢」就是指寫作過程所必須依尋的寫作方式。文章有各種不同的體，爲文審察題旨，創作者選擇一種體制，依此體制，則意便有所取捨，辭便有所簡擇，這其中自有一種標準產生，有人便進一步直接將不同的寫作標準解作「風格」，見王金凌《文心雕龍文論術語析論》（臺北：華正書局，1981 年 6 月第一版），頁 235～242。周振甫的研究，可參見周振甫主編《文心雕龍辭典》（北京：中華書局，1996 年 8 月第一版），頁 215～216。

〔註71〕見范文瀾《文心雕龍注》卷六〈定勢第三十〉，頁 531。

〔註72〕見李壯鷹校注《詩式》卷一（濟南：齊魯書社，1986 年 3 月第一版，1987 年 7 月初版二刷），頁 9；周維德校注《詩式》卷一（杭州：浙江古籍出版社，1993 年 10 月第一版），頁 2。

節，〔註73〕這十七勢分別是「直把入作勢」、「都商量入作勢」、「直樹一句，第二句入作勢」、「直樹二句，第三句入作勢」、「直樹三句，第四句入作勢」、「比興入作勢」、「謎比勢」、「下句拂上句勢」、「感興勢」、「含思落句勢」、「相分明勢」、「一句中分勢」、「一句直比勢」、「生殺迴薄勢」、「理入景勢」、「景入理勢」、「心理落句勢」等，在每一勢後面有一些簡單的文字說明，並且還引述一些詩句加以說明，茲以「直把入作勢」為例：

直把入作勢。

直把入作勢者，若賦一物，或自登山臨水，有閑情作，或送別，但以題目為定；依所題目，入頭便直把是也。皆有此例。昌齡〈寄驩州〉詩入頭便云：「與君遠相知，不道雲海深。」又〈見讒至伊水〉詩云：「得罪由己招，本性易然諾。」又〈題上人房〉詩云：「通經彼上人，無迹任勤若。」又〈送別〉詩云：「春江悉送君，蕙草生氛氳。」……〔註74〕

我們從昌齡的說明和引用的詩句來看，「直把入作勢」其實就是講如何破題的句子，因此昌齡所說的「勢」應是指詩歌創作的不同句法而言。

昌齡直接用一些帶有動感的詞語形容「勢」，直接齊己所繼承，並影響到後來的詩格，〔註75〕如晚唐徐寅的《雅道機要》「明勢含升降」節舉出的「八勢」當中便有「洪河側掌勢」、「丹鳳啣珠勢」、「孤雁失群勢」、「猛虎跳澗勢」、「龍鳳交吟勢」、「猛虎踞林勢」等六勢因襲齊己，甚至連說明的詩句也因襲自齊己，僅「雲霧遶山勢」、「孤峰直起勢」二勢為齊己所無。又如五代僧神彧的《詩格》中十勢，有「芙蓉映水勢」、「龍行虎勢」、「寒松病皮勢」、「風動勢」、「驚鴻背飛勢」等五勢取自皎然，而其餘「龍潛巨浸勢」、「獅子返擲勢」、「離合勢」、「孤鴻出塞勢」、「虎縱出群勢」等五勢則明顯得自齊己。〔註76〕甚至題為宋人梅聖俞所的《詩評》中「詩有八勢」節，也是從齊己

〔註73〕按王昌齡《詩格》現多存《文鏡秘府論》一書中，「十七勢」一節，收於《文鏡秘府論》地卷，見王利器《文鏡秘府論校注》，頁114～133。

〔註74〕見張伯偉《全唐五代詩格校考》，頁130。

〔註75〕明許學夷《詩源辨體》（上海：上海古籍出版社，1983年排印本）卷三十五曾指出：「文彧"十勢"又仿於齊己」，又說：「徐寅多出齊己」。按：文彧當作神彧（見張伯偉《全唐五代詩格校考》，頁463）。

〔註76〕五代僧神彧《詩格》「明勢」條下：「先須明其體勢，然後用思取句。詩有十勢……」，見《詩學指南》卷四，葉5b。

的「十勢」稍加變化而成的。〔註77〕影響所及明鍾惺、清王夫之也都強調過「勢」的重要性。〔註78〕

第三節　創作技巧舉隅

　　詩格當中的詩學術語，前人多譏之瑣細而多半漠視，〔註79〕但平情而論，這些術語是詩僧整理詩歌創作技巧時所凝聚出來的具體成果，不論其內容深淺如何，我們都應該給予正視。其次就詩歌理論發展史而言，詩僧這些術語成了後代詩格著作論詩的重要特色之一，不僅開啓了宋代詩學講究詩法的風氣，也爲後來詩話摘句評點奠定一個基本模式。

　　唐代詩僧現存的詩格，僅有中唐皎然《詩議》一卷、《詩式》五卷，以及晚唐齊己《風騷旨格》一卷、盧中《流類手鑑》一卷共四種，〔註80〕以下便根據這四本書整理詩僧創作論中實際有關寫作方面的意見。

一、切題的要領

　　詩僧與文人的唱和酬酢頻繁，有時詩社的活動自然也避免不了在命題的情況下作詩或聯句，皎然曾說：「樓煩射雕，百發百中，如詩人正律破題之作，亦以取中爲高手」〔註81〕一般我們說破題是說詩歌第一、二句，皎然的說明很簡單，也沒有舉詩例，因此我們只能說皎然是從切不切題的觀點，點出創

〔註77〕北宋僧景淳《詩評》：「凡爲詩要識體勢，或狀同山立，或勢若河流。今立二勢格……」，見《詩學指南》卷四，葉 8b。
　　　　舊題梅堯臣撰的《詩評》說：「詩有八勢……此毒龍勢也；……此靈龍鳳銜珠勢也；……也；……」，其實只有四勢。見《詩學指南》卷四，葉 17b。
〔註78〕明鍾惺《硃評詞府靈蛇二集》「勢者，意中之神理也。」、清王夫之《薑齋詩話》卷下：「論畫者曰："咫尺有萬里之勢"一"勢"字宜著眼，……五言絕句，以此爲落想時第一義，唯盛唐人能得其妙。……」，見《清詩話》（臺北：明倫出版社，1971 年 12 月第一版），頁 19。
〔註79〕詩格這一類的書，古人以之爲「俗書」、「陋書」，尤其是清人，往往目之爲「三家村」俗陋之言而棄之不顧，如王夫之認爲皎然詩格這類書「皆畫地成牢以陷人者，有死法也。死法之立，總緣識量狹小，如演雜劇，在方丈台上，故有花樣步位，稍移一步則錯亂。若馳騁康莊，取塗千里，而用此步伐，雖至愚者而不爲也。」見《古詩評選·五七言近體詩序》。
〔註80〕見本文第一章第二節「詩僧的詩論」，頁 26～27。
〔註81〕見李注《詩式》卷二「律詩」條，頁 152；周注《詩式》卷一「律詩」條，頁 66。

作時破題精準的重要性。皎然之後有齊己談到切題的問題，其《風騷旨格》中「詩有六斷」一節說：

> 一曰合題，二曰背題，三曰即事，四曰因起，五曰不盡意，六曰取時。

> 一曰合題，詩曰：「可憐半夜嬋娟月，正對五侯殘酒卮」；二曰背題，詩曰：「尋常風雨夜，應有鬼神看」；三曰即事，詩曰：「翻嫌易上水，細碎動離魂」；四曰因起，詩曰：「閑尋古廊畫，記得列仙名」；五曰不盡意，詩曰：「此心只待相逢說，時復登樓看遠山」；六曰取時，詩曰：「風起起邊雁，一一向瀟湘」。〔註82〕

齊己所舉的詩句都是他自己的詩作，而且復查所徵引的詩句，都是七律、五律的尾聯，齊己所說的六斷，是指詩歌在結尾時六種呼應題旨的方法。一「合題」所引詩句「可憐半夜嬋娟月，正對五侯殘酒卮」出自〈中秋月〉，〔註83〕二「背題」所引詩句「尋常風雨夜，應有鬼神看」出自〈古松〉，〔註84〕三「即事」所引詩句「翻嫌易上水，細碎動離魂」出自〈劍客〉，〔註85〕四「因起」所引詩句「閑尋古廊畫，記得列仙名」出自〈宿簡寂觀〉，〔註86〕五「不盡意」所引詩句「此心只待相逢說，時復登樓看遠山」出自〈詠懷寄知己〉，〔註87〕六「取時」所引詩句「風起起邊雁，一一向瀟湘」出自〈邊上〉。〔註88〕

我們從齊己所徵引的詩句，並配合其詩題來看，齊己用「斷」這個術語，意思是很明顯是指詩歌結尾的作法，斷，有結束的意思，這六種作法：第一，嬋娟月直接呼應詩題中秋月，因此「合題」是結尾時直接提到詩題。第二，風雨、鬼神與古松似乎毫不相干，但卻暗襯了古松的蒼勁，因此「背題」是指結尾用不與詩題有關的句子作結。第三，用易水送別的典故，呼應詩題「劍客」，因此「即事」是指直接引用古事作結。第四，〈宿簡寂觀〉一詩寫詩人投宿觀中見雲霞松月，因而興發位列仙籍的念頭，因此「因起」即因物起興的作法。第五，〈詠懷寄知己〉為贈答詩，這類詩通常用來聯絡感情、或抒發

〔註82〕見《全唐五代詩格校考》，頁391～392。
〔註83〕見《全唐詩》，卷846，頁9471。
〔註84〕見《全唐詩》，卷839，頁9458。
〔註85〕見《全唐詩》，卷838，頁9452。
〔註86〕見《全唐詩》，卷843，頁9528。
〔註87〕見《全唐詩》，卷845，頁9556。
〔註88〕見《全唐詩》，卷842，頁9505。

情志用，因此「不盡意」的意思是說結句要能抒發作者無限情意，並感染讀者引起無限的共鳴。第六，以秋風作結呼應邊塞詩題，因此「取時」是指運用時序來呼應題旨。

此外，值得注意的是虛中採用禪宗漸頓的法門，比喻見題的快慢這也是有關切題的方式，他說：「第四句見題是南宗，第八句見題是北宗。」〔註89〕虛中在此並沒有舉詩例說明，但考諸杜甫的詩句，第四句見題者有〈客至〉：「舍南舍北皆春水，但見群鷗日日來。花徑不曾緣客掃。蓬門今始為君開。盤飧市遠無兼味，樽酒家貧只舊醅。肯與鄰翁相對飲，隔籬呼取盡餘杯。」而第八句見題者有〈狂夫〉：「萬里橋西一草堂，百花潭水即滄浪。風含翠篠娟娟靜，雨裛江蕖冉冉香。厚祿故人書斷絕，恆飢稚子色淒涼。欲填溝壑唯疏放，自笑狂夫老更狂。」〔註90〕

二、對仗的方法

皎然《詩式》卷一「對不對句」一節提出對仗的原則：

> 上句偶然孤發，其意未全，更資下句引之，方了其對語。一句便顯，不假下句，此少相敵。功夫稍殊，請試論之：夫對者，如天尊地卑、君臣父子，蓋天地自然之數。若斤斧迹存，不合自然，則非作者之意。又詩家對語，二句相須，如鳥有二翅，若惟擅工一句，雖奇且麗，何異乎鴛鴦五色，只翼而飛者哉？〔註91〕

皎然認為詩中對句，「一句便顯，不假下句」，這意思是說以一句道盡一意，不假下句申補為上，詩中對句，如上句於意未盡，須靠下句補申以完成上句之意者，功力稍差。當時人論詩中對仗每有過於拘忌者，如《文鏡秘府論》東卷說：「夫為文章詩賦，皆須屬對，不得令有跛、眇者。跛者，謂前句雙聲，後句直語，或空談，如此之例，名曰跛。眇者，謂前句物色，後句人名；或前句語風空，後句山水；如此之例，名曰眇。何者？風與空則無形而不見，山與水則有蹤而可尋，以有對無色：如此之例，名為眇。」〔註92〕皎然則

〔註89〕見《流類手鑑》「詩有二宗」節，此節《詩學指南》本無，見《全唐五代詩格校考》，頁396。

〔註90〕見《全唐詩》卷226，頁2438、2432。上述杜甫二首蒙包根弟教授賜補。

〔註91〕見李注《詩式》卷一「對不對句」一節，頁44；周注《詩式》卷一「對不對句」節，頁30。

〔註92〕王利器《文鏡秘府校注》，頁267。

曰：「律家之流，拘而多忌，失於自然，吾常所病也。……夫境非一，虛實難明。有可睹而不可取，景也；可聞而不可見，風也；雖繫乎我形，而妙用無體，心也；義貫眾象，而無定質，色也。凡此等，可以對虛，亦可以對實。」〔註93〕由此可見皎然於對仗主張靈活自然，反對拘忌刻板。功力稍差者屬對，亦以自然無迹爲妙。

皎然實際談到對仗的方法，則見《詩議》，《詩議》出現「格」、「對」、「例」等術語，都是談詩歌對偶的技巧，如「詩對有六格」：

> 一曰的名對，二曰雙擬對，三曰隔句對，四曰聯綿對，五曰互成對，
>
> 六曰異類對。〔註94〕

第一「的名對」又名「正名對」、「正對」。早在劉勰便已提出「言對」、「事對」、「反對」、「正對」四種對仗方法，《文心雕龍‧麗辭》說：「麗辭之體，凡有四對：言對爲易，事對爲難，反對爲優，正對爲劣。言對者，雙比空辭者也；事對者，並舉人驗者也；反對者，理殊趣合者也；正對者，事異義也。……張孟陽〈七哀〉云：“漢祖想枌榆，光武思白水”此正對之類也。」〔註95〕皎然「的名對」即劉勰所說的「正對」，元兢也解釋過正對的作法說：「正對者，若“堯年”、“舜日”。堯、舜皆古之聖君，名相敵，此爲正對。若上句用聖君，下句用賢臣；上句用鳳，下句還用鸞：皆爲正對也。如上句用松桂，下句用蓬蒿；松桂是善木，蓬蒿是惡草：此非正對。」〔註96〕就皎然所舉的詩例：「日月光天德，山河壯帝居。」來說，「日月」與「山河」對，第二句「天德」與「帝居」對，可見的名對是一種同性質的實名相對，這種對偶方法最爲簡易，所以《文鏡秘府論》說：「初學作文章，須作此對，然後學餘對也」。〔註97〕

第二「雙擬對」，是指上句出現二個一樣的字，下句也出現兩個一樣的字，《文鏡秘府論》曾解釋雙擬對說：「一句之中，假令第一字是“秋”，第三字亦是“秋”；下句亦然，……詩曰：“夏暑夏不衰，秋陰秋未歸……”」〔註98〕皎然所舉的詩例是：「可聞不可見，能重複能輕。」其第一句有二個

〔註93〕見李注《詩式》，附錄二「皎然《詩議》、《評論》」，頁266。
〔註94〕見李注《詩議》「詩對六格」，頁269；周注《詩議》「詩對六格」，「互成對」
　　　　作「牙成對」，「異類對」作「類體對」，頁139。
〔註95〕見《文心雕龍注》，頁588。
〔註96〕見王利器《文鏡秘府論校注》，頁227。
〔註97〕見王利器《文鏡秘府論校注》，頁226。
〔註98〕見王利器《文鏡秘府論校注》，頁232。

「可」字，第二句有二個「能」字。

第三「隔句對」，《文鏡秘府論》解釋說：「隔句對者，第一句與第三句對，第二句與第四句對，如此之類，名爲隔句對。」〔註99〕皎然所舉的詩例是：「始見西南樓，纖纖如玉鉤。未映東北墀，娟娟似蛾眉。」

第四「聯綿對」，聯綿的意思，是相聯不斷的意思，《文鏡秘府論》解釋說：「一句之中，第二字、第三字是重字，即名爲聯對。上句如此，下句亦然。」〔註100〕皎然所舉的詩例是：「望日日已晚，還人人未歸。」

第五「互成對」，也是同性質的實名相對，但是與的名對不同，《文鏡秘府論》解釋說：「互成對者，天與地對，日與月對，麟與鳳對，金與銀對，臺與榭對。兩字若上下句安之，名"的名對"；若兩字一處用之，是名"互成對"，言互相成也。」〔註101〕皎然所舉的詩例：「歲時傷道路，親友在東西。」第一句「歲」對「時」，「道」對「路」，第二句「親」對「友」，「東」對「西」。

第六「異類對」，《文鏡秘府論》解釋說：「異類對者，上句安天，下句安山；上句安雲，下句安微；上句安鳥，下句安花；上句安風，下句安樹：如此之類，名爲異類對。非是的名對，異同比類，故言異類對。」〔註102〕皎然所舉的詩例是：「離堂思琴瑟，別路繞山川。」第一句的「堂」對第二句的「路」，第一句的「琴瑟」對第二句的「山川」，上下句用不同性質的名詞相對。

皎然又說「詩有八種對」：

> 一曰鄰近對，二曰交絡對，三曰當句對，四曰含境對，五曰背體對，
>
> 六曰偏對，七曰假體對，八曰雙虛實對。〔註103〕

第一「鄰近對」，皎然舉有詩例二個：「死生今忽異，歡娛竟不同。」、「寒雲輕重色，秋水去來波。」《文鏡秘府論》認爲鄰近對很接近的名對，而的名對較窄，鄰近對較寬。〔註104〕

第二「交絡對」，皎然所舉的詩例是：「出入三代，五百餘載。」第一句

〔註99〕見王利器《文鏡秘府論校注》，頁230。
〔註100〕見王利器《文鏡秘府論校注》，頁234。
〔註101〕見王利器《文鏡秘府論校注》，頁236。
〔註102〕見王利器《文鏡秘府論校注》，頁237。
〔註103〕見李注《詩議》「八種對」，頁270～271；周注《詩議》「詩有八種對」，頁136。
　　　　二書七、八兩對順序互調。
〔註104〕見王利器《文鏡秘府論校注》，頁257。

「出」對「入」，第二句「五」對「百」，又第一句「三代」對第二句「餘載」，第一句與第二句彼此交互相對謂之「交絡對」。

第三「當句對」，就皎然所舉的詩例來看：「薰歇燼滅，光沈響絕。」第一句「薰」對「燼」，第二句「光」對「響」，其實類似「互成對」。

第四「含境對」，皎然所舉的詩例是司馬長卿〈上林賦〉：「悠遠長懷，寂寥無聲。」

第五「背體對」，皎然所舉的詩例是謝靈運的〈登池上樓〉：「進德智所拙，退耕力不任。」

第六「偏對」，皎然所舉的詩例有四個：《詩經·小雅·車攻》：「蕭蕭馬鳴，悠悠旆旌」、《古詩十九首·去者日已疏》：「古墓犁為田，松柏摧為薪」、傅長虞〈贈何劭不濟〉：「日月光太清，列宿耀紫微」、柳惲〈擣衣〉：「亭皋木葉下，隴首秋雲飛」。以上三種對仗雖有詩例，但缺乏具體的文字解釋，因此無法進一步說明其所指的涵意。

第七「假體對」，又名「假對」，《蔡寬夫詩話》解釋假對說：「詩家有假對，本非用意，蓋造語適到，因以用之。」〔註105〕皎然所舉的詩例是：「不獻胸中策，空歸海上山」。

第八「雙虛實對」，《文鏡秘府論》解釋此對：「當句意了，不同互成」，〔註106〕這意思是說上句意思已經完足，但舖衍成二句，皎然所舉的詩例是：「故人雲雨散，空山來往疏」。

綜上可見皎然分析對仗的技巧，不僅注意到對仗文字的詞性，而且還注意到對仗文字的位置。此外，皎然《詩議》還從用典的方式來談對仗的寫作技巧，如：「一、重疊用事之例，二、上句用事，下句以事成之例，三、立興以意成之例，四、雙立興以意成之例，五、上句古，下句以即事偶之例，六、上句立意，下句以意成之例，七、上句體物，下句以狀成之例，八、上句體時，下句以狀成之例，九、上句用事，下句以意成之例，十、當句各以物色成之例，十一、立比以成之例，十二、覆意之例，十三、疊語之例，十四、避忌之例，十五、輕重錯謬之例。」〔註107〕這便注意到上下句子意義的關聯情形。

〔註105〕《蔡寬夫詩話》現存八十七條，見郭紹虞《宋詩話輯佚》，又見王利器《文鏡秘府論校注》轉引，頁265。
〔註106〕見王利器《文鏡秘府論校注》，頁263。
〔註107〕見李注《詩議》「十五例」，頁271～272；周注《詩議》「詩有十五例」，頁133～134。

三、構句的經營

　　齊己注意到上下句子在內容上的搭配（如互補、相反或對立），產生一種意義上的張力，就是「勢」。《風騷旨格》中「詩有十勢」一節主要在提示造句的技巧：

> 獅子返擲勢。詩曰：「離情遍芳草，無處不萋萋。」
> 猛虎踞林勢。詩曰：「牕前閑詠鴛鴦句，壁下時觀獬豸圖。」
> 丹鳳啣珠勢。詩曰：「正思浮世箏，又到古城邊。」
> 毒龍顧尾勢。詩曰：「可能有事關心後，得似無人識面時。」
> 孤雁失群勢。詩曰：「既不經離別，安知慕遠心。」
> 洪河側掌勢。詩曰：「遊人微動水，高岸更生風。」
> 龍鳳交吟勢。詩曰：「崑玉已成廊廟器，澗松猶是薜蘿身。」
> 猛虎投澗勢。詩曰：「仙掌月明孤影過，長門燈暗數聲來。」
> 龍潛巨浸勢。詩曰：「養猿寒嶂疊，擎鶴密林疏。」
> 鯨吞巨海勢。詩曰：「袖中藏日月，掌上握乾坤。」〔註108〕

四、題材的掌握

　　《風騷旨格》「詩有十體」、「詩有二十式」、「詩有四十門」三節中，有很大一部份是著眼於創作題材的。其所舉「詩有十體」如下：

> 一曰高古，二曰清奇，三曰遠近，四曰雙分，五曰背分，六曰無虛，
> 七曰是非，八曰清潔，九曰覆粧，十曰闔門。〔註109〕

其所舉的「二十式」如下：

> 一曰出入，二曰高逸，三曰出塵，四曰迴避，五曰並行，六曰艱難，
> 七曰達時，八曰度量，九曰失時，十曰靜興，十一曰知時，十二曰
> 暗會，十三曰直擬，十四曰返本，十五曰功勳，十六曰拋勳，十七
> 曰腹俳，十八曰進退，十九曰禮義，二十曰兀坐。〔註110〕

其所舉的「四十門」如下：

> 一曰皇道，二曰始終，三曰悲喜，四曰隱顯，五曰惆悵，六曰道情，

〔註108〕見《全唐五代詩格校考》，頁 380～381。有關「勢」的內涵，詳本章第二節之二「勢字的意義及轉變」。
〔註109〕詩例詳見《全唐五代詩格校考》，頁 379～380。
〔註110〕詩例詳見《全唐五代詩格校考》，頁 382～384。

七日得意，八日背時，九日正風，十日返顧，十一日亂道，十二日抱直，十三日世情，十四日匡救，十五日貞孝，十六日薄情，十七日忠正，十八日相成，十九日嗟歎，二十日俟時，二十一日清苦，二十二日騷愁，二十三日睠戀，二十四日想像，二十五日志氣，二十六日雙擬，二十七日向時，二十八日傷心，二十九日鑒戒，三十日神仙，三十一日破除，三十二日塞塞，三十三日鬼怪，三十四日紕繆，三十五日世變，三十六日正氣，三十七日扼腕，三十八日隱悼，三十九日道交，四十日清潔。〔註111〕

齊己在這「十體」、「二十式」及「四十門」中各舉有詩例，「二十式」所引全部是他自己的詩句，「十體」、「四十門」除了自己的詩句外，還引了王昌齡、賈島、盧綸、戴叔倫、劉得仁、崔峒、盧中、鄭谷、貫休周賀、馬戴、杜甫、李白等人的詩句。在這些詩例中，我們發現了一個特色，就是齊己特別鍾愛五言對句，而且是五律中的頷聯。

《風騷旨格》很可能是齊己根據其平常讀詩、作詩的札記整理而來的，因此書中難免出現了分類標準不依，或者重複的情形：如「四十門」之四十「清潔」，與「十體」之八重複；十體中的「高古」、「清奇」，與二十式中的「高逸」，指的是詩歌風格，四十門中之二十六「雙擬」（此與「詩對有六格」中的第二「雙擬對」重複）指的是對仗方法；而四十門之「悲喜」、「惆悵」、「薄情」、「嗟嘆」、「騷愁」、「睠戀」、「傷心」則偏指創作者情感的表露。然而這些重複、分類標準不一的情形，與其說齊己混淆了題材、主題或風格，倒不如可理解為齊己乃感受到掌握不同的創作題材，與詩歌主題的凝聚、詩歌風格的呈現有一些朦朧的關係。

五、象徵與比興

皎然的詩論「取境」說便已觸及創作主體攝取外在物象成為可供藝術加工的意象。〔註112〕意象是詩歌的基本結構單元，進一步活用意象，便要觸及到象徵及比興的技巧。

我們知道如果象徵被用來代表一抽象的概念，那麼象徵意義往往與被象徵的意象間，至少有部份是由某種內在的（形象、功能，或者是意義）的相

〔註111〕詩例詳見《全唐五代詩格校考》，頁385～391。
〔註112〕詳見本文第三章第二節之一。

似性所建立起來的，並非是完全任意的聯想。而爲什麼創作者喜好運用象徵的手法來呢？第一，象徵是一間接的傳達方式，使用的恰當可以增加作品的隱藏意義及含蓄的韻味；第二象徵是最基本的形象思維方式之一，象徵的使用可以增加作品的具體性，比較容易達到生動及富有情趣的效果；第三，象徵可以增加作品的複雜性及情感的強度；第四，象徵是一種很經濟的表現手法，特別是詩歌的篇幅及文字有限，使用象徵可以創造一種意義的盈餘（surplus of meaning），〔註113〕也就是所謂的「言外之意」。〔註114〕

　　虛中在《流類手鑑》一開始便強調靈活運用意象的重要，他說：「夫詩道幽遠，理入玄微。凡俗罔知，以爲淺近。善詩之人，心含造化，言含萬象。且天地、日月、草木、煙雲皆隨我用，合我晦明。此則詩人之言應於物象，豈可易哉？」〔註115〕接著「物象流類」一節便指示各種意象的象徵意義：

> 巡狩，明帝王行也。日午、春日，比聖明也。殘陽、落日，比亂國也。晝，比明時也。夜，比暗時也。，春風、和風、雨露，比君恩也。朔風、霜霰，比君失德也。秋風、秋霜，比肅殺也。雷電比威令也。……百草，比萬民也。苔蘚，比古道也。珪璋、書籍，比有德也。僧道、煙霞，比高尚也。金，比義與決烈也。木，比仁與慈也。火，比禮與明也。水，比智與君政也。土，比信與長生也。〔註116〕

虛中在此所提供的是創作者擇取意象以後具體的加工技術——象徵。虛中在這裏所談的是詞語的象徵，除了詞語的象徵之外，還有整個作品的象徵，前者可視爲修辭上的一種技巧，後者則往往是作品所呈現出來的思想主旨或深層意涵。而整個作品的象徵，在中國詩論傳統就是所謂的「比興寄託」。

　　中國的詩歌是以抒情寫志爲主的，而情志感動的來源有兩個：自然界的感發和人事界的感發。詩人如何表達這些感發呢？古人認爲有三種方法：第

〔註113〕此借用法國當代哲學家呂格爾（Paul Ricoeur, 1913〜）的説法。這也就是説詩意象固然指向某一事物，可是它的指涉並未就此而止，相反的，除了這個既知事物之外，還有額外的意義。參見蔡源煌《從浪漫主義到後現代主義——文學術語新詮》（臺北：雅典出版社，1987年12月第一版，1998年3月修訂八版），頁31〜39。

〔註114〕劉昌元《西方美學導論》（臺北：聯經出版公司，1986年8月第一版，1991年6月初版四刷）第十五章「藝術中的象徵」，頁233〜248。

〔註115〕見《全唐五代詩格校考》，頁396。

〔註116〕見《全唐五代詩格校考》，頁397。

一是「賦」的方法,「賦」是直接敘寫,即物即心;第二是「比」的方法,「比」是借物為喻,心在物先;第三是「興」的方法,「興」是因物起興,物在心先;這三種方法都注重用形象觸引讀者的感發,但「賦」多用人事界的「事象」,「興」多用自然界的「物象」,「比」則既可以是人事界的「事象」,也可以是自然界的「物象」,也可是假想的「喻象」。這些是我國古人對詩歌中感發的作用和性質的一種最早的認識。而「比興寄託」則是將情與物的感應理想化、完整化了的寫作技巧,是一種「以情託物」、「以物喻情」的揉合情與物的技巧,是由「比」「興」演化出來的一種更進步的技巧。〔註117〕《風騷旨格》「舉詩類例」一節,便觸及到「比興寄託」的技巧:

> 閬仙詩:「離人隔楚水,落葉滿長安。」己師詩:「相思坐溪石,微雨下山風。」馬戴詩:「日落月未上,鳥棲人獨行。」以上比小人獲安,君子失時也。己師詩:「瑞器藏頭角,幽禽惜羽翰。」此比物諷刺也。馬戴詩:「廣澤生明月,蒼山夾亂流。」「蒼山」比國,「亂流」比君不正也。……
>
> 閬仙詩:「古岸崩將盡,平沙長未休。」此比好事消、惡事增也。盧綸詩:「魚綱依沙岸,人家在水田。」此小民以法無所措手足也。馬戴詩:「初日照楊柳,玉樓含翠陰。」此比君因心不及正人也。孟東野詩:「聞彈玉音弄,不敢林上聽。」此比聖君德音也。〔註118〕

虛中每舉詩句後,便指出該詩句比興的內容,即寄託諷諭的意義。檢視虛中列舉的比興,比較傾向於載道的文學觀。詩中之物象在喚起人一種意象,但是在這表現中,「人情」與「外物」仍有對立的痕跡,情與物並未呈現一種渾茫無涯的境界。

六、用典的原則

修辭時運用典故叫做「用典」,用典大致是包括「用人」、「用言」及「用事」三種。「用人」是指徵引古人、「用言」是指徵引古人或古書的話語、「用事」是徵引歷史或舊事。而皎然是唐代詩僧當中最具體地對用典問題有過理論反省的人,在《詩式》中有許多地方討論「用事」,皎然所謂的「用事」與

〔註117〕參見葉嘉瑩《迦陵談詩》第二輯(臺北:三民書局,1970 年 4 月第一版,1991 年 8 月初版六刷),頁 311～314。
〔註118〕見《全唐五代詩格校考》,頁 398～401。

我們現在所謂「用典」的概念略有不同，我們現在所說的「用典」範圍較寬，而皎然所謂的「用事」範圍較窄。

首先要注意的是，皎然提示過一個用典的原則，即：「雖欲經史，而離書生」〔註119〕這句話可以從兩方面來理解：第一，如果從用典的技巧來說，詩語入經史可以增加詩語的張力，但要避免書生掉書袋的習氣；第二，如果從用典的效果來說，我們也可理解爲詩語用典，要避免空談而毫無實際作用。就此而言，皎然對於徵引古書的方式，強調要能充份重視典故的內涵與實際的效用。

其次，在《詩式》「用事」一節，皎然給「用事」下一定義，並區分了「用事」與「比興」的不同：

> 評曰：詩人皆以徵古爲用事，不必盡然也。今且於六義之中，論比興：取象曰比，取義曰興，義即象下之意。凡禽魚草木、人物名數，萬象之中義類同者，盡入比興，《關雎》即其義也。如陶公以孤雲比貧士，鮑照以直比朱弦、以清比冰壺。時人呼比爲用事，呼用事爲比。如陸機詩：「鄙哉牛山嘆，未及至人事，爽鳩苟已徂，吾子安得停？」此規諫之忠，是用事，非比也。如康樂公詩：「偶與張邴合，久欲歸東山」此敘志之忠，是比非用事也。〔註120〕

皎然認爲凡是徵引古事一律稱爲「用事」是不對的，這是將借物爲喻的「比」與「用事」混爲一談。那麼，比與用事的差別何在呢？皎然分別舉陸機和謝靈運的詩句，比較「用事」和「比」的不同。陸機的詩是〈齊謳行〉：

> 天道有迭代，人道無久盈。鄙哉牛山嘆，未及至人事，爽鳩苟已徂，
> 吾子安得停？行行將復去，長存非所營。〔註121〕

嚴格說來這首詩有三處用典：第一個「牛山之嘆」，出典《晏子春秋》齊景公登牛山而流涕一事，這屬於用典中的「用事」；第二「至人」，出典《莊子‧逍遙遊》「至人無己」一詞，指順物而忘己的人，這屬於用典中的「用言」；第三「爽鳩」，爲少暤氏的司寇，出典《左傳‧昭公二十年》齊侯與晏子的對話，這是屬於用典中的「用人」。齊景公游牛首山，感到人生必死而流涕，後稱「牛山之嘆」，成爲後代詩人常引用的典故，「爽鳩苟已徂」用晏子對齊侯

〔註119〕見李注《詩式》卷一「詩有四離」一節，頁 17；周注《詩式》卷一「詩有四離」節，頁 9。

〔註120〕見李注《詩式》卷一「用事」一節，頁 17；周注《詩式》卷一「用事」一節，頁 24～25。

〔註121〕轉引自周注《詩式》卷一「用事」節，頁 21。

問「古而無死，其樂若何？」的故事，詩言貪生懼死不能順物而至，是未達至人之情，古人爽鳩既不能久有其地，齊景公當然不能不死，吾人自然也無法避免死亡。皎然認為陸機這種徵引古事的方式才是用典，陸機運用了幾個古代談論死亡的故事，藉以說明自己面對生死的態度，因此皎然所謂的「用事」，應偏重於徵引古事的內容與詩人的詩旨是否一致。

而謝靈運的詩是〈還舊園作呈顏范二中書〉：

> 辭滿豈多秩，謝病不待年。偶與張邴合，久欲歸東山。聖靈昔回眷，
>
> 微尚不及宣。〔註122〕

這首詩以今日用典的標準衡量，應該也有三處用典：如第三句中「張」指的是張良欲棄官從赤松子遊的故事，出典自《史記・留侯世家》、《漢書・張良傳》；而「邴」指的是邴曼容為官不肯超過六百石，而自免職的故事，出典自《漢書・兩龔傳》；以上「張」、「邴」二人是屬於用典中的「用人」。第四句中「東山」，出典自《晉陽秋》，是說謝安有返東山之志的故事，這屬於用典中的「用事」。謝靈運雖然也徵引古事，但「張良」、「邴曼容」、「東山」，都不是謝氏的詩旨，謝氏此詩只不過暫藉古人古事以抒發胸中之塊壘，是藉彼事以說此事，所以皎然認為謝靈運這首詩不是用事而是「比」。而《詩式》「語似用事義非用事」一節中的詩例，大抵也是著眼於此。

綜上分析，我們可以理解皎然對於「用事」與「比」的區別：「比」乃偏重於比喻的修辭技巧，徵引彼事只是用來比喻此事，而「用事」則著重於實際徵引古人、古言或古事的內容，是否可以達到一種寄託諷諭的效果。

此外，皎然還將「用事」分為五等，第一格即第一等，就是「不用事」。《詩式》中有「不用事第一格」、「作用事第二格」、「直用事第三格」、「有事無事第四格」、「有事無事情格下第五格」等節目，可見皎然主張用典只是一種工具、技巧、手段，工具當然不是目的，這與皎然「文章宗旨」、「重意詩例」的主張是一致的。

七、模仿的層次

我們知道任何創作者在積累的過程中，必曾經歷一個學習模擬的階段，唐代詩僧唯一注意到模仿這個問題的是皎然。皎然主張自然創新，但也不是

〔註122〕轉引自周注《詩式》卷一「用事」節，頁21。

完全反對人爲模仿，《詩式》卷一提出「三偷」之說，便與藝術模仿有關：

　　……三同之中，偷語最爲鈍賊，如何漢定律令，厥罪不書？應爲鄷侯務在匡佐，不暇及詩，致使弱手蕪才，公行劫掠；若許貧道片言可折，此輩無處逃刑。其次偷意，事雖可罔，情不可原，若欲一例平反，詩教何設？其次偷勢，才巧意精，若無朕迹，蓋詩人閫域之中偷狐白裘之手，吾亦賞俊，從其漏網。偷語詩例。如陳後主云：「日月光天德」，取傅長虞「日月光太清」，上三字同，下二字義同。偷意詩例。如沈佺期詩：「小池殘暑退，高樹早涼歸」，取柳渾「太液滄波起，長楊高樹秋。」偷勢之例。如王昌齡詩：「手攜雙鯉魚，目送千里雁。悟彼飛有適，嗟此罹慢患」，取嵇康「目送歸鴻，手揮五弦；俯仰自得，游心太玄。」〔註123〕

皎然在此其實指出了模仿的三個層次：最差的是「偷語」，接近於抄襲，他舉了陳後主〈入隋侍宴應詔詩〉抄襲傅咸〈贈何劭王濟〉的詩句；其次是「偷意」，就其所舉沈佺期〈酬蘇味道詩〉模仿柳惲〈酬贈何劭王濟〉的詩句來看，偷意是指句法和內容的模仿；模仿較高的境界，皎然認爲是「偷勢」，就其所舉王昌齡〈獨游詩〉的五言古絕，模仿嵇康〈送秀才入軍詩〉的四言古詩來看，偷勢已擺脫了句法的模仿，接近於情感抒發、創作風格的模仿。

八、俗語的操作

　　中晚詩風有一種由雅到俗的趨勢，〔註124〕詩僧皎然反省詩歌創作中使用俗語，化俗爲奇、化俗爲雅，可以達致創新的藝術效果，這便充份反應了這股趨勢。

　　皎然《詩式》卷一中有「跌宕格」、「淈沒格」、「調笑格」，「跌宕格」下又分「越俗」、「駭俗」二品，「淈沒格」下列有「淡俗」一品、「調笑格」下列有「戲俗」一品。這「三格四俗品」爲一種不拘常法的創作，提倡的是一種跌宕不羈、驚世駭俗的風格，皎然在立意興象方面，都強調「苦思得奇」，「三格四俗品」，從語言表現來說，便都有以俗爲奇的特色。皎然對於四品的

〔註123〕見李注《詩式》卷一「三不同：語、意、勢」一節，頁45～46；周注《詩式》卷一「三不同：語、意、勢」一節，頁31。

〔註124〕見林繼中〈由雅入俗：中晚唐文壇大勢〉，《人文雜誌》1990年第3期，頁106～111。

解說如下：

> 越俗。評曰：其道如黃鶴臨風，貌逸神王，杳不可羈。
>
> 駭俗。評曰：其道如楚有接輿、魯有原壤，外示驚俗貌，內藏達人之度。
>
> 淡俗。評曰：此道如夏姬當爐，似蕩而貞；采吳、楚之風，雖俗而正。
>
> 戲俗。評曰：《漢書》云：「匡鼎來，解人頤」蓋說《詩》也。此一品非雅作，足以為談笑之資矣。〔註125〕

皎然在評說各品之後，並分別舉了詩例：「越俗」舉了道士郭景純〈遊仙詩〉，可見越俗指的是詩歌語言能有一種超越凡俗難以跡冥的氣味。「駭俗」舉了王梵志〈道情詩〉，駭俗指的是使用俗語的形式卻能表現達人的內容。「淡俗」舉了南朝梁樂府民歌〈捉搦歌〉，「似蕩而貞」中的蕩指的是俚俗、貞指的是高雅，因此淡俗主張使用俚語歌謠也能呈現一種清淡高雅的氣質。「戲俗」舉了《漢書》及李白〈上雲樂〉（一作〈狂詞〉），這是指使用俗語而能達到調笑諧趣的效果。

第四節　小　結

詩僧的詩格可說是中晚唐詩歌創作經驗的理論總結，這些詩格的內容，反映了中唐以後一種審美態度的轉變，這轉變乃趨向一種遊戲論的文學觀。詩格很可能是因應科考重視詩歌格律，或者詩會活動指瑕品第的需要，所編撰的著作，因此詩格這一類著作，基本上在提供寫詩的方法。

詩格在形式上則經常由若干小標題構成，這些小標題往往是以一個數詞加上一個名詞或動詞而構成的詞組，如「二要」、「四深」、「五格」、「六迷」、「七德」、「十四例」、「十七勢」、「二十門」等。檢視詩格中最具體的特色，就是這些「法」、「式」、「格」、「法」、「體」、「門」、「義」、「勢」、「斷」等詩學術語的使用。詩格這一類著作的論述，往往不以敘述性的文字為他們所提的術語下定義，而往往以一聯詩句取代文字說明，這種摘錄詩句代替說明評論的寫作方式，後來便發展成宋代以後的詩話著作中摘句評論的模式。〔註126〕

〔註125〕見李注《詩式》卷一，頁38～41；周注《詩式》卷一「詩有三格」節，頁27～29。

〔註126〕《唐才子傳》卷九載鄭谷所撰《國風正訣》：「分六門，摭詩聯注，其比象君

進一步分析詩僧所使用的「門」、「勢」兩個術語，乃直接受到佛教名相影響。

　　而詩僧往往舉詩例以說明創作技巧的寫作模式，在某一程度上反映了詩僧對於詩歌上下對句的關注。王力先生提出古典詩歌的格律包括韻、四聲、平仄、等四大要素，〔註127〕考察詩僧的詩格著作，在初唐詩學著述既有的基礎上，發揮較多的便是「對仗」的問題。分析詩僧所提的術語，在創作技巧部份主要處理了切題、對仗、題材、象徵、比興、用典、模仿、俗語等問題。

　　臣賢否、國家治亂之意……」，張伯偉《全唐五代詩格校考》（西安：陝西人民教育出版社，1996 年 7 月第一版）指出，齊己純舉詩例以明詩法，可能受到鄭谷「分六門，摭詩聯注」的敘述方法的影響。（頁 373）按：鄭谷《國風正訣》一卷，見錄《宋史‧藝文志八》，現書已亡佚。

〔註127〕參見王力《詩詞格律》（北京：中華書局，1994 年月二版十刷），頁 3～12。

第五章　創作與信仰——詩歌與修悟的關係

　　上二章我們主要從詩僧的詩格著述，整理詩僧的詩論，以下二章我們則希望從詩歌創作來反省詩歌創作背後的理論意義。由於詩僧兼具詩人與僧人的雙重身份，禪修與詩歌創作是否會互相影響，詩僧自然要先解決這個問題，本章首先處理詩僧如何看待詩歌創作與宗教修悟是否相互影響的問題，這一個問題解決之後，下一章便要檢討詩僧是否處理詩歌創作者與存有之間的關係。簡言之，第五章是從詩歌的語用層次探討詩僧的創作觀，第六章則從詩歌的語意問題探討詩僧的眞理觀。

第一節　反面的立場：「詩魔」問題的提出

　　除了境論的探討以外，我們發現在唐代詩僧的創作論裏面，有一個非常特殊的宗教性成份，這在一般詩論裏是很少見的，這就是所謂「詩歌的作用」的問題，在詩歌作用裏來看詩歌所扮演的角色，其中一個就是詩歌在修悟方面所產生的負面作用，這個負面作用就是所謂「詩魔」的問題，這個「詩魔」問題，便是我們討論創作論時所要處理的部份，我特別討論這一個問題，是因爲詩魔這個問題，更能具體而微地彰顯詩僧與宗教修悟的關係，我們將討論「詩魔」的理論意義。

　　談到「詩魔」這個問題，一般人多注意到宋嚴羽的說法：

　　夫學詩者以識爲主，入門須正，立志須高；以漢、魏、晉、盛唐爲

師，不作開元、天寶以下人物。若自退屈，即有下劣詩魔入其肺腑之間，由立志之不高也。〔註1〕

從上面這一段話來看，嚴羽所說的「詩魔」是指作詩入於魔道，流於乖僻途徑。我們從考證源流的角度來看，其實中晚唐時期已有詩人提過「詩魔」的問題，如白居易〈閒吟〉：

自從苦學空門法，銷盡平生種種心。唯有詩魔降未得，

每逢風月一閒吟。

舊題白居易《金針詩格》中「詩有魔」條下云：

好吟而不工者才卑也；好奇而不純者格卑也。〔註2〕

又韓偓〈殘春旅舍〉說：

旅舍殘春宿雨晴，恍然心地憶咸京。樹頭蜂抱花須落，池面魚吹柳絮行。禪伏詩魔歸淨域，酒衝愁陣出奇兵。兩梁免被塵埃污，拂拭朝簪待眼明。〔註3〕

白氏極言對詩的癖好、興會，在苦學空門之後仍無法忘情於吟詠詩歌，韓氏呈現了晚年近於禪佛之後，而使心境復歸平淡的心境。前者顯示了詩人對於詩歌創作熱情。白氏和韓氏都是信奉佛教的詩人，平日亦多與僧侶往來，上述二首詩提到詩魔這個問題時，自然與禪佛教有關，這無異於彰顯佛教的思惟方式，到了中晚唐已成功的進占了士大夫的心靈；當然，另一方面也突顯了禪佛教的發展背景——朝向詩禪互相融合的方式。而尚顏、齊己、貫休等人在詩作中較豐富地呈現「詩魔」的問題，可說詩僧中的代表。由此可見「詩魔」的問題，不光是中晚唐僧俗們從事詩歌創作時的深刻的困擾或體驗，而更深一層來看，檢討這個問題也有助於我們了解詩僧對於傳統戒律中認為從事文學創作會影響個人宗教修悟，所持的態度為何？

一、詩魔釋義

魔，乃梵語 mara（魔羅）之略稱，又作惡魔，意譯為殺者、障礙，指的是能奪取人性命，而妨礙善事之惡鬼神。據《普曜經》卷六〈降魔品〉及《方

〔註1〕 《滄浪詩話・詩辯》中。

〔註2〕 《名家詩法》《名家詩法彙編》《詩法統宗》本作「詩有魔有癖」。見張伯偉《全唐五代詩格校考》（西安：陝西人民出版社，1996年7月第一版），頁331。

〔註3〕 這首詩是韓偓卜居南安時所作，時年已近七十歲。見高文顯編著《韓偓》（臺北：新文豐出版公司，1984年10月臺一版），頁156。

廣大莊嚴經》卷九載佛陀成道之際，魔王波旬曾遣派欲妃、悅妃、快觀、見從等四魔女前來擾亂，作種種媚惑和障礙，更令夜叉與眾惡鬼作多種變化，以惱亂菩薩，但最後都被菩薩所降伏。〔註4〕

　　魔王係住於欲界第六他化自在天之高處，爲破壞正道之神，稱爲天子魔，或天魔波旬。《佛本行集經》卷二十五有欲貪、不歡喜、饑渴寒熱、愛著、睡眠、驚怖恐畏、狐疑惑、瞋恚忿怒、競利爭名、愚癡無知、自譽矜高、恆常毀他人等十二魔軍之說；《瑜珈師地論》卷二十九列舉五蘊魔、煩惱魔、死魔、天魔等四魔之說；《華嚴經隨疏演義鈔》卷二十九則舉蘊、煩惱、業、心、死、天、善根、三昧、善知識、菩薩法智等十魔之說。其實上述佛經所提到的各種不同的魔，就是指世俗煩惱、疑惑、迷戀等一切能擾亂眾生，障礙修行的事物。魔者乃擾亂身心，障礙善法，破壞勝事，奪取慧命者，通常分爲心內之煩惱魔與心外之天魔，皆爲修行佛道之障礙，修行者可賴禪定或智慧加以降伏。如果由自己身心所生之障礙，我們稱之爲內魔、心魔，而來自外界之障礙稱則可稱爲外魔、天魔，那麼，如果視詩歌創作對修行佛道、禪定清寂是一種障礙的話，詩歌創作自然也是一種魔，也就是所謂的「詩魔」。

　　漢語中「魔」與「妖」的用法幾乎沒有差別，都是指邪惡的事物，但值得我們注意的是「詩魔」卻不同於「詩妖」，據劉若愚教授的研究，「詩妖」的概念出於劉向（前77～6），而由班固（32～92）擴充。所謂「詩妖」是指當在上位者橫暴無道，臣民噤若寒蟬，民間就會出現歌謠，預示災禍，這便稱爲「詩妖」。〔註5〕顯然地在班固理解下的「詩妖」與我們在上文談到的詩魔截然不同。不過，劉若愚忽視了詩妖的另一意涵，清錢謙益曾譏竟陵派之艱澀，指爲「詩妖」，但是無論如何，我們可以確定的是「詩魔」與「詩妖」並不相同。

二、詩魔的概念源自小乘的傳統

　　其實視詩歌創作爲修行佛道、禪定清寂的一種障礙、一種魔障，這種觀點應源自於小乘佛教的傳統。在小乘戒律中有明文禁止僧侶從事詩歌創作等

〔註4〕　有關降魔之故事，在《佛本行經》卷二十九、《過去現在因果經》卷三、《佛所行讚》卷三等佛傳經典中都有記載。

〔註5〕　參劉若愚著，杜國清譯，《中國文學理論》（臺北：聯經出版事業公司，1981），頁132。Ruey-shan Sandy Chen, *An Annotated Translation of Yan Yu's Canglang Shihua: An Early Thirteenth-century Chinese Poetry Manual.* Unpublished Ph.D. Dissertation（The University of Texas at Austin, May, 1996）, note 132, p. 74.

藝文活動，作詩和歌舞一樣被列入僧人的戒律，違者獲罹法罪。任何一門藝術，不投入則已，一旦涉身其中，無論是欣賞還是創作，都很難要求自己淺嚐則止，僧侶本應以宗教的修持爲專職，吟詠歌舞一方面有失沙門的體態威儀，而且沈溺於此道，則會荒廢修持，另外吟詠歌舞重在情感的宣洩與表達，這與禪定追求心神專一，解脫揚棄愛欲爲根的感情根本是不同的，因此小乘戒律根本上是反對歌詠聲舞等藝文活動。〔註6〕

小乘戒律雖不主張僧人從事吟詠歌舞等活動，但值得注意的是，如果沙門爲了抵抗外道或宣教之需要而吟詠歌舞，這是被允許的活動。如一切有部的律典《十誦律》（姚秦弘始十五年，西元413年譯成文），便提到佛陀在世時，曾允許僧徒學習外學，以便與外道抗衡。〔註7〕另外，據根本說一切有部的律典《毘奈耶雜事》的記載，我們可知教界並不反對僧人在「讚佛德」「誦佛經」時以詩歌形式吟詠，〔註8〕如果「諷誦經法聲徹梵天」「言音和雅，能令聽者無不歡愉」，〔註9〕僧人仍可諷詠的。因此，我們或可進一步理解小乘戒律中對於僧人吟詠的態度，在於僧人吟詠時的動機和內容究竟與佛教有無直接關係？如果僧人所吟詠的動機或內容和俗世文人所吟詠的詩歌一樣，完全沒有宗教上的目的，仍爲戒律所禁除。

佛教戒律中雖容許部份符合有宗教目的的歌詠法言，但是過於濃厚的藝術氣息與歡樂氣氛，仍是禁絕的，如《四分律》批評「過差歌詠聲說法」的

〔註6〕 根據釋昭慧分析《四分律》中反對歌詠聲舞有以下幾個重要理由：（一）壞威儀（二）曠時廢事（三）近惡墮惡（四）妨修禪定（五）障礙解脫。詳見釋著《如是我思》（臺北：東初出版社，1989年9月第一版，1990年6月修訂版），頁342～349。

〔註7〕 《十誦律》卷38〈明雜法之三〉云：「佛在舍衛國，有比丘……誦外書、文章、兵法，遠離佛經。佛言：今諸比丘若學外書、文章、兵法者，突吉羅。……外道到已，與新比丘、沙彌共論議，諸新比丘、沙彌皆不能答，一者新入道，二者佛制不聽學（指外道）故。……佛言：從今聽爲破外道故，誦讀外書。」（《大正藏》，頁274上～中）。曹仕邦認爲此乃中國沙門研習外學的教義根據，見氏著《中國沙門外學的研究—漢末至五代》（臺北：東初出版社，1994年11月第一版，1995年5月初版二刷），頁3。本資料蒙李建崑教授於中興大學所舉行的「第二屆通俗文學與雅正文學學術研討會」中賜補，謹此致謝。

〔註8〕 見《毘奈耶雜事》卷四：「佛言苾芻不應作吟詠聲誦諸經法，及以讀經讕教白事，皆不應作。然有二事作吟詠聲，一謂讚大師德，二謂誦三啓經，餘皆不合。佛許二事作吟詠聲——讚佛德、誦三啓。……佛言應在屏處學吟詠聲，勿居顯露，違者得越法罪。」，頁223中。

〔註9〕 見《毘奈耶雜事》卷四，頁222下。

過失，便是指俗世專致於創作的過失：

> 若比丘過差歌詠聲說法，使自生貪著，愛樂音聲，是謂第一過失；
> 復次，若比丘過差歌詠聲說法，其有聞者生貪著，愛樂其聲，是謂
> 比丘第二過失；復次，若比丘過差歌詠聲說法，其有聞者，其習學，
> 是謂比丘第三過失；復次，比丘過差歌詠聲說法，諸長者聞，皆共
> 譏嫌言：「我等所習歌詠聲，比丘亦如是說法」，便生慢心，不恭敬，
> 是謂比丘第四過失；復次，若比丘過差歌詠聲說法，若在寂靜之處
> 思惟，緣憶音聲以亂禪定，是謂比丘第五過失。〔註10〕

《四分律》批評「過差歌詠聲說法」有近惡墮惡、妨礙解脫、曠時廢事、壞失威儀、妨修禪定等五個過失，〔註11〕這五個過失恐怕正是「詩僧」作詩時的顧慮，詩僧因自覺在歌詠中過於投入，已對自己在修悟方面產生了負面影響，因而才有了「詩魔」問題的反省。

上述小乘戒律中對於詩歌的態度，與西哲柏拉圖頗為類似，我們都知道柏拉圖認為詩歌及藝術創作只是模仿的模仿、影子的影子，與真理的世界隔著三層，所以他將詩人摒除在他的理想國之外，但又補充說「除掉頌神的和贊美好人的詩歌以外，不准一切詩歌闖入國境。如果你讓步」〔註12〕柏拉圖認為能否贊美神祇和贊頌好人是決定詩歌價值的因素，這也就是說柏氏衡定詩歌的態度，偏執於詩歌正面表述道德的功能，而全然否定詩歌的抒情功能。其實，小乘戒律對詩歌的態度和柏氏一樣，是一種偏執，偏執於詩歌正面的表述功能，都只看到詩歌的抒情功能的負面性，進而就全盤否定詩歌。

可見佛教戒律中反對僧人作詩和歌舞，主要的原因當是認為從俗世作詩和歌舞等活動，無助於個人的修持，甚至會影響個人的宗教修悟或體驗，因此在戒律中明白限制僧人作詩。我們或許可從皎然的一詩作得到證明，其〈酬崔侍御見贈〉說：

> 市隱何妨道，禪栖不廢詩。與君為此說，長破小乘疑。〔註13〕

〔註10〕見《四分律》卷三十五，《大正藏》第二十二冊，頁 817 中。

〔註11〕這條戒律雖然主要在談音樂，但也附帶提到與音樂有關的歌詠舞蹈，可見沙門中還是儘量避免過於濃厚的藝術氣息與歡樂氣氛。見釋昭慧〈從非樂思想到音聲佛事〉第六節「教內音樂之需求及其開展」，見《如是我思》，頁 352～362。

〔註12〕見朱光潛譯，柏拉圖著《文藝對話集》（北京：人民文學出版社，1963 年 9 月第一版，1997 年初版五刷），頁 87。

〔註13〕見《全唐詩》，卷 815，頁 9182。

從這首詩，我們可以得到了二個初步的理解：第一，小乘戒律認爲從事詩歌活動會妨礙宗教上的修悟；第二，皎然個人認爲詩歌創作並不致影響在宗教方面的修持。

根據僧傳的記載著，皎然在貞元五年（789）移居東溪草堂的時候，曾深深自悔而欲「屏息詩道」，並認爲僧人寫詩，非「禪者之意」，「適足以擾我眞性」，貞元五年（789），前御史中丞李洪爲湖州太守去會見他時，看見了擱置很久的《詩式》稿本，大加讚賞說：「早年曾見沈約《品藻》、惠休《翰林》、庾信《詩箴》，三子之論，殊不及此。」接著責備他「奈何學小乘褊見，以夙志爲辭邪？」經過李洪的開解，皎然才又重拾筆硯開始詩歌創作。後來皎然就把這一段輟筆、復筆的經過記錄下來，保留在現在《詩式》卷一〈中序〉。《宋高僧傳》爲皎然所立的傳記中，文字亦大致與《詩式·中序》雷同，而略有增刪。〔註14〕

我們知道皎然在中唐不僅享有詩名，且被時人譽爲「法門偉器」，皎然個人反省作詩對於修悟的影響，由此我們可以確定的是，小乘的確實有一種看法，認爲從事詩歌活動會妨礙個人在宗教上的修悟。皎然在這首回贈給崔侍御的詩表示，不必拘限於小乘傳統的束縛，禪修與作詩兩不相妨，由此可見皎然的創作觀很明顯歷經了一個從小乘到大乘的轉變。

三、詩僧對於詩魔問題的對治

其實大乘佛教認爲修行佛道的最高的境界不在於斷絕世俗、泯除欲念而已，如果修道人能夠破智障、除法執、去我執的話，詩歌何以成爲修行佛道的障礙，顯然詩僧們對於詩歌有一種無法降伏的困擾，因爲如果作詩成爲癖癮，對修道人來說，就好像是一種惡魔一樣，擾亂身心、奪取智慧。其實詩僧作詩都似賈島的苦吟，且幾近有詩癖的現象，如齊己給朋友高輦的二首中提到苦吟的創作經驗：

> 穿鑿堪傷骨，風騷久痛心。永言無絕唱，忽此惠希音。
> 楊柳江湖晚，芙蓉島嶼深。何因會仙手，臨水一披襟。

〔註14〕見周維德《詩式校注》卷一（浙江：浙江古籍出版社，1993），頁38～39；以及《宋高僧傳》（臺北：文津出版社，1991年8月初版，據1987年北京中華書局點校本影印），卷二十九〈唐湖州杼山皎然傳〉，頁728～729，及《詩式》卷一〈中序〉。

詩在混茫前，難搜到極玄。有時還積思，度歲未終篇。

片月雙松際，高樓闊水邊。前賢多得此，風味若爲傳。〔註15〕

齊己一首題爲〈愛吟〉的詩作中，更明白表示自己酷愛作詩，每每詩思萌動影響禪定：

正堪凝思掩禪扃，又被詩魔惱竺卿。偶憑窗扉從落照，

不眠風雪到殘更。皎然未必迷前習，支遁寧非悟後生。

傳寫會逢精鑒者，也應知是詠閒情。〔註16〕

此處「竺卿」本指印度的高僧，此處當借指修行佛道等工夫。此外在〈喜乾晝上人遠相訪〉一詩中也提到「詩魔」：

彼此垂七十，相逢意若何。聖明殊未至，離亂更應多。

澹泊門難到，從容日易過。餘生消息外，只合聽詩魔。〔註17〕

《摩訶止觀》卷八云：「魔界佛界，而眾生不知，迷於佛界，橫起魔界，於菩提中而生煩惱。」〔註18〕〈寄鄭谷郎中〉用的正是《摩訶止觀》的說法：

上國誰傳消息過，醉眠醒坐對嵯峨。身離道士衣裳少，

筆答禪師句偈多。南岸郡鐘涼度枕，西齋竹露冷霑莎。

還應笑我降心外，惹得詩魔助佛魔。〔註19〕

這首齊己給鄭谷詩中他戲稱自己好作詩偈，以爲是降伏內心煩惱的工夫，但卻惹得詩魔滋長助長菩薩法智魔的困擾。既然如此，齊己又如何降伏心中的詩魔呢？〈靜坐〉云：

日日只騰騰，心機何以興？詩魔苦不利，禪寂頗相應。

硯滿塵埃點，衣多坐臥稜。如斯自消息，合是箇閒僧。〔註20〕

詩中便提到透過禪坐來對治詩魔，雖然齊己表示過詩思會影響禪定，但如果每日心緒紛飛翻動，修禪之道心（即心機）便永遠無法興起，齊己希望過靜坐也就是禪坐，達到禪定，等到禪寂一來叩應心扉，則詩癮不發，詩魔便無從相擾，如此作法（經過禪坐自然透顯出成佛的消息），表現在外的是一種閒適的意趣，因此品茗可以降詩魔〈嘗茶〉一詩云：

〔註15〕 齊己〈寄謝高先輩見寄二首〉，《全唐詩》，卷841，頁9503。

〔註16〕 齊己〈愛吟〉，《全唐詩》，卷844，頁9547。

〔註17〕 齊己〈喜乾晝上人遠相訪〉，《全唐詩》，卷839，頁9472。

〔註18〕 《大藏經》，卷46，頁116中。

〔註19〕 《全唐詩》，卷845，頁9553。

〔註20〕 《全唐詩》，卷840，頁9484。

石屋晚煙生，松窗鐵碾聲。因留來客試，共說寄僧名。

味擊詩魔亂，香搜睡思輕。春風雪川上，憶傍綠叢行。〔註21〕

我們可看貫休另一首詩作以開心來對治詩魔：

余亦如君也，詩魔不敢魔。一餐兼午睡，萬事不如他。

雨陣衝溪月，蛛絲冒砌莎。近知山果熟，還擬寄來麼。〔註22〕

從上述詩句，我們可以肯定的是「詩魔」乃修行中需要被克服的障礙，而究竟品茗清香是否可以治詩魔？還是品茗時悠閒的心情才是降魔的絕招？答案顯然是後者。

詩魔的原義是指詩歌是修持上的障礙，因此可以視為魔道一樣，因此叫做魔障，如此解魔則可以視詩魔為魔障。我們提到詩歌在悟道上的重要性，特別是狄爾泰詩歌理論講到詩歌的解放功能：「詩向我們揭示了人生之謎」「詩把我們心靈現實的重負解放出來，激發起人對心靈自身價值的認識。」詩擴大了對人的解放的效果，以及人的生活體驗的視界，因為當人被束縛在既定的生活秩序上時，詩開啟了人的想像，展示了一個新的世界，使人得以去過不能實現的生活。〔註23〕就這一點重視詩的解放性而言，指向詩的正面作用，而不是反面的障礙，如何調節這兩點，我們可作如下的解說，詩歌的超越性和解放性是排拒外在現實世界的重擔對於修道人的枷鎖和妨礙，就此而言，詩歌的超越性和解放性在消極的排除，排除是一種消極性的幫助，在修道上是消極性的幫助，原因是詩並沒有幫助修道人去證涅槃和證如來，只不過把不利的因素或把外在重擔和枷鎖予以解消而已，解消以後成佛成魔，還沒有得到一個積極的保證，我們要看詩魔成為魔障是在什麼樣的層次來說的。

詩之所以成為魔障，顯然不在其超越性和解放性，而在於解放超越以後沒有一個積極正面的保證，沒有一個正途的規約，只能消極的排除障礙，排除以後可以往上一級以證如來，也可以往下沈淪而萬劫不復，就在這個危險的空間，魔障的問題就可能出現。為什麼魔障這問題要與詩歌有特別關係呢？在於沒有積極的規約導向於正覺，只能消除修持上面現實上面的干擾，所以開啟了一危險空間，是轉機當然也是一個危機了。

〔註21〕 《全唐詩》，卷838，頁9450。

〔註22〕 貫休〈寄赤松舒道士二首〉之二，《全唐詩》，卷830，頁9361。

〔註23〕 胡經之主編：《西方文藝理論名著教程》下冊（北京：北京大學出版社，1989年 11 月第一版，1991 年 12 月初版三刷），頁 36～37。

　　第二層詩魔之所以可能是說，如果我們忘記在悟道這一層次上，詩歌只不過是一手段而不是一個目的，把手段和目的顛倒過來的話，就很容易耽於創作詩歌而漠視了、忘記了悟道的最終目的，這就變成了買櫝還珠了，變成了反客為主了。當我們不斷追逐詩歌創作之美，而遺忘了求正覺的正途，這顯然就是一種魔障，這種混淆手段與目的，本身就是一種魔障。就此而言，我們講出詩魔的第二層的觀點。就詩歌幫助悟道而言，詩歌的超越性／解放性這兩層是不相抵觸的，因為這兩層是站在不同層次上面立言的。〔註24〕

第二節　正面的立場：詩禪理論的雛型出現

　　本文另一個寫作主旨，指出宋代「以禪喻詩」的唐代淵源。我們知道唐代詩僧尚未有「以禪論詩」的成熟理論呈現，然而我們從詩僧在創作態度上從「詩禪相妨」到「詩禪互濟」的轉變、詩句中大量出現詩禪對舉的情形看來，詩僧的創作意識背後已透顯出「以禪論詩」的理論發展向度。

一、詩禪相妨到詩禪互濟的轉變

　　從小乘佛教到大乘佛教，不論在宗教實踐上和理論上都有較大的分歧：就修行的目標來說，小乘追求個人自我解脫，把灰身滅智、證得阿羅漢果作為最高目標；大乘則以普渡眾生、修持成佛、建立佛國淨土為最高目標。〔註25〕也就是說小乘到大乘在「終極關懷」〔註26〕的目標上，有一個很明顯的轉變，也就是從彼岸世界變為此岸世界。小乘傳統認為僧人創作有礙修悟，但是我們看到唐代詩僧逐漸擺脫小乘戒律的限制，詩僧在詩歌中表示，從事詩歌活動不但不會妨礙修悟，甚至還是悟道的一個幫助或資具，詩僧在詩歌創作態度上的轉變，以及大量的詩歌創作，正好符應了佛教精神的轉變。

〔註24〕有關詩語言的超越性特質，詳見第六章第二節「詩僧展現詩語言的宗教向度」。
〔註25〕參見羅竹風主編《宗教通史簡編》（上海：華東師範大學出版社，1990 年 11月第一版，1996 年初版三刷），頁 51。
〔註26〕「終極性」是所有宗教的根本特色，自從田立克提出「終極關懷」（ultimate concern）一詞註解基督宗教信仰之後，許多宗教學者或哲學家，就紛紛以「終極」這一形容詞來說明有關宗教的種種事物，如傅偉勳教授以「終極關懷」、「終極真實」「終極目標」與「終極承諾」為宗教不可缺之基本要素。見傅偉勳〈從終極關懷到終極承諾──大乘佛教的真諦〉，《當代》11 期，1987 年 3 月，頁 17。

作詩憑興而起，修禪乃入於空寂；前者要求心機活躍，後者則要求心如止水。兩種活動自不相同，前文已提到皎然反省作文吟詩，「適足以擾我真性」，曾想廢置棄所著《詩式》及諸文筆。而齊己也曾透露出吟詩會妨礙修禪的意見：

> 搜新編舊與誰評，自向無聲認有聲。已覺愛來多廢道，
> 可堪傳去更沽名。風松韻裏忘形坐，霜月光中共影行。
> 還勝御溝寒夜水，狂吟衝尹甚傷情。〔註27〕

上面的「愛」字指的是「愛詩成執」，其實就佛教的通義言，著執當然無法了悟，因此在這裏齊己自己省到「愛」詩已到「偏廢」修行。我們知道佛教主張主執妄，作詩若成執成痴的地步，當然會妨礙禪修。

然而要注意的是，在皎然和齊己的詩作，我們同時也看到他們對於詩歌與修悟關係的正面反省，他們不僅表示吟詩修禪二者活動不相妨礙，更進而表示吟詩有助於修悟。

坐禪修道的生活是相當苦寂，許多詩僧常常在詩中提到「禪寂」，如清江說：

> 禪機空寂寞，雅趣賴招攜。〔註28〕
> 歸臥南天竺，禪心更寂寥。〔註29〕

皎然說：

> 應憐禪家子，林下寂無當。〔註30〕
> 高月當清冥，禪心正寂歷。〔註31〕
> 至今寂寞禪心在，任起桃花柳絮風。〔註32〕

齊己說：

> 詩魔苦不利，禪寂頗相應。〔註33〕

〔註27〕齊己〈敘懷寄高推官〉，《全唐詩》，卷844，頁9548。
〔註28〕清江〈春游司直城西鸝鷺谿別業〉，《全唐詩》，卷812，頁9144。
〔註29〕清江〈送堅上人歸杭州天竺寺〉，《全唐詩》，卷812，頁9145。
〔註30〕皎然〈答蘇州韋應物郎中〉，《全唐詩》，卷815，頁9172。
〔註31〕皎然〈答豆盧次方〉，《全唐詩》，卷815，頁9172。而對於禪修的苦寂生活，清江也有類似的描述：「禪機空寂寞，雅趣賴招攜。」「歸臥南天竺，禪心更寂寥。」（見清江〈春游司直城西鸝鷺谿別業〉、〈送堅上人歸杭州天竺寺〉，《全唐詩》，卷812，頁9144、9145。
〔註32〕皎然〈寄南山景禪師〉，《全唐詩》，卷823，頁9278。
〔註33〕齊己〈靜坐〉，《全唐詩》，卷840，頁9484。

託興偶憑風月遠，忘機終在寂寥深。〔註34〕

詩僧如何調節修禪的苦寂生活呢？齊己在詩中便經常提到吟寫詩歌，如：

日用是何專，吟疲即坐禪。〔註35〕

時有興來還覓句，已無心去即安禪。〔註36〕

無味吟詩即把經，竟將疏野訪誰行。〔註37〕

佯狂未必輕儒業，高尚何妨誦佛書。〔註38〕

上面的詩句都表示吟詩、作詩等活動是在修悟生活中所扮演的調劑功用。而皎然也說：

……儒服何妨道，禪棲不廢詩。與君為此說，長破小乘疑。〔註39〕

他表示修禪過程中並不需要刻意廢除儒服及詩歌活動。從詩作中我們看到皎然和齊己對於詩歌與修悟的影響，抱持著兩種不同的態度，這兩種不同的態度是互相矛盾？還是觀念轉變而導致前後立場的不同？從皎然的詩句，我們很清楚看到他們詩中所呈現的兩種不同立場，不是矛盾的現象而是觀念的轉變，是大乘佛教思想的影響所致。換言之，皎然、齊己著眼於修練方法的境界已明顯從小乘移轉至大乘，因此詩歌不再成為悟道的阻礙，而是一種達到悟道的方法、工具、手段，當然這種理解的前題，必先有一個認識，也就是認為吟詠詩歌等活動不會妨礙修悟。

然而為何詩歌有助於創作主體修悟呢？以下借用王維〈薦福寺先師房花藥詩序〉進一步說明：

心舍於有無，眼界於色空，皆幻也，離亦幻也。至人者不捨幻，而過於色空有無之際。……漆園傲吏，著書以稊稗為言；蓮座大仙，說法開藥草之品。道無不在，物何足忘？故歌之詠之者，吾愈見其嘿也。〔註40〕

王維在這裏所說的「至人」，應指在宗教修悟體驗方面已達到最高境界的人，這樣的人不凝滯不執著於「有」與「無」、「色」與「空」之間，因為不凝滯不執

〔註34〕齊己〈送吳先輩赴京〉，《全唐詩》，卷845，頁9561。
〔註35〕齊己〈喻吟〉，《全唐詩》，卷843，頁9525。
〔註36〕見齊己〈山中寄凝密大師兄弟〉，《全唐詩》，卷844，頁9537。
〔註37〕見齊己〈荊渚偶作〉，《全唐詩》，卷846，頁9568。
〔註38〕見齊己〈過陸鴻漸舊居〉，《全唐詩》，卷846，頁9569。
〔註39〕「市隱」一作「儒服」，見皎然〈酬崔侍御見贈〉，《全唐詩》，卷815，頁9182。
〔註40〕見《全唐文》，頁3297下。

著，所以心不會受外物的妨阻，心不必刻意忘物而自然能冥合於道，既然如此，歌詠自然不會妨礙悟道。因此王維認為吟詠不輟的人，愈發顯現他內心的靜默。王維對於至人修悟境界的描述，正幫助我們理解皎然、齊己觀念的轉變。

二、類比性的理論思維及詩禪理論的發展

學界許多研究已經指出佛教給詩論最大的啟示是一個「悟」字：如大陸學人袁行霈先生認為禪對詩的滲透在詩學評論方面是「以禪喻詩」。〔註41〕余國藩先生指出佛教對於中國詩歌的宗教啟發表現在詩觀方面，就是禪宗所強調語言的多義性，語言神秘的啟示力，還有對於「悟」「覺」的需求。〔註42〕周裕鍇的研究指出「以禪喻詩」的理論是建立在禪和詩都重內心體驗，都重視啟示和象喻，在思維方式上（觀照、頓悟、表達）上有許多相通處。〔註43〕

詩僧採用佛教修悟的觀點來類比詩歌創作的思考模式，是一種簡單的類比性思維。類比思維可說是人類最基本的思維模式之一，古人仰觀天文，俯察地理，以和人文進行對比，這種認知思維活動背後就含藏著比較的成分。事實上，中國古代哲人就常常運用類比法進行思考，如孔子談因革損益，就視作類比思維的結果。本節主要考察的是詩僧詩歌中的理論思維，在類比性的思維模式下，我們看到詩禪理論的基本雛型產生了，在類比性的思維模式下，使得佛教與詩歌產生了一個交會點，以下的分析就是在展示這個發展的痕跡：

（一）詩情聊作用，空性惟寂靜

類比思維的初步呈現，首先可見皎然〈答俞校書冬夜〉一詩：

夜閒禪用精，空界亦清迥。子真仙曹吏，好我如宗炳。

一宿覿幽勝，形清煩慮屏。新聲殊激楚，麗句同歌郢。

遺此感予懷，沈吟忘夕永。月彩散瑤碧，示君禪中境。

真思在杳冥，浮念寄形影。遙得四明心，何須蹈岑嶺。

〔註41〕參見袁行霈〈詩與禪〉，收入《佛教與中國文化》（北京：中華書局，1988年10月第一版），頁83～91。

〔註42〕見余國藩著，李奭學譯〈宗教與中國文學〉（輔仁大學外語學院編：《文學與宗教──第一屆國際文學與宗教會議論文集》。臺北：時報文化出版企業有限公司，1987年9月第一版，1988年7月初版重刷），頁288～289。

〔註43〕見周裕鍇《中國禪宗與詩歌》第八章「以禪喻詩概說」，頁270。

　　詩情聊作用，空性惟寂靜。若許林下期，看君辭薄領。

　　〔註44〕

皎然這首詩不知作於何時，俞校書是誰也未可考，從詩題我們知道這首詩是皎然回贈給一位俞姓任校書職務的朋友，詩中所提到的宗炳（357～443）是南朝劉宋時的隱士，後從慧遠「白蓮社」修淨土，著有〈明佛論〉〈難白黑論〉，〔註45〕皎然拿來比喻朋友，可見這位俞姓朋友跟宗炳一樣，頗有相當的佛教興趣及修養，詩中皎然提到朋友的詩是「新聲麗句」，猶如哀傷的郢歌，但不同於激昂的楚聲，讀來令他感懷沈吟良久，因此他便回贈朋友一首詩。在這一首詩中有「詩情聊作用，空性惟寂靜」一對句，出現了上文我們提到的詩禪對舉的情形，在此還須注意的是，這對句中提到「作用」二字，在皎然《詩式》中是一個很重要的概念，因此如果能理解這一句話，將有助於我們了解皎然向俗世朋友（特別是詩歌往來的朋友），究竟展示的詩禪關係是什麼？

　　首先要了解的是「作用」是什麼意思？《詩式》卷一有「明作用」一節說：「作者措意，雖有聲律，不妨作用。如壺中瓢中自有天地日月。時時拋鍼擲線，以斷而復續，此為詩中之仙。」〔註46〕書中其他地方提到「作用」也很多，如：

　　夫詩者……其作用也，放意須險，定句須難，雖取由我衷，而得若天授。……〔註47〕

　　意度盤薄，由深於作用。……〔註48〕

　　天與其性，發言自高，未有作用。（此評李陵、蘇武詩）……辭精義炳，婉而成章，始見作用之功。（此評古詩十九首）〔註49〕

　　曩者嘗與諸公論康樂，為文真於性情，尚於作用，不顧詞彩而風流自然。……〔註50〕

〔註44〕見皎然〈答俞校書冬夜〉，《全唐詩》，卷815，頁9173

〔註45〕〈明佛論〉、〈難白黑論〉收於《弘明集》卷三、卷四。

〔註46〕見李注《詩式》卷一「明作用」，頁10；周注《詩式》卷一「明作用」，頁3。

〔註47〕見李注《詩式·序》頁1；周注《詩式·序》卷一，頁1。

〔註48〕見李注《詩式》卷一「詩有四深」，頁14；周注《詩式》卷一「詩有四深」，頁7。

〔註49〕見李注《詩式》卷一「不用事第一格·李少卿與并古詩十九首」，頁79；周注《詩式》卷一「李少卿并古詩十九首」，頁14。

〔註50〕見李注《詩式》卷一「不用事第一格·文章宗旨」，頁90；周注《詩式》卷一

值得注意的是，上舉幾處「作用」出現的時候，往往也會出現「情」、「意」等字眼，就此而言，我們相信作用與詩情必有相當的關係，因此我們不等閑忽視「詩情聊作用」這句話。

學界對於皎然論「作用」這個問題，意見尚見分歧，目前未有定論，〔註51〕如：郭紹虞先生注解《詩式》時指出，作用的意思是「藝術構思」；〔註52〕徐復觀從《詩人玉屑》的材料認爲作用相當於傳統哲學「體用」中的「用」；李壯鷹先生認爲作用是釋家語，指「文學的創造性思維」，〔註53〕張伯偉認爲作用的意思比較接近「物象」。〔註54〕郭、李二人的解釋相近，作用接近於構思的問題，而徐、張二人從體用的角度理解作用，作用的意思比較接近立意構思以後取象的問題。如果從「構思」解，指詩人的情感發用，則與皎然《詩式》中的「立意」說相近；而如果從「取象」解，指詩人將客觀的物象具體化爲詩中的意象，則接近於皎然《詩式》中的「取境」說。其實「立意」與「取境」分屬創作主體呈現創作對象的兩個階段，一個在前，一個在後，但是彼此又互相關聯牽涉，〔註55〕這或許就是學人解釋「作用」一詞分歧的原因。雖然皎然《詩式》已區分「立意」與「取象」，但筆者以爲皎然使用「作用」一詞，也有可能兼含「構思立意」、「取物爲象」兩層意思，特別是古代的詩論著述多半以箚記的基礎整理，我們似乎不必苛求古人使用理論術語時的嚴謹度。

現在我們來檢視出句「詩情聊作用」。聊，可當動詞及副詞使用，動詞解作「賴」，依賴的意思，如「民不聊生」；副詞解作「且」，姑且的意思。「作用」解立意／取象，都是動詞，「聊」自然應視爲副詞。現在把「詩情聊作用」一句與「空性惟寂靜」相對，則「作用」應當視爲名詞，指立意的活動／取象的活動，與「寂靜」一詞相對，而「聊」便應當作動詞，依賴的意思。因此「詩情聊作用」可解作詩人的感情依賴立意／取象來呈現，換句話說，立意／取象正是詩人感情得以具體化、文字化的基礎。

「李少卿并古詩十九首」，頁 17。

〔註51〕詳見本文第四章第二節。

〔註52〕見郭紹虞《中國歷代文論選》第二冊選注《詩式》。

〔註53〕見李注《詩式校注》，頁 4。

〔註54〕張伯偉研究中指出晚唐詩格中強調先立意，後取象，或者強調意有內外，凡強調詩的作用必然強調詩的物象，因此離開了「物象」就無法把握作用的含義。見張氏《禪與詩學》（杭州：浙江人民出版社，1992 年 9 月第一版，1993 年 10 月修訂二版），頁 25～29。

〔註55〕詳見本文第三章第二節「創作主體對於創作對象的呈現」第一「取境之說」。

同理，對句「空性惟寂靜」，「惟」字在此不當作限定詞，解作只有、正好，而應視作動詞，解作「思考」的意思。空性，梵文 cunyata，指空之自性、空之眞理，乃「眞如」之異名，依唯識家之說，眞如爲遠離我、法二執之實體。因此這句話的意思是說，空之眞如自性往往是在寂靜的時候思悟出來，換句話說，寂靜是修道者思悟空性的基礎。

而爲何寂靜往往是修道者思悟空性的基礎呢？根據《大乘起信論》說：

> 若修止者，住於靜處，端坐正意，不依氣息，不依形色，不依於空，
> 不依地、水、火、風，乃至不依見聞知覺，一切諸想；隨念皆除，
> 亦遣除想，以一切法本來之相，念念不生，念念不滅，亦不得隨心
> 外念境界。〔註56〕

上面所描述的是一種超越見聞知覺、澄空凝寂的精神境界。大乘佛學，「六度」（即「六波羅密」）作爲求得解脫、證得涅槃的途逕，其中主要的兩項是「定」與「慧」；「慧」並不是指世俗所說的智慧，而是「於一切法不著故，應具足般若波羅密」，〔註57〕意即能破除法執；「定」即禪那、思維修，指「不亂不昧故，應具足禪那波羅密」，〔註58〕意指專注一境、正審思慮的精神狀態。在佛家看來，「定心者若疏源而自得，逐境者猶理絲而又棼」，因此自然而有出離塵境的追求。推一步說，不僅皎然追求一種閒靜逸遠的境界，甚至一些受佛教影響較深的文人，在創作上也追求閒靜一途，像蘇軾的〈送參寥師〉所說：「欲令詩語妙，無厭空且靜。靜故了群動，空故納萬境。」〔註59〕正是這種立場。

「詩情聊作用，空性惟寂靜」這一對句，呈現了一個耐人尋味的現象，皎然的詩作反映了他構築詩歌創作理論的思維中，已出現一種類比性的理論，也就是說他已採取佛教修悟的方式來理解或建構詩歌創作理論。

（二）詩禪對舉的大量出現

與皎然同時的詩僧靈澈也有類比性的理論思維，如其〈送道虔上人游方〉說：「律儀通外學，詩思入玄關」〔註60〕中律儀／詩思對比，律儀是內學，玄

〔註56〕《大乘起信論》，收在《大正藏》第32冊論集部，頁577中。
〔註57〕《大品般若經》卷一，《大正藏》卷一「般若部」一。
〔註58〕《大品般若經》卷一，《大正藏》卷一「般若部」一。
〔註59〕《蘇軾詩集》卷17，北京：中華書局，1982年第一版。
〔註60〕靈澈〈送道虔上人游方〉，《全唐詩》，卷810，頁9132。

關指的是禪關，這個意思是說內學可以通外學，詩思可以與禪思相通。皎然之後，齊己的詩作中出現了更多詩禪並舉的情形，如：

1. 道笑忘言甚，詩嫌背俗多。〔註61〕

2. 禪心誰指示，詩卷自焚燒。〔註62〕

3. 道有靜君堪托迹，詩無賢子擬傳誰。〔註63〕

4. 道妙言何強，詩玄論甚難。〔註64〕

5. 道性宜如水，詩情合似水。〔註65〕

6. 詩心何以傳，所證自同禪。〔註66〕

7. 禪玄無可並，詩妙有何評。〔註67〕

8. 詩通物理行堪掇，道合天機坐可窺。〔註68〕

9. 禪關悟後寧疑物，詩格玄來不傍人。〔註69〕

10. 禪心盡入空無跡，詩句閒搜寂有聲。〔註70〕

11. 詩同李賀精通鬼，文擬劉軻妙入禪。〔註71〕

12. 禪言難後到詩言，坐石心同立月魂。〔註72〕

齊己詩作中道／詩、禪／詩並舉隨處可見，這種現象可視作詩僧已從「詩歌妨礙悟道」這一個傳統觀點解放，他們並不認為寫詩會阻礙修悟，因為詩僧已意識到詩禪之間有互濟的關係存在，所以才會大量出現詩禪對舉的詩句。

其實我們進一步分析齊己詩禪並舉的詩句，可發現這些詩句中已初步出現宋代「以詩喻禪」的理論雛型，以下以齊己為例說明：

〔註61〕 齊己〈寄峴山願公三首〉之二，《全唐詩》，卷842，頁9509。

〔註62〕 齊己〈招乾晝上人宿話〉，《全唐詩》，卷843，頁9535。

〔註63〕 齊己〈荊門寄沈彬〉，《全唐詩》，卷845，頁9558。

〔註64〕 齊己〈溪齋二首〉之二，《全唐詩》，卷839，頁9465。

〔註65〕 齊己〈勉詩僧〉，《全唐詩》，卷839，頁9478。

〔註66〕 齊己〈寄鄭谷郎中〉，《全唐詩》，卷840，頁9478。

〔註67〕 齊己〈逢詩僧〉，《全唐詩》，卷842，頁9507。

〔註68〕 齊己〈中春感興〉，《全唐詩》，卷844，頁9550。

〔註69〕 齊己〈道林寺居寄岳麓禪師二首〉之二，《全唐詩》，卷845，頁9564。

〔註70〕 齊己〈寄蜀國廣濟大師〉，《全唐詩》，卷846，頁9577。

〔註71〕 齊己〈酬湘幕徐員外見寄〉，《全唐詩》，卷846，頁9557。此處「詩」「文」對舉，並以通鬼、入禪作喻。另疑「文」亦指詩，詩云：「長吉才狂太白顛，二公文陣勢橫前。誰言後代無高手，奪得秦皇鞭鬼鞭。」（齊己〈謝荊幕孫郎中見示樂府歌集二十八字〉，《全唐詩》，卷847，頁9593。）

〔註72〕 齊己〈酬光上人〉，《全唐詩》，卷847，頁9596。

上舉詩句也都是詩／禪、詩／道對舉的情形，進一步擴大以詞組的方式來檢視則是：道妙／詩玄、道性／詩情、傳詩／證禪、禪關／詩妙、詩通／道合、禪悟／詩玄、禪空／詩寂、詩精通鬼／文妙入禪、坐禪／立詩，我們從上述的詞組，當不難發現詩禪對舉大致呈現了三種類比的規律：第一，以「坐禪」比喻「立詩」，第二，以「禪玄」比喻「詩妙」，第三，是以「禪心」比喻「詩情」、以「禪空」比喻「詩寂」，我們從理論的思維層次來反省這三種類型，這三種類型實分別具現了創作詩歌、理解詩歌、評論詩歌與禪宗的對比關係，而事實上根據學界的研究，有學者正是從詩歌欣賞、詩歌批評，以及詩歌創作三個方面來分析宋代「以禪喻詩」的理論內涵。〔註73〕基於此，我認為宋代「以禪喻詩」的理論淵源，實可在詩僧的詩禪對舉的思維中找到發展的線索。

（三）詩為儒者禪

晚唐詩僧尚顏所提出的「詩為儒者禪」，可視作類比性理論思惟的進一步發展，這個命題的提出，更是宋代「以禪喻詩」理論淵源的具體呈現。如果就學習創作詩歌的過程這一個角度來理解「詩為儒者禪」這句話，並與宋人論學詩、讀詩等相關資料進行初步的對比，便可發現其中密切的關聯性。首先我們來看看尚顏這首詩：

> 詩為儒者禪，此格的惟仙。古雅如周頌，清和甚舜弦。
>
> 冰生聽瀑句，香發早梅篇。想得吟成夜，文星照楚天。〔註74〕

「詩為儒者禪」一句單就字義來分析，指向幾個方面：（一）詩歌本身就是禪：是什麼禪呢？不是佛中之禪，而是儒中之禪，其實類似的話也出現在晚唐徐寅《雅道機要》。〔註75〕（二）作詩好比儒者學參禪一樣：從參禪的角度來理解，還有幾種可能，以下我們從參禪的歷程和參禪的結果來分析。

第一，從參禪的歷程分析，是將詩歌的創意比喻成參禪的妙悟。我們知道學習寫詩是一種歷程，需要功夫及培養才能有最後的結果。參禪的人不能陳陳相因，不能把別人的頓悟當作是自己的頓悟，別人的頓悟也不能代表是

〔註73〕如袁行霈先生曾析分宋代「以禪喻詩」的內容為「以禪參詩」、「以禪衡詩」、「以禪論詩」三部份，並指出「以禪參詩」偏重在詩歌欣賞上、「以禪衡詩」偏重在詩歌批評上，「以禪論詩」偏重在詩歌創作上。詳見袁行霈〈詩與禪〉，收入《佛教與中國文化》（北京：中華書局，1988年10月第一版），頁83～91。

〔註74〕見尚顏〈讀齊己上人集〉《全唐詩》，卷848，頁9602，一作棲蟾詩，頁9609。

〔註75〕徐氏說：「夫詩者儒中之禪也，一言契道萬古咸知。」見《詩學指南》，卷4，頁133。

自己頓悟，頓悟需要自我身體力行、自我實踐，才有可能達到了悟的境界；學詩也一樣，不能因襲別人的東西毫無創新。就學習的歷程，重創新不可因襲一點，類比詩歌與參禪的關係，宋人也有相當類似的說法：

> 參禪學詩無良法，死蛇解弄活潑潑。〔註76〕

> 學詩渾似學參禪，頭上安頭不足傳。跳出少陵窠臼外，丈夫志氣本衝天。〔註77〕

> 欲參詩律似參禪，妙趣不由文字傳。個裡稍關心有悟，發為言句自超然。〔註78〕

第一首是指向超脫文字這一點，參悟禪理最後必須要超越、超脫語言與概念的束縛和限制，學詩也一樣，超脫語言與文字的束縛和限制，就是不能因襲前人的句子，生吞活剝。第二首「頭上安頭」〔註79〕的意思，就是重複因襲，學詩歌最怕就是重複別人的東西、因襲別人的東西，毫無創新；參悟也是一樣，因襲別人是沒有用的，因為別人的功德、福慧是別人的，自己的功德、福慧必須要自我奮鬥、實踐才能成功，同理作詩不能老是模仿，因襲別人，如此便會妨礙創作力的展現。第三首是說詩趣不光是由文字去經營的，「不由文字傳」，是說有言外之意、弦外之音，這可能是構成詩趣的重要部份，這一部份顯然不是文字表面可以傳遞的，而是文字深層的肌理所透發出來的神韻，所謂的肌理就構成了言外之意、玄外之音、妙趣無窮、無迹可尋。就策略而言，我們可以看出詩趣超越表面文字而呈現出來，表面文字所展現只不過是表面的境界，而成功的詩作是可以超越浮面文字、字面的意思，傳遞出更深一層的理趣，這卻好像禪悟一樣，不落入文字障，可是很多時候也不離文字，這不是說放棄文字而是說通過文字而超越文字，文字打個比喻，就好像渡河之舟，這個工具是幫助我們渡過隔礙、渡過河流，而使得到達開悟、到達彼岸的境界，越過的時候當然要靠舟船，超越以後便沒有必要再背負著舟船，如果不捨棄，便會成為束縛和障礙，同理詩歌創作也是一樣，必須透過文字好像舟船一樣承載我們渡河，但也不應執著於字斟句酌，反之更應重

〔註76〕葛天民〈寄楊誠齋〉。

〔註77〕吳可〈學詩詩〉其二，《詩人玉屑》卷一。

〔註78〕戴復古〈論詩十絕〉，《石屏詩》卷七。

〔註79〕見《傳燈錄》：「今有一事，問汝等。若道是，即頭上安頭；若道不是即斬頭求活。」

視的是，藉由文字展現更理想的境界。

　　第二，從參禪的結果分析，學詩雕琢文句、推敲聲律等等，都需要非常費勁刻意經營一番，如此好比參禪一般。剛開始學禪也需要一番經營，如學習如何靜坐、如何澄心，這都需要刻意經營一番、努力一番才有結果，不過一旦參禪成功以後，便可揮灑自如，而舉手投足無不稱理。透過參禪可達到一個超越的境界，也就是人與道的合一，這時候便是徹底的頓悟，徹底的頓悟就是自如了。禪宗常常強調在得悟以後呈現自由的相，我們將參禪頓悟的人移用於理解詩歌創作的情況也是一樣，當創作主體經過一番寒澈骨的鍛鍊，詩歌創作便不再是一種刻意經營的事業，而是一種自發內在的心靈表現，詩人創作信手拈來自是佳句、自成妙音。這是從頓悟的結果類比學詩和學參禪的關係。就此而言，宋代的說法有：

> 學詩當如學參禪，未悟且遍參諸方。一朝悟罷正法眼，信手拈出皆成章。〔註80〕
>
> 學詩渾似學參禪，竹榻蒲團不計年。直待自家都了得，等閒拈出便超然。〔註81〕
>
> 學詩渾如學參禪，悟了方知歲是年。點鐵成金猶是妄，高山流水自依然。〔註82〕

上面三首詩都將詩歌創作達到圓熟的境地，比喻參禪悟道的結果，這時創作者已經不需要再刻意用力的經營，創作成為一種自然的流露，創作者信手拈來自成章法，隨意拈出，如行雲流水般，自有超乎水準的佳構妙句。

　　以上我們發現宋人運用參禪的思惟方式類比討論詩歌創作，這種現象早在唐代詩僧的詩作中找到發展的線索。

第三節　小　結

　　對詩歌理論的具體實踐，莫過於實際呈現為創作的詩歌作品了，本章從詩僧的詩作，反省詩僧創作意識中有關詩歌與宗教修悟的理論問題。我們得到的結論是，詩僧的大量詩歌創作，以及苦心經營的創作態度，顯示了一個

〔註80〕韓駒〈贈趙伯魚〉，《陵陽先生詩》卷一。
〔註81〕吳可〈學詩詩〉其一，《詩人玉屑》卷一。
〔註82〕龔相〈學詩詩〉，《詩人玉屑》卷一。

明顯的趨勢，僧侶的修持觀已從小乘漸次推移至大乘，其中一個重要的指標，便是對於文藝創作限制的解放，詩歌創作不僅不再妨礙修悟，甚至對於證道、悟道都有所助益。

而從「詩魔」的問題到「詩為禪者禪」的理論思惟，我們看到了宋代詩禪理論的唐代淵源，詩歌理論與佛教理論所以產生交會的關鍵，與詩僧運用類比性的思維有很大關係。

綜而言之，本章從「詩用」的層次探索詩歌與修悟的關係，下一章則從「語意」的層次，進一步反省詩僧創作意識中有關詩歌與真理之間的理論問題。

第六章 語言與眞理──詩語、意義與存有之間的關係

宗教的傳承媒介中，語言文字是極爲重要的資具，所以宗教的研究，自然也就常常涵蓋文本的分析。倘若就能指與所指的結構來看，我們固然需要重視語言所指的內容對象，但是我們也可以離開對象而直就能指的語言自身進行反省性的分析。就此而言，深度的宗教或文學的反省性研究，都無可避免地涉及對語言自身的分析。本章希望建立一個有限的工作目標──展示詩僧對語言與眞理兩者關係的看法，辯證詩僧的詩語的意義與存有之間的關係──便是著眼於語言的分析。

佛教對語言是否可以充份表述眞理的看法，一般是持否定論的態度，那麼唐代詩僧對於詩語言與眞理之間的關係，是否和佛教的基本看法一致呢？本章嘗試從詩僧的詩作，分析出詩僧展現詩語言的宗教向度，具體展示詩僧越了語言表述眞理的困境，進一步從語言的作用及語言的意義兩方面檢討詩僧的眞理觀，從而反省出詩僧個人生命、詩語言與最高存有三者之間複雜的辯證關係。

第一節 語言與眞理：佛教的觀點略述

佛教對語言文字表述眞理的態度並不是那麼樂觀，佛教基本上視語言文字的存在是隨世而流的，是虛幻不定的，可毀壞的，會覆障眞理。〔註1〕佛教

─────────────────────

〔註1〕 梵語loka-vyavahara原義是「世間言説」，亦被譯作「世俗有」，意指在現實

對語言文字的態度其實是建基於其實相無相的立場，指出二分的語言文字不能表述不二的實相法門，如《維摩詰經》便直接說：

> 法無名字，言語斷故；法無有說，離覺觀故。
>
> 法無戲論，畢竟空故。〔註2〕

維摩居士指出二分的語言文字與不二分的實相世界不是兩相對應，實相世界是證得的，不是言說的境界。而《楞伽經》也提到：

> 眾生妄想言說生。〔註3〕
>
> 非言說是第一義，亦非所說是第一義……第一義者，聖智自覺所得，
>
> 非言說妄想覺境界。〔註4〕

則直接指出語言文字產生之根源在於眾生自身虛妄之想、不真實之想。從實相的觀點出發，言說之本質是虛幻不實的，但從教化方便眾生而言，言說亦具輔助的橋樑作用。若以為言說能表述實相而一定要說，此是著於說；但以為言說不能顯實相而一定不說，此乃著於不說。

　　佛教看到語言的有限性，因此對於語言是否能準確的表述真理這個問題，普遍上是持比較消極的態度。由於語言文字僅是工具，無法準確的、全面的表達佛法真義，因此佛理的獲取主要靠個人內心的體悟，特別是「教外別傳」的禪宗，更具體打出「不立文字」的主張。然而要注意的是禪宗所說的「不立文字」，並不是不需要文字，正如老莊意在魚兔而借助筌蹄，禪宗對於語言的運用採用一種隨立隨掃的態度，而這種態度實在是為了突破語言表述真理的有限性問題。以下我們不妨再引二段文獻來印證，如越州大珠慧禪師與禪僧的對話：

> 僧問：「何故不許誦經，喚作客語？」師曰：「如鸚鵡只學人言，不
>
> 得人意。經傳佛意，不得佛意，而但誦，是學人語，所以不許。」

的經驗世間、世俗的立場下所表現的言說。「世」者，覆障可毀壞之意；「俗」者，顯現隨世流轉之意；「有」者，存在之意，由梵語的字義顯示，世間言說的性質是虛妄不實的，是會覆蓋、障蔽真理的，是，隨眾生世代流傳，故可毀去、會壞掉，因此不可能獨立自存。參見吳汝均編著《佛教思想大辭典》，頁193b（臺北：臺灣商務印書館，1992年7月第一版，1994年5月初版二刷）。霍韜晦著《佛教的現代智慧》，頁21（香港：佛教法住學會，1982）。

〔註2〕　見《維摩詰經》〈弟子品第三〉，收在《大正藏》第14冊。

〔註3〕　見《楞伽經會譯》（臺北：老古文化事業公司，1991年第一版），卷二之上，頁247。

〔註4〕　見《楞伽經會譯》卷二之上，頁249～250。

> 曰：「不可離文字語言，別有意耶？」師曰：「汝如是說，亦是學語。」
> 曰：「同是語言，何偏不許？」師曰：「汝今諦聽，經有明文，我所
> 說者，義語非文；眾生說者，文語非義；得意者越於浮言，悟理者
> 超於文字，法過言語文字，何向數句中求：是以發菩提者，得意忘
> 言，悟理而遺教，亦得魚而忘筌，得白兔忘蹄也。」〔註5〕

上面這一段對禪宗「不立文字」的主張有一個很好的說明。大珠禪師提到佛
經能傳達佛意，但佛法真義卻不在佛經本身，這意思是說，記載佛經的語言
文字，像捕魚的筌、捉白兔的蹄一樣都是工具，求道者要獲得佛法大義，雖
然需要工具，但是卻不能執著於工具。這個意思顯然是說，語言文字作為領
悟佛法大義的工具是不充份，那麼最重要的是什麼呢？百丈懷禪師給我們一
個答案，就是依靠本心自性：

> 夫讀經看教，語言皆須宛轉歸就自己。但是一切言教，祇明如今鑒
> 覺自性，但不被一切有無諸境轉，是汝導師。能照破一切有無諸境，
> 是金剛慧。即有自由獨立分。若不能恁麼會得，縱然誦得十二《韋
> 陀典》，祇成增上慢，卻是謗佛，不是修行。但離一切聲色，亦不住
> 於離，亦不住於知解，是修行讀經看教。〔註6〕

在百丈懷海禪師看來，修行、讀經、看教等活動，都是為了鑒覺自性，讀經
不能被經文牽著鼻子走，或讓佛經中的語言文字弄得暈頭轉向，而要以自己
內心去把握讀經看教，如果一字不漏地熟背佛經，粘滯於一言一字，那不僅
不是修行，反而是在謗佛。

　　詩僧身為教徒，當然不可能不知道詩語言在表述真理的困境，然而他們
卻大量運用語言從事詩歌創作，這便涉及了下面我們要討論，詩僧如何看待
語言與真理二者關係的問題（也就是詩僧的真理觀）。

第二節　詩僧直接論述語言與真理的關係

　　首先要說明是，大部詩僧對於詩語言能否表述真理，並沒有系統性的、
反省性的理論論述，詩僧在這一個問題上，如果稱得上最直接的論述，則屬
詩僧少微。獨孤及〈送少微之天台國清寺序〉記載少微的一段話如下：

〔註5〕　見《景德傳燈錄》卷28「越州大珠慧海和尚語」，頁183。
〔註6〕　見《五燈會元》卷三「百丈懷海禪師」，頁135～136。

> 或問上人曰：「文者，所以足言也，言說將忘文字，性離示入，此徒
> 無乃累一相乎？」答曰：「稱示入者，過矣，以習氣未之泯也，率性
> 修道，庶幾因言遣言，故欲罷之而未能耳！」時人謂上人爲知言、
> 知道。〔註7〕

這段話的大意是：有人曾經問少微說：「文字只是用來補益語言的不足的，因此言說時可以遺忘文字，如果說文字的本質與示入眞理是有距離的（也就是說文字的意義無法充份表述眞理的消息），有這種想法的人不正是受困於文字的虛相、表相嗎？」少微肯定他的話，並進一步說：「認爲文字可以開示眞理的人，是錯誤的，這種人是沒有消泯一般的習慣來理解文字。尋著自我的本心自性求道，而且在這個過程中憑藉著語言又要排除執著語言，所以說，既要擯除語言這個工具但是又不能完全放棄。」當時的人都認爲少微這番話，是最知道語言，最能掌握佛法大義的。

反省少微對於語言與眞理之間的關係，顯示了二個態度：第一，肯定了語言表述眞理的工具性價值，第二，語言這個工具性價值是不充份的、不是絕對的。而上述少微對於語言功能的觀察和體認，其實正如禪宗使用語言「不即不離」的態度。

由於詩僧對於語言與眞理的問題，普遍缺乏系統性、反省性的理論建構，少微的一番話，可說是詩僧當中唯一涉及語言與眞理關係的論述。因此必須藉詩僧的詩歌創作，進一步反省詩僧創作意識中可能涉及到語言與眞理的問題。以下則從詩僧的詩歌進一步發掘潛藏在詩僧創作意識中的眞理觀。

第三節　詩僧展現詩語言的宗教向度

詩歌是以語言爲表現媒介的藝術，但是詩語是否能夠傳達眞理呢？或者說詩語能否充分傳達眞理？基本上，對於這個問題的反省，涉及的立場主要有二：即所謂否定論與肯定論。簡單的說，否定論主張詩語無法表彰眞理，而肯定論則認爲詩語能夠展示眞理。

本節分析詩僧所展現詩語言的宗教向度，重點並不在於對否定論或者肯定論者作一徹底的理論性檢討，而是站在肯定論的立場，將詩語言視爲一種可以達到宗教性目的或內容的憑藉或工具，在此我要強調的是，本節並非求證詩歌

〔註7〕　見《毘陵集》卷十六，頁8a-b。

創作就是詩僧創作理論的實踐，而是希望從理論層次反省詩僧創作中所展現出來的宗教性目的。在探討詩僧創作意識中對於詩語與存有之間關係的把握（也就是詩僧的真理觀）前，我要先從詩僧的詩歌創作中，分析詩僧所展現出來的詩語言的宗教向度。

一、悟　道

在第五章我們已從詩歌作用的角度，分析詩僧的創作意識中已經就創作主體的工具性立場論述詩歌與悟道的關係。〔註8〕現在我打算從「詩語言」反省詩僧創作中所展現的「悟道」這個向度。

上文我們提到齊己將詩歌視爲禪寂生活的調劑，因此詩歌是悟道的一種工具，而詩歌如何可以產生悟道的作用呢？如再推一步從詩語言自身反省，則跟詩語言本身「超越性」、「體驗性」的特質有關。現在我們重新檢視齊己〈靜坐〉一詩：

> 坐臥與行住，入禪還出吟。也應長日月，消得箇身心。
>
> 默論相如少，黃梅付囑深。明前古松徑，時起步清陰。〔註9〕

所謂「消得箇身心」的意思，可以如上一章所說「出吟」是「入禪」的苦寂歲月的調劑，但也可以進一層說，吟詠詩歌可以消解身心形慮的羈絆，而齊己這首詩題爲〈靜坐〉，靜坐當指坐禪的功夫，詩中提出吟詠詩歌可以消解身心形慮的羈絆，我們可從詩語言本身「超越性」的特質來理解。而「超越」是什麼意思呢？超越就是解脫和離越現實的糾纏和枷鎖，這一種的解脫和離越，使得詩人的心靈能夠不再向外向現實面來關注，轉而向他本身內在心靈的解放來邁進。詩歌以及藝術創作有一共同效果，使得詩歌創作者本身得以在創作過程中，從現實糾纏的過程中超離出來，這種解脫的產生就是我們所謂的「超越性」。〔註10〕

〔註8〕　參見本文第五章第二節。

〔註9〕　見齊己〈靜坐〉，《全唐詩》，卷840，頁9477。

〔註10〕上述這種肯認詩歌、藝術的超越性，彰顯詩歌、藝術的超越性，可以填補人類心靈及價值的空虛，可說是二十世紀西方詩學、美學重要的發展趨勢之一。有關詩歌的「超越性」，學界的論述很多，特別是在歐洲傳統（不是從英美分析的傳統來看）對於文藝的反省。胡經之指出：「詩化哲家們（席勒、尼采、狄爾泰、諾瓦利斯）都相信藝術可以代替宗教……在狄爾泰那裏，藝術獲得了與宗教相同地位；在瑞慈那裏，"只有詩可以救助我們"；在德格爾那裏，詩（藝術）終於成了思的源頭；而馬爾庫塞更把藝術作爲昭示存在

　　因此如果從詩語言本身的「超越性」來理解齊己〈靜坐〉一詩所講「消得簡身心」這一種效能功效，就是指詩歌能夠幫助詩歌創作者超越於現世種種糾纏，如此詩歌便與佛教割捨現實產生關聯性。詩僧身為一僧人，要證道、證涅槃、證如來，自然要把現實塵世種種虛妄、執著、迷障，做一種大的割捨、超越、解脫，這種大的解脫的可能途徑之一，就是通過文藝創作，而詩歌這個超越性正好滿足僧人求道的目的。

　　其次，我們要注意的是中國抒情言志的詩歌傳統，並不指向一般理性認知的方式。如果從唐代佛教發展幾個流行的觀念系統來看，天台、華嚴宗等系統佛學，提供修悟者一個「解入」的方向，可是在「解入」之外，是否另有方向幫助人們開悟呢？我們知道詩歌是重視體驗的，就體驗而言，詩歌顯然指出了一個非常重要的「行入」的方向。〔註11〕

　　如果我們放寬鬆一點來講，文學藝術的體驗面足以補充從觀念這一面的「解入」。因為我們用哲理系統去掌握真理的話，少不了是用概念性的思維，這一種概念性的思維，使我們以認知的方式去把握真如實相，可是真如實相是不是只能通過概念思維、理論系統去加以把握呢？人生的體驗，是不是可以化成一堆一堆觀念或一個一個的系統呢？追逐一個概念體系，企圖用概念而虛玄地把握人生問題，會不會只是一個概念的遊戲呢？而迷失於觀念之餘，是不是還能真實地感受、面對人生的苦難呢？

　　顯然「解入」的系統是不能充份解決上述的問題，畢竟認知問題是不同於感受問題的，我們能認知別人的苦痛，是否就能感受別人的苦痛呢？我們可以認知地、概念性地去理解在這些情況之下會產生種種的悲，種種的喜，可是我們究竟沒有經歷過他個人特殊的悲和喜，我們只能用有限的經驗去想像、去比擬別人的悲、喜、苦、痛。就此而言，「認知」人生的苦難以及「感受」人生苦難是不相同的兩個層次；認知的進路是不充份的、不足夠的、不真實的。如何能彌補這不真實不充份呢？「體驗」顯然是非常重要的一點。內在的體驗不同外在的認知，內在的體驗使我們與眾生的苦難息息相關，使

──────────────────

　　（New Being）的唯一通途。……因為不肯定超越神性，就得肯定生命感性……」，見胡氏主編《西方文藝理論名著教程》下冊「導論」之六「詩學對話：研究當代西方文論的意義」（北京：北京大學出版社，1989 年 11 月第一版，1991 年 12 月初版三刷），頁 26～27。

〔註11〕這裏所用的「解入」與「行入」，是藉用達摩禪法所謂的「理入」與「行入」的詞彙，分指認知思維的進路與體驗感受的進路

我們對於悲和苦不再流於口頭的言說，而是以生命的憾動來與另外一個眞正的生命赤裸相對，如此這般，我們才可以講同體大悲，才能講到菩薩心腸，才能講到大慈大悲，對於眾生苦難才能有眞切的了解、眞實的把握。在這一點上面，我們可以看到藝術創作的主體（作者）與藝術創作的作品、藝術創作的對象（客體）統一起來，就是這一份的體驗使得主體（作者）與客體（所描述的對象）統一起來，這是這一份的體驗使得形式能夠搭起橋樑溝通主客，所以就此而言，作者／作品／讀者三者是通過內在的體驗接連在一塊。

藝術與人生是密不可分的，詩僧在詩作曾表示過對於詩歌創作的熱愛，如貫休說：「諸機忘盡未忘詩，似向詩中有所依」〔註12〕齊己說：「餘生豈必虛拋擲，未死何妨樂詠吟」，〔註13〕詩僧作詩固然可以如文人只是表達生活上的一般感受，但另一方面我們也看到他們表示從事詩歌創作不可忘記僧人的身份和職份：「閒吟莫忘傳心祖，曾立階前雪到腰」〔註14〕、「閒吟莫學湯從事，拋卻袈裟負本師」，〔註15〕那麼詩僧喜愛創作，進而要依賴詩歌的原因，便不只是要呈現生活的體驗而已，還有一種可能性，就是詩僧已將詩歌的體驗性，視作是達成悟道的媒介、憑藉或手段。

從「體驗」這一面來說，悟道需要生命的體認，不能純粹訴諸理性，只有通過體驗才能將活生生的生命的意義和本質窮盡，只有通過體驗才能眞切而內在地把自身放置於生命的洪流裏，並與他人的生命融合在一起。因此詩僧許多用詩歌反省個人修證或是用詩歌記錄修證體驗的詩作，實在反映了一種現象，就是詩僧可以憑藉著詩歌的「體驗性」來悟道。這也正是我們為什麼說詩歌可以另一方式的「行入」來補充「解入」的不足。就「行入」這一進路來說，我們一方面可以理解二十世紀西方思想界標舉生命體驗的哲學家為什麼會重視詩歌，〔註16〕另一方面也看到了詩僧透過詩歌創作的進路來體悟道的可能性。

〔註12〕貫休〈自紀〉，《全唐詩》，卷848，頁9601。
〔註13〕齊己〈遣懷〉，《全唐詩》，卷846，頁9575。
〔註14〕齊己〈荆渚逢禪友〉，《全唐詩》，卷846，頁9570。
〔註15〕齊己〈答禪者〉，《全唐詩》，卷846，頁9572。
〔註16〕二十世紀初德國的哲學美學家狄爾泰（W. Dilthey, 1833～1911）認為詩歌和藝術承擔了反思人生痛苦的天命，當哲學忘卻了自己使命的時候，詩和藝術正挺身出來承擔了人生痛苦的反思，當哲學家躲進形而上學體系中玩弄概念的游戲時，詩人藝術家正嚴肅解開生命之謎、人生之謎。見胡經之主編《西方文藝理論名著教程》下冊。
狄爾泰說：「詩歌是將人與人互相維繫在其存在的最高要素中的共同精神的表

　　過去學界對詩僧的評價不高，就宗教一面來說，詩僧就是文學興趣高過宗教興趣的僧人，從文學一面來說，詩僧不過是披著袈裟的詩人，〔註 17〕但是如果我們就詩語言的「體驗性」來理解詩僧，我們似乎可以更同情的想像詩僧們為什麼不走認知性的佛家哲理的體系，而走文學藝術這一個方向來悟道。

　　以上我們發現詩語言所具有的「超越性」與「體驗性」兩種特質，使得詩僧也可以透過詩歌創作中達到宗教上「悟道」的目的。反過來說，「詩僧」一詞的出現，不僅使我們了解到僧侶已不再視詩歌創作為宗教修悟的阻礙，甚至我們可以說詩語言所具有的「超越性」、「體驗性」特質，使得僧人了解到詩歌可以有助於宗教修悟。正因為這一點，使得詩僧通過文學和藝術的進路來體道；而創作者體道之後，如何將自己內在的體驗客觀表現出來呢？這就牽涉下面「證道」的問題。

二、證　道

　　創作者體道之後，如何將自己內在的體驗客觀表現出來呢？就是「證道」的問題。在這裏我所指的「證道」是指通過語言文字將內在主觀的體驗呈現出來。

　　證道不僅指內在經驗的外在化與固定化，還指向對主體產生異化的作用。就佛教理論而言，升降沈迷皆此一心，是迷也是此一心，是覺也是此一心，此一念是覺，難保下一念不迷，因此菩薩也可下到修羅界，正因為如此，修道者往往通過語言文字將內在主觀的體驗呈現出來，而當修悟者通過一組一組的符碼、一組一組語言文字，將其內在的經驗呈現時，這外在呈現出來的符碼或文字便被固定下來，同時也取得了相對的獨立性，反過來說，這個相對獨立性的外在呈現，又能夠使修悟主體沈淪之際產生相對的警惕作用。如清江〈長市臥病〉：

> 身世足堪悲，空房臥病時。卷簾花雨滴，掃石竹陰移。

達，詩傾向於訴出偉大心靈的顫動」。狄爾泰對詩歌的重視，正提醒了我們注意詩語言「體驗性」的特質。見胡經之《西方文藝理論名著教程》下冊引狄爾泰《論德國詩歌和音樂》語，頁 35。

〔註 17〕孫昌武先生最早提出「詩僧」就是披著袈裟的文人這樣一個定義，他描述這些文人多半因生活落拓或仕途蹇窒才轉而為僧侶，所以生活上仍是以詩為專業。見孫氏著《唐代文學與佛教》（西安：陝西人民出版社，1985 年 8 月第一版），頁 126～132。

已覺生如夢，堪嗟壽不知。未能通法性，詎可免支離。〔註18〕

法性就是眞如，梵語 dharmata，乃萬法之本，即宇宙現象所具有之眞實不變之本性，是一切萬法的根源。〔註19〕這首詩是清江記錄自己在臥病中的體悟，他體驗到通悟「法性」，則可以消解面對生老病死、人生無常的種種悲苦。而皎然有一首詩則談到掌握世間一切萬法根源的修持在於「不動念」，〈禪詩〉說：

萬法出無門，紛紛使智昏。徒稱誰氏子，獨立天地元。

實際且何有，物先安可存。須知不動念，照出萬重源。〔註20〕

迷人追逐門門萬法，以爲可以超然而獨立於天地，其實結果往往是使智慧更不清明。「不動念」的意思就是不執著、不起分別心，如此才能照見重重萬法。

其實對於佛性眞如的了悟，方法甚多，禪宗基本認爲，解道者行住坐臥無非是道，悟法者縱橫自在無非是法。因此面對歷史典範，閱讀經典作品，或者遊歷山水，都是證悟的方法之一，〔註21〕都可能開啓自身體悟、學習、參考，或者警惕、超越的目標。

我們知道佛教創立之前的古婆羅門教就有一種風氣，男子一生中分爲四個階段，其中一個階段必須離開家庭到山中密林裏去生活，以體驗返還自然母體的生活，這就是所謂的「出家」。〔註22〕而佛教的創始人喬達摩・悉達多（尊號釋迦牟尼）就是在這種出家體驗中創悟了佛教。佛教中的佛教法又特別主張體悟的過程，戒除六欲、歸返山林自然，以出世成佛。因此佛教一傳入中國，似乎早已注定了它與山水的不解之緣，加上詩僧本身喜好山林的生

〔註18〕清江〈長市臥病〉，《全唐詩》，卷 812，頁 9146。

〔註19〕《大智度論》卷三十二，即以一切法之總相、別相同歸於法性，謂諸法有各各相（即現象之差別相）與實相。

〔註20〕皎然〈禪詩〉，《全唐詩》， 820，頁 9249。

〔註21〕周裕鍇先生引大珠慧海禪師「青青翠竹總是法身，鬱鬱黃花無非般若」語，認爲自然景物是佛性眞如的體現，這是自然景物成爲禪門主要修行途徑的理論基礎（見周氏《中國禪宗與詩歌》，頁 242）。又張伯偉先生也以法身無所不在，山河大地無一不可視作「法身」的顯現來解釋「青青翠竹總是法身，鬱鬱黃花無非般若」（見張氏《禪與詩學》，頁 170～174）。見《景德傳燈錄》（臺北：新文豐出版社，1993 年 4 月初版六刷標點本）卷六「懷讓禪師第二世馬祖法嗣」，頁 108。

〔註22〕參《佛光大辭典》「出家」條，頁 1558。另詳參木村泰賢著，歐陽瀚存譯：《原始佛教思想論》（臺北：臺灣商務印書館，1968 年 4 月第一版，1990 年 9 月六刷）第三篇第四章之一「眞正出家與其動機」，頁 283～286（本資料蒙蔡榮婷教授於南華大學所舉行的「第三屆當代宗教學學術研討會」中賜補，謹此致謝）。

活態度：

> 萬慮皆可遺，愛山情不易。〔註23〕
>
> 休話諠譁事事難，山翁只合住深山。〔註24〕
>
> 溪鳥林泉癖愛聽。〔註25〕

因此詩僧詩作中的題材多半以山水爲主。檢視詩僧這些以山水爲題材的詩作，〔註26〕雖然不是直接用通俗的語言直言佛理，但這些詩作仍呈現出修悟者的證道意向。

我們知道山水成爲詩人描寫或者審美的重要對象，始自南朝的宋齊時期。〔註27〕南朝宋齊那一段時期的山水詩，通常採用「記遊→寫景→興情→悟理」的敘述法，〔註28〕換言之我們可理解「山水詩」中不一定純寫山水，也可以有其他的輔助母題（如「情」「理」），只不過山水之美必須爲詩人創作的主要目的。〔註29〕

〔註23〕 如皎然〈苕溪草堂自大曆三年夏新營泊秋及春彌覺境勝因紀其事簡潘丞述湯評事衡四十三韻〉，《全唐詩》，卷816，頁9186。

〔註24〕 貫休〈山居詩二十四首〉之一，《全唐詩》，卷837，頁9425。

〔註25〕 貫休〈陪馮使君遊〉六首之一〈登干霄亭〉，《全唐詩》，卷837，頁9429。

〔註26〕 在此我暫時避免使用「山水詩」這個概念，主要是因爲詩中的山水（或山水自然景物的應用）和山水詩是有分別的，我們稱某一首詩爲山水詩，是因爲山水解脫其襯托的次要的作用而成爲詩中審美的主位對象，換言之，一首詩是否能定義爲山水詩，在於山光水色之美是否是詩人創作的主要目的。因此並不是所有具有山水描寫的詩歌便是山水詩。

「山水詩」，顧名思義應是指「模山範水」類的詩而言，爲取材於大自然的山山水水，乃至草木花卉鳥獸者。換言之，它的內容宜包括大自然的一切現象。在我國文學史上，「山水詩」一詞卻已約定俗成，別有一種特殊的含義，而並不是泛指任何時代的一切「風景詩」那種籠統的說法；日本學人喜以「風景詩」一詞指涉中國的「山水詩」，如小川環樹認爲南朝時期的人每以「山水」一詞替稱風景，故寫風景之詩也就稱爲「山水詩」，他提出「風景」一詞約始見於南朝時期，唐代以後始普遍爲人使用。見小川環樹〈中國の詩における風景の意識〉一文，收入譚汝謙等譯《論中國詩·風景的意義》（香港：中文大學出版社，1986年），頁1～32。

〔註27〕 劉勰《文心龍雕·明詩》說：「宋初文詠，體有因革，莊老告退，山水方滋。」

〔註28〕 林文月女士以謝靈運、鮑照、謝朓的詩作爲例，成功地以結構的概念析分出宋齊時期的山水詩具有「景」「情」「理」三種單元，她指出「山水詩」不同於「游仙詩」那種美麗空洞的幻境，而描摹山水時所選擇的風景，不管是一山一水，都是具體實在的。見林氏〈中國山水詩的特質〉，《山水與古典》（臺北：純文學出版社，1976年10月第一版，1981年初版三刷），頁23～61。

〔註29〕 見葉維廉〈中國古典詩中山水美感意識的演變〉，《中國詩學》，頁84～85。

如果將禪詩分成「以詩說禪」、「以禪入詩」二大類。〔註30〕「以禪入詩」這一類的詩歌，既沒有明顯的說教，也不完全用比喻去闡述禪理，而只是通過自然景物的描寫表達一種悠然自適、任運自然人生態度，人生情趣以及幽靜恬淡的心境而已，由於這類詩歌化禪於無形，呈現出較高的美感趣味，因此往往又被稱爲「禪趣詩」（或「禪意詩」、「禪意詩」），王維的山水詩可爲「以禪入詩」這類詩作的代表。〔註31〕

將詩僧描寫山水的詩作，與王維《輞川集》中〈鹿柴〉、〈竹里館〉、〈辛夷塢〉等幾首眾所熟悉的山水詩作一比較，〔註32〕我們看到了兩者之間的差異：王維的山水詩具有一個特色，就是強調詩人和山水之間是否達到了一定程度的融洽關係，一首山水詩中，並非山和水都得同時出現，有的只寫山景，有的卻以水景爲主，但不論水光或山色，必定都是未曾經過詩人知性介入或情緒干擾的山水，也就是山水必須保持其本來面目。〔註33〕而詩僧描寫山水景物時，多半從其修悟的感受介入或移情至山水景物，如皎然以生滅無常視花之無情和以聽經之堅持視石之堅固：

> 原上無情花，山中聽經石。〔註34〕

齊己以修行之苦寫竹之消瘦：

> 病起見庭竹，君應悲我情，何妨甚消瘦，卻稱苦修行。〔註35〕

〔註30〕 杜松柏將僧家詩分爲示法詩、開悟詩、頌古詩、禪趣（禪意、禪境）詩等四類，參見氏著《中國禪學——中國禪詩欣賞法》（臺北：金林文化事業，1984年6月第一版）。何香玖將唐代僧家詩分爲三類：（一）以禪參詩表現機鋒奧妙（二）以詩喻禪顯示頓悟法要（三）詩禪互參抒發自由性靈。參見氏注《佛家唐詩三百首》（河北：花山文藝出版社，1996年8月第一版），頁11～13。按：何氏所說的第一類詩就是杜氏所說的示法詩、開悟詩、頌古詩，第二類詩就是杜氏所說的開悟詩中的證道詩，第三類詩與杜氏所指的禪境詩一致。在這裏我是將示法詩、開悟詩、頌古詩視爲一類，這一類詩都是以詩歌作爲表達宗教內容的工具，故名之爲「以詩說禪」，而禪趣詩一般視爲文學境界較高的詩歌，詩中有優美的境界，卻無枯澀的禪語，故名之曰「以禪入詩」。

〔註31〕 見杜松柏〈行到水窮處，坐看雲起時——唐詩中的禪趣〉，《國文天地》7卷第2期（1991年7月），頁25～30。

〔註32〕 〈鹿柴〉：「空山不見人，但聞人語響，反景入深林，復照青苔上。」〈竹里館〉：「獨坐幽篁裏，彈琴復長嘯，深林人不知，明月來相照。」〈辛夷塢〉：「木末芙蓉花，山中發紅萼，澗戶寂無人，紛紛開且落。」

〔註33〕 詳參王國瓔《中國山水詩研究》（臺北：聯經出版事業公司，1986年10月第一版），頁298。

〔註34〕 皎然〈苕溪草堂自大曆三年夏新營泊秋及春彌覺境勝因紀其事簡潘丞述湯評事衡四十三韻〉，《全唐詩》，卷816，頁9186。

我們看到山水景物往往著上一層顏色，這個顏色不是現實世界的五彩繽紛，而是修道者在證悟過程中所感受到的事物之色相。而當然山林、巖穴、水野、禪房、野寺，以及其間的雲、石、泉、松、雪、鳥、猿、蓮、明月、清風、燈火、鐘馨、蟬聲都是詩僧詩歌中常見的意象。以「雲」為例，雲飄渺而無定質，時有又時空，其自然特徵與佛教中空、無之義契合，故常成為佛教詩歌使用的意象，以下所舉諸詩句都是詩僧有關「雲」的句子：

> 芳草白雲留我住、東山白雲意、白雲無事獨相親、野草閒雲處處生、
> 雲性常潔白、〔註36〕一家清冷似雲根、白雲堆裏茗煙青、白雲歸去
> 幾裝回、白雲常護坐禪扉、門掩寒雲寂寞中、〔註37〕嵩雲白入秋、
> 閒雲共鶴迴、鳥外水雲閒、白雲終許在、輕白愛雲騰〔註38〕

上列句子大都著上一層白色或是清冷、悠閒、寂寞、輕盈的狀態，顯然都是他們證道過程中的心理投射。〔註39〕

根據上面的分析，我們可再進一步推論詩僧面對自然的態度是比接近於觀照的方式，而不是採取與之合一的態度。佛教早期主要是藉自然的悠靜來冥想體驗一種宗教的快樂，後來佛教面對於自然的態度是一種觀想靜察的觀照，梁寶唱等集《經律異相》卷三載：

> 佛告沙門：觀彼巨海，有八種德。其廣即汪洋無涯，其深則有不測
> 之底，稍入稍深，無前所礙，斯一德也；潮不過期，斯二德也；海
> 含眾寶，無所不包，死尸臭朽，海不容焉，斯三德也；海懷眾珍，
> 無求不得，斯四德也；普天之下有五大河，流入於海，皆去舊名，
> 合為一海，斯五德也；五河萬流，雨落恒澍，海中水如故，曾無增
> 減，斯六德也；海有眾魚，因軀巍巍：第一魚身四千里，第二魚身
> 長八千里，第三魚身長萬二千里，第四魚身長萬六千里，第五魚身
> 長二萬里，第六魚身長二萬四千里，第七魚身長二萬八千里，斯七
> 德也；海水通鹹，邊中如一，斯八德也。〔註40〕

〔註35〕齊己〈荊州新秋病起雜題〉之四〈病起見庭竹〉，《全唐詩》，卷842，頁9514。
〔註36〕以上為皎然詩句，見《全唐詩》，頁9179、9182、9183、9184、9186。
〔註37〕以上為貫休詩句，見《全唐詩》，頁9142、9429、9434、9437。
〔註38〕以上為齊己詩句，見《全唐詩》，頁9449、9457、9462、9467、9471。
〔註39〕有關禪詩中的雲意象，可參葛兆光〈禪意的雲〉一文（收入《文學遺產》1990年第3期，頁77～86），以及陳植鍔《詩歌意象論——微觀詩史初探》（北京：中國社會科學出版社，1990年8月第一版，1992年11月初版二刷），頁292。
〔註40〕《大藏經》第五十三冊，頁13～14。

佛門將自然所體現出的「德」類比佛德、佛智，這種自然觀是一種是以宗教精神為主的觀照的態度，因此在詩僧以山水為題材詩作中我們確實處處可見證道的宗教精神。如果將信惟禪師所說的老僧參山水的三個階段作比喻，〔註41〕詩僧描寫山水的詩歌顯然是屬於「見山不是山，見水不是水」的證道階段（第二階段），因為山水處處是證道體驗的投射，而王維的山水詩反而能呈現修悟的第三境界。

　　綜上我們分析了詩僧詩歌中所呈現證道的宗教向度，證道不僅指向詩僧這個主體內在經驗的固定化和主體本身的異化，而詩僧將內在體驗外在化成為詩歌，除了有提醒自己警策的證道作用外，顯然還指向眾生，現在再舉齊己〈自遣〉詩為例：

　　了然知是夢，既覺更何求？死入孤峰去，灰飛一燼休。

　　雲無空碧在，天靜月華流。免有諸徒弟，時來弔石頭。〔註42〕

在這首詩中，我們看到齊己將內在體驗外在化成為詩歌，除了有提醒自己警策的證道作用外，顯然還指向別人，別人是指向在尋求開悟的眾生──諸弟子。因為證道是一種生命的體驗，體驗在於轉化自我，是個人自我的超越，然而將「體驗」用語言描述出來，則變成是一種「表演」，比較象徵學學者維托‧特納（Victor Turner）說「表演」的目的在引起他人的興趣，甚至企圖造成他者共鳴的有效性，〔註43〕就此而言，證道詩可以說是一種將個人生命體驗的表演，證道詩的作用具有從個人轉化到他者轉化的目的性，因此證道除了對創作者有益之外，顯然地還對眾生有用，證道的詩語言對於創作者和接受者實具有雙向轉化的功用，所以說作者的證道往往對於讀者有一種明道的作用，而這個關聯眾生的拯救、解脫的責任性的承擔，便指向下面一個層次──明道。

〔註41〕　第一個階段「見山是山，見水是水」，是以「見知理解」之認知心去感應山水，人與山水相對，「山是山」、「水是水」。第二個階段是「見山不是山，見水不是水」，是以參禪之素心感應山水，此時因有知識干擾、知性滲入，以理智與知解的心去感應山水，這時候所感應的山水，自然不是原來的山水了。第三階段「見山只是山，見水只是水」，是以無念為宗，這時原本存於清淨心中的自然本真，因去除了一切污染蒙蔽而森羅畢現，這時的山水才顯現佛性真如的本真山水。

〔註42〕　齊己〈自遣〉，《全唐詩》，卷841，頁9497。

〔註43〕　見維托‧特納（Victor Turner）在《體驗人類學》和《表演的人類學》所提出的「體驗」與「表演」二個概念。參黃應貴主編《見證與詮釋──當代人類學家》（臺北：正中書局，1992年6月第一版），頁303。

三、明　道

「明道」是指將體悟的道闡明讓眾生了解，通過說明使「道」能夠在世間明朗化，因此是包括作者「闡明」的意圖以及讀者「了解」的目的兩層，很接近傳統文論中「文以載道」的觀念，但明道所強調的是詩語言對於讀者或眾生所產生一個「宗教」上啟發性的作用。這個詩語言的啟發性與哲學論辯有一個很明顯不同的地方，就是不一定要訴諸於長篇論證或繁瑣說明，而往往用一二句警語來警醒眾生，或觸碰到眾生生命裏的苦痛感受，進而從這一個體驗或感受裏面，讓眾生了解到人生的實相是空的。因此「明道」性質的文藝創作與一般文學創作不同之處，就是其創作背後顯然有一個宗教性的目的。

其實我們發現詩僧醉心於創作，但並不講究詞藻，如貫休說：「休誇麗藻鄙湯休」，〔註44〕重視創作之餘，仍時時不曾忘懷創作背後的宗教性目的，如齊己（863？～937？）說：

> 閒吟莫忘傳心祖，曾立階前雪到腰。〔註45〕

> 閒吟莫學湯從事，拋卻袈裟負本師。〔註46〕

上面的詩句都說到從事詩歌活動，不可忘記宗教目的，這個宗教目的是什麼呢？前面二句用了達摩爲惠可安心的公案，〔註47〕因此「莫忘」所指的宗教目的是修悟上的決心和努力。後二句「拋卻」是指還俗一事，湯從事是指南朝劉宋僧惠休。

前面說過禪詩可分成「以詩說禪」、「以禪入詩」二大類。明道這一類宗教性目的詩作是屬於以「以禪說詩」這一類型的詩作。翻閱詩僧的詩作，初步從詩題中便可發現，他們有許多詩作是在唱和、贈答的情況下完成的，在詩歌發達的唐代，詩歌乃是文人間互相交通的基本語言，僧人透過詩歌交往

〔註44〕貫休〈山居詩二十四首〉之十七，《全唐詩》，卷 837，頁 9427。惠休原名湯休，有詩名，起初爲僧人，後宋孝武帝令其還俗，官至揚州刺史。惠休頗富詩名，當時與鮑照齊名，現存詩十餘首，散見《藝文類聚》、《初學記》、《玉臺新詠》等書。

〔註45〕齊己〈荊渚逢禪友〉，《全唐詩》，卷 846，頁 9570。

〔註46〕齊己〈答禪者〉，《全唐詩》，卷 846，頁 9572。

〔註47〕「達摩安心」是禪門重要的公案之一，又稱「慧可斷臂」，禪宗東土二祖神光慧可立雪斷臂，顯示他矢志求道的決心。唐代的禪籍已有相關記載，如《傳法寶記》、《楞伽師資記》、《歷代法寶記》、《寶林傳》等書（本資料蒙蔡榮婷教授於南華大學所舉行的「第三屆當代宗教學學術研討會」中賜補，謹此致謝）。後亦見載《無門關》，《大正藏》，第 48 冊，頁 298 上。

文人，其實是很自然的事，因此我們可以看到許多僧俗之間，甚至僧侶之間交往唱和所留下來的詩作，詩歌在此可以說是詩僧結交朋友，甚至是與人溝通的一種工具，而溝通的對象包括僧與俗。

如果從「交往」這一個的角度去理解詩僧所運用的詩語言，首先「交往」這個意義指向「溝通情感」「人我共融」的目標。詩歌本是文人的社交語言，僧侶們與文人交往，習氣相染，不可避免地也使用了方便進入文人生活圈的社交語言——詩歌，如詩僧的詩作中不時傳達出喜好詩友、禪侶的訊息：

> ……若非禪中侶，君爲雷次宗。……若作詩中友，君爲謝康樂。……
> 公每省往事，詠歌懷昔辰。以茲得高臥，任物化自淳。還因訪禪隱，
> 知有雪山人。〔註48〕

> ……病後身心俱澹泊，老來朋友半凋傷。……猶喜深交有支遁，時
> 時音信到松房。〔註49〕

而僧人不僅喜好結交朋友，並且常常透過詩歌與朋友論交述懷，我們從齊己的交往詩中，更可知道詩僧當時頻繁的詩歌活動，甚至有詩社集會的情形：

> 還同蓮社客，聯唱遶香燈。(〈勉詩僧〉) 〔註50〕

> 往年吟月社，因亂散揚州。(〈贈無本上人〉) 〔註51〕

> 不見來香社，相思遶白蓮。(〈寄懷江西栖公〉) 〔註52〕

> 社過多來燕，花繁漸老鶯。相思意何切，新作未曾評。(〈春居寄友〉)
> 〔註53〕

> 欲伴高僧重結社，此身無計捨前程。〔註54〕

> 社思匡岳無宗岳，詩憶揚州有鮑昭。(〈荊渚逢禪友〉) 〔註55〕

> 野客已聞將鶴贈，江僧未說有詩題。(〈聞尚顏上拗居有寄〉) 〔註56〕

> 瀟湘曾宿話詩評，荊楚連秋阻野情。……篇章老欲齊高手，風月閒

〔註48〕皎然〈奉酬于中丞使君郡齋臥病見示一首〉，《全唐詩》，卷815，頁9170。
〔註49〕曇域〈懷齊己〉，《全唐詩》，卷849，頁9612。
〔註50〕齊己〈勉詩僧〉，《全唐詩》，卷840，頁9478。
〔註51〕齊己〈贈無本上人〉，《全唐詩》，卷840，頁9481。
〔註52〕齊己〈寄懷江西栖公〉，《全唐詩》，卷841，頁9489。
〔註53〕齊己〈春居寄友〉，《全唐詩》，卷841，頁9503。
〔註54〕齊己〈亂後經西山寺〉，《全唐詩》，卷845，頁9553。
〔註55〕齊己〈荊渚逢禪友〉，《全唐詩》，卷846，頁9570。
〔註56〕齊己〈聞尚顏上拗居有寄〉，《全唐詩》，卷846，頁9571。

> 思到極精。(〈寄朗陵二禪友〉) 〔註57〕

> 那憂寵辱來驚我，且寄風騷去敵君。知伴李膺琴酒外，絳紗開卷共論文。(〈寄韓蛻秀才〉) 〔註58〕

從上面詩句中聯唱、吟月社、香社、結社、評詩、論文等字眼，我們看到了詩僧活躍於各種詩歌集會，詩僧樂於評詩論文，這不僅突顯了詩僧的文學專長，更顯示了詩歌確可幫助詩僧達到建立友誼、溝通人我，甚至增進同情式理解等目標，因此僧侶間以詩述懷的情形便相當多了，如尚顏〈懷智栖上人〉時說：

> 思君最易令人老，倚檻空吟所寄詩。〔註59〕

修睦〈喜僧友到〉說：

> 十年消息斷，空使夢煙蘿。嵩嶽幾時下，洞庭何日過。瓶乾離澗久，衲懷臥雲多。意欲相留住，游方肯舍麼。〔註60〕

如果我們將「交往詩」視爲詩僧的一種「生存心態」，那麼表示從事詩歌活動可說是詩僧意識中、精神生活中一個內在化的社會行爲的影響結果。〔註61〕根據法國當代著名的社會學家比埃爾・布爾迪厄（Pierre Bourdieu, 1930～）指出「生存心態」（Habitus）這一概念，具有「自我歸併」和「自我同化」的傾向，也就是說生存心態總是對其有利自身的因素抱有強烈的同化和歸併傾向，而對於不利於和異於它的因素進行盡可能的排斥或加以改造。〔註62〕因此從生存心態的角度，我們不難同情的理解詩僧活躍的創作行爲，因爲透過這個由詩歌所組成的符號性、象徵性世界，可以維持著個人和社會群體的關係，或許我們可以說在詩歌高度發展的唐代，詩歌活動自然變成一種溝通人

〔註57〕齊己〈寄朗陵二禪友〉，《全唐詩》，卷846，頁9573。

〔註58〕齊己〈寄韓蛻秀才〉，《全唐詩》，卷846，頁9573。

〔註59〕《全唐詩》，卷848，頁9601。

〔註60〕修睦〈喜僧友到〉，《全唐詩》，卷849，頁9617。

〔註61〕法國當代著名的社會學家比埃爾・布爾迪厄（Pierre Bourdieu, 1930～）提出「生存心態」（Habitus）這一概念，把社會世界的象徵理論和關於實踐經濟學的一般性理論聯成一個整體。Habitus一詞本爲拉丁語詞，布爾迪厄的社會學經常借用拉丁原詞來表達他的特殊概念。Habitus是在個人歷史經驗中積澱下來、內在化、象徵性結構化的總結果，是一種持久性稟性系統，是一種先驗的前反思模式，是個人和群體的特定行爲模式，因此Habitus成爲人的社會行爲、生存方式、生活風尚、行爲規則及其策略的精神方面的總根源。詳見高宣揚〈論布爾迪厄的「生存心態」概念〉，《思與言》第29卷第3期，頁21～76。

〔註62〕見高宣揚〈再論布爾迪厄的「生存心態」概念〉，《思與言》第29卷第4期，頁301。

我的重要的標誌或儀式，而這個標誌或儀式是社會上精英團體的象徵符號，也是彼此進出的通行證。

要注意的是，「生存心態」與一般我們所謂的「習慣」有一個明顯的區分，習慣是「重複性」的，而生存心態是「建構性」的。〔註63〕以詩歌這個語言性的生存心態爲例，在其實踐的過程中，詩僧的交往詩不僅和其他文人的交往詩一樣，既具有個人定位、群體認同的特色，〔註64〕還生發出一個別於傳統交往詩的建構性特質，這個建構性特質便表現在「揭示佛智」「闡明眞如」「指引正覺」等具「明道」性質的宗教向度上。如清江〈早春書情寄河南崔才府〉：

> 病身空益老，愁鬢不知春。宇宙成遺物，光陰促幻身。〔註65〕

「幻身」是指由父母緣生，或由四大和的肉身，幻身之隨時變化、成住壞空與金剛常住不壞的「法身」是不相同的相對詞。清江在詩中向朋友揭示了時間推移中生命無常之理。

皎然給朋友的詩說過：「未到無爲岸，空憐不繫舟」〔註66〕、「黃鶴有心多不住，白雲無事獨相親」〔註67〕、「常說人間法自空，何言出世法還同」〔註68〕、「了空如藏史，始肯會禪家」〔註69〕、「身外空名何足問，吾心已出第三禪」〔註70〕這些詩句都闡明了「無爲」、「無住」、「法空」等禪理。又〈山居示靈澈上人〉一詩：

> 晴明路出山初暖，行踏春蕪看茗歸。乍削柳枝聊代札，
> 時窺雲影學裁衣。身閑始覺驟名是，心了方知苦行非。
> 外物寂中誰似我，松聲草色共無機。〔註71〕

〔註63〕見高宣揚〈再論布爾迪厄的「生存心態」概念〉，《思與言》第29卷第4期，頁297～300。

〔註64〕梅家玲的研究指出，建安贈答詩的作者群，其特色就個人定位的追尋而言，是「立德」、「建功立業」、「文章無窮」的自覺性體認，就群體認同而言具有社會精英團體的示範意義。見〈論建安贈答詩及其在贈答傳統中的意義〉，《漢魏六朝文學新論——擬代與贈答篇》，頁151～234。

〔註65〕清江〈早春書情寄河南崔才府〉，《全唐詩》，卷812，頁9144。

〔註66〕皎然，〈湖南蘭若示大乘諸公〉，《全唐詩》，卷815，頁9182。

〔註67〕皎然，〈春日抒山寄贈李員外縱〉，《全唐詩》，卷815，頁9183。

〔註68〕皎然〈兵後經永安法空寺寄悟禪師〉，《全唐詩》，卷815，頁9182。

〔註69〕皎然〈酬李侍御萼題看心道場賦以眉毛腸心牙等五字〉，《全唐詩》，卷816，頁9192。

〔註70〕皎然〈答李侍御問〉，《全唐詩》，卷816，頁9193。

〔註71〕皎然〈山居示靈澈上人〉，《全唐詩》，卷815，頁9183。

在這首詩中皎然向僧友靈澈闡明了自己在山居中的領悟，他了悟了修行的法門在於「閒」，不在「苦行」。我們知道南禪基本上反對形式上的打坐、誦經、求法等修行方法，皎然向靈澈闡發他所領悟的修行方法，其實是屬於南禪修行的途徑。其中特別是「閒」這個概念，與永嘉玄覺禪師在〈證道歌〉中所強調的「閒」是一致的。〔註 72〕「閒」字所強調的，不是指時間上的閒，而是指心境上的閒，如果心中有一閒事，即使你有時間上的閒，也沒有心境上的閒，這個「閒事」在佛家來說就是法執。本來法能幫助我們「閒」的，可是一成爲執著，反而變成了束縛。因此我們經常可由詩僧的詩作中發現「閒」字，或以「閒」字作爲修飾的形容詞。

皎然另有一首交往詩，長八十六句的五言古詩，詩題〈苕溪草堂自大曆三年夏新營泊秋及春彌覺境勝因紀其事簡潘丞述湯評事衡四十三韻〉：〔註 73〕

> 萬慮皆可遺，愛山情不易。……應物非宿心，遺身是吾策。……吾師逆流教，禪隱殊古昔。……境淨萬象真，寄目皆有益。……智以動念昏，功由無心積。形骸爾何有，生死誰所戚。……試以慧眼觀，斯言諒可覿。外事非吾道，忘緣倦所歷。中宵廢耳目，形靜神不役。……此中一悟心，可與千載敵。……潘生入空門，祖師傳祕蹟。
>
> 湯子自天德，精詣功不僻。放世與成名，兩圖在所擇。……〔註 74〕

皎然天性喜好山林，大曆三年（768）移居苕溪草堂，深深領到禪隱的勝境，因此寫詩向潘述、湯衡二位友人揭示禪隱不受形神勞役的妙境，以及了悟無

〔註 72〕 永嘉玄覺在〈證道歌〉中一開始便稱許「絕學無爲閒道人」，其所說的「絕學」並不是什麼都不學的意思，而是指能超越作爲名利工具或是非爭辯的知識之學，也就是「去智障」；「無爲」與有所爲意思相對，但並不是指什麼都不做，也就是「破我相」；閒特別能點出修道者從容悠閒於萬法的態度，如果求道者忙於求法求真、除妄想，便失之刻求，刻求則有執著和分別心，有執著及分別心，在求法的過程終不能「破法執」。因此玄覺說修道者「不除妄想不求真」、「法身覺了無一物」乃著眼於「閒」一字。〈證道歌〉，見錄於《景德傳燈錄》卷 30，頁 632～634。有關〈證道歌〉一文的闡釋，詳見參吳怡〈佛學裡的中國哲學和文學——細說《證道歌》「絕學無爲閒道人」〉，《生命的轉化》（臺北：東大圖書公司，1996 年 10 月一版），頁 175～186。

〔註 73〕 該詩題中 "潘丞述" "湯評事衡" 應指潘述、湯衡二人，"丞" 及 "評事" 爲官銜，"述" 及 "衡" 爲人名。皎然另有與潘述、湯衡的〈講德聯句〉、〈講古文聯句〉、〈項王古祠聯句〉、〈還丹可成詩聯句〉，見《全唐詩》，卷 794，頁 8932～8934。

〔註 74〕 皎然〈苕溪草堂自大曆三年夏新營泊秋及春彌覺境勝因紀其事簡潘丞述湯評事衡四十三韻〉，《全唐詩》，卷 816，頁 9186。

生、無死、無念的智慧，並指引潘生與湯子二位朋友山居的途徑。而齊己也有透過交往詩向朋友闡明佛教的生死觀，以及禪宗無住／無生等概念，如：

> 生老病死者，早聞天竺書，……應當入寂滅，及得長銷除。前月已骨立，今朝還貌舒。……〔註75〕

> 莫知何路去追攀，空想人間出世間。杜口已同居士第，傳心休問祖師山。禪中不住方為定，說處無生始是閒。珍重希音遠相寄，亂峰西望疊屏顏。〔註76〕

也有向後輩勉勵的詩作：

> 舊林諸姪在，還住本師房。共掃焚修地，同聞水石香。

> 莫將閒世界，擬敵好時光。須看南山下，無名冢滿岡。〔註77〕

> 莫把毛生刺，低徊謁李膺。須防知佛者，解笑愛名僧。

> 道性宜如水，詩情合似冰。還同蓮社客，聯唱遶香燈。〔註78〕

綜合上面所引的交往詩中，我們觀察詩僧運用詩語言的情形，除了有促進人我之間的理解和融合，另外在理解和融合的過程中，詩僧還有一番調整、運作和創造，也就是進而建構詩語言使之成為闡明和了解宗教意義的媒介。

四、小結：詩僧運用詩語言的策略

綜合上面的分析，我們發現詩僧使用詩語言時，常有一種宗教性目的之滿足和完成，這宗教性目的具體分析的結果就是悟道、證道、明道等三個宗教向度，而他們在宗教性目的之滿足和完成過程中，我們可反省出詩僧運用詩語言的策略有下列二個：

（一）對話場域的開啟

什麼是「對話」呢？簡單來說，「對話」就是指主體與主體之間的交談。參與對話者，彼此是互為主體的，對話的先決條件必定要求主體之間消解階級式的對待，否則在對話的過程中便會形成一個主體對另一主體的吞併和消滅。真正的對話是雙方同時擁有發言自由，雙方同時得到發展，並進而融合於一種新的境界，而進入一個新的、更高的精神層次。

〔註75〕齊己〈荊渚病中因思匡廬送成三百字寄梁先輩〉，《全唐詩》，卷839，頁9464。
〔註76〕齊己〈和西蜀可準大師遠寄之什〉，《全唐詩》，卷845，頁9561。
〔註77〕齊己〈勉道林謙光鴻蘊二姪〉，《全唐詩》，卷840，頁9475。
〔註78〕齊己〈勉詩僧〉，《全唐詩》，卷840，頁9478。

　　而為什麼要對話呢？我們要知道每一個存在是個體的，而每個個體存自有其不完整性，總是有其限制和盲點，這個不完整和看不見的盲點，正是對話理論所說的「視域剩餘」，〔註79〕因此每一個主體在自我建構過中，必須透過與他者對話和交流來實現，不同個體性感性存在之的互相對話、交流、回應可以達到主體間互相補充、交融的完整，以及超超有限存在的理想。就此而言，我們當可視交往詩為詩僧與僧俗間的一種主體間的對話，透過對話詩僧與僧俗間的視域達到融合，在分享和融通的過程中，得以實現完成主體的建構與超越，換句話說，透過分享與融合導向主體通往了各種形式的真理的可能。

　　初步翻閱詩僧的詩歌，我們從詩題中發現詩僧的詩歌有很多情況是為了酬答唱和而作的，而進一步考察詩僧的詩歌內容，又可發現山水、古寺是詩僧詩歌中普遍出現的題材，詩作中亦不時流露出對前代詩僧作品的評價。如果視詩僧為一創作主體，我們將不難發現用「對話」的概念，可以反省上述三種情況的詩歌，也就是說詩僧詩歌中存在著創作主體與人、自然、文本的對話，當然上述三情況也可能同時出現在同一首詩作中。

　　雖然以語言進行對話是人類基本的能力，而我們也很容易認為主體對話的對象是人，指人與人之間的對話，這是「人際間的對話」，上文我們已從詩僧的詩題指出，詩僧大部份的創作是在與朋友酬贈唱和的情況下完成的。但如果我們擴大對話的範圍，其實對話的對象可以是人，也可以是人以外的任何事物：譬如人面對自然，與自然之間的互動就是「人與自然的對話」，我們從詩僧以山水為題材的詩作中，也確實看到詩僧透過山居生活抖落塵俗的羈絆、與原始自然的坦誠相對中，我們看到詩僧領悟如何消解生命中的執著；當然人面對文本也是一種對話，這就是「人與文本的對話」，〔註80〕當詩僧面對歷史、經籍、文學典範都可能開啟一個參悟的方向，因為當他面對文本時，也同時開啟了自身體悟、學習、參考，或者警惕、超越的目標。

　　詩僧在詩作中開啟了各種對話的場域，各種對話的意識，都可能開啟參悟的方向，這涉及到當代詮釋學給予我們的啟示：任何人在對話過程中，不

〔註79〕巴赫汀認為每個自我看自己時總有盲區，但自我的盲區（如臉孔和背面），都可以被他者看到。這種個體視域的獨特、不可替代和互相依存、互相補充，即為每個人擁有的「視域剩餘」。參見劉康《對話的喧聲——巴赫汀文化理論述評》（臺北：麥田出版公司，1995 年 5 月第一版），頁 23。

〔註80〕關於僧人閱讀的文本包括內典和外典二種，內典指的是佛經，外典包括史書、詩文集、道籍。

是以自我爲主體去消解對象的地位，相反的在詮釋的過程中，對話者也給予主體一定的影響，在交互影響下，人與對話者間形成了新的意義，也同時開啓了自身體悟、學習、參考，或者警惕、超越的新目標。

（二）符碼語與感興語的交替運用

反省詩僧使用語言，從語言功能的觀點考察，大略可分別兩大類型，第一，是代表性的，第二是興發性的。

所謂代表性的是將語言視爲一套符號系統，而這一套符號系統的主要功能在於代表詩僧所認同的眞理、發抒的情感、聯想的意象等等，也就是說語言是一組有替代功能的工具，代表著指示項。

所謂興發性的語言觀，其重點不在於代表已存在的代表項，而在於通過語言引起讀者心中的轉變。從代表項我們可以看出這兩種語言觀不同：對於代表性模型來說，代表項是已經存在的，我們不過選取恰當的語言來代表它；但是對於興發性的模型來說，眞理與意義等是在閱讀的過程中由語言刺激而產生的，因此它不是已經存在的東西，而是正在創造的東西。所以興發性詩語言往往具有「象徵」的特色，而這特色也是一般宗教語言所常見的語言特質之一。〔註 81〕值得注意的是，詩僧大量看似沒有宗教性目的詩語，正是運用了感興語言，使得修道者（創作主體／閱讀立體）因詩語達到一定宗教體驗性與超越性的作用。〔註 82〕

反省詩僧詩歌創作中使用詩語言是兼有上述這二種功能的，如詩僧透過一首交往詩示學人以道，則這首詩的語言便具代表性的功能，而當詩僧透過一首山水詩抒發個人證悟的體驗或觀照的智慧，此時這首詩的語言便具備興發性的功能。正如現代結構主義的流派之一布拉格學派認爲當語言用來傳達信息時，它的認知或指稱功能就發生作用；當語言用來表明說話人或作家的情感或態度時，它的表達的或感情的功能就顯示出來；當語言用來影響它所述及的人時，它就有著意動的或指令性的功能。〔註 83〕

〔註 81〕見陳永怡《從宗教語言的特質看路加福音第十六章》（輔仁大學宗教研究所碩士論文，1991 年 6 月），頁 58～74。

〔註 82〕毛峰先生指出興與神秘主義的關係時，注意到興的效果在於引起「有餘不盡」的詩性意味，興的認知方式不經過概念、判斷、推理，而帶有直覺性，興的作用可以達到主客交融、合一互滲。這些論點可於詩僧的詩歌中得到印證。見氏著《神秘詩學》（臺北：揚智出版社，1997 年 1 月第一版），頁 55～56。

〔註 83〕參見朱立元對於雅各森文學性詩性語言的闡釋，見《當代西方文藝理論》（上

第四節　詩僧所呈現的對應／開顯的眞理觀：存有 ——詩歌——生命三者之間的辯證關係

　　在西方古代對於語言的關心，主要是在語言的眞僞問題，在中國古代語言的中心問題則不同，哲人思考的是語言是否有能力表達事物的問題。〔註84〕如孔子說：「書不盡言，言不盡意」〔註85〕，魏晉玄學的「言意之辯」，都使我們了解語言充其量僅能達意而已，用語言表達意義時，所欲達之義看似已觸及意義的核心，事實上則不然，意義的飄惚往出若有若無，若隱若現的微妙，所以「辭達而已矣」的說法，也等於提醒我們對於語言的執著和自信應該適可而止。

　　其實語言書寫行爲是一種意義的試探過程，這個過程是要開啓一個空間，使若隱若現的意義，透過一連串的追蹤活動襯托出來。換句話說，書寫行動之所以必須存在，其理由並非在於語言能指涉事物，而在於可以開顯眞理，作品的完成就是一種追蹤意義的活動，在這個活動中，所要開啓的空間是活動的，不是可以用一套結構或系統去加以固定的。如果說以一個「意符」（signifier）來表達某一義，理論上它指向一個「意指」（signified），可是實際上這個「意指」同時又是一個意符，每一個概念同時指向其他的概念，這等於是說，語言的達義活動，造成一種無限的意義連鎖遊戲，因爲每一個語言符號之內就存有其他符號的痕跡。〔註86〕

　　從語用層次來看，語言首先是一種對話的工具，僅管在不同對話的使用中，各自揭示了不同的宗教意義（如悟道、證道、明道），代表型或興發型的語言功能，始終在「意符」與「意指」的關係中產生，我們可以說這種詩語言呈現出來的是一種「對應的眞理觀」（Truth as Correspondence）；然而從語意層次推想，書寫的活動同時也能啓開語言意義的無限追蹤的空間，因此詩僧不斷從事詩歌創作的活動，其實也就是使語言的意義處於一連串的跡冥活動中，在這一連串的意義跡冥下，終極意義出現了，也就是說存有／眞理透

　　　海：華東師範大學出版社，1997 年 6 月第一版），頁 50～51。

〔註84〕參見褚孝泉《語言哲學——從語言到思想》（上海：上海三聯書店，1991 年 11 月第一版），頁 91。

〔註85〕見《易‧繫辭上》。

〔註86〕以上討論語言的解構傾向，得自德里達（Derrida）給我們的啓示。詳參陳曉明《解構的蹤跡：歷史、話語與主體》第六章「必要的喪失：無主體的話語」（北京：中國社會科學出版社，1994 年 9 月第一版），頁 204～235。

過語言向創作主體開啓了，因此詩僧的創作，除了呈現對應的眞理觀外，還指向一種「開顯的眞理觀」（Truth as Manifestation）。〔註87〕

所謂「對應的眞理觀」是指詩語言足不足以指涉眞理？足不足以承載存有，這個層次是用語言指示存有：從創作者的立場來看詩歌的功能，詩歌語言可以表述或宣洩創作者的宗教的感情、宗教理想或體認，因此不管是證道詩和悟道詩，詩語言的意義都共同指向最高的存有、終極的眞理。而從接受者的立場來看詩歌的功能，詩歌語言如果有一個宗教轉化的目的，這是教化的功能來講，也就是希望透過語言造成一種藝術感染力或文學的感染力，達成使讀者轉化的目的，這是詩歌語言在接受者方面所可能產生的意義和影響出的變化。如明道詩甚至證道詩都能達到這種功能。

就意義發生的進路而言，「對應的眞理觀」著重在人如何掌握神的旨意，是講詩語言能不能準確的表示存有，是從人到存有的層次，是從創作者的層次來看詩歌能不能證道、示人以道，或是從接受者的角度來看詩歌能不能有轉化、開悟的反應作用。

但是如果我們進一步脫離創作者和接受者的立場，也就是不從語用的層次（即詩語言的結構層次），而是從語意的層次（即詩語言的意義層次）來看詩僧在創作中是否表示過存有／眞理對其創作的啓示開示，換句話說，就是存有／眞理主動透過詩語言來展示，而就意義產生的進路而言，是從存有／眞理到人，著重在神意對人的啓示，因此，最高存有、終極的眞理，如何用詩的語言呈現給你看，便是所謂「開顯的眞理觀」。簡言之，「對應的眞理觀」是講詩歌創作者對於存有的把握，而「開顯的眞理觀」是講存有對於詩歌創

〔註87〕此處使用「對應的眞理觀」、「開顯的眞理觀」，乃二十世紀西方哲學家海德格（Martin Heidegger）和高達美（Hans-Georg Gadamer）探索「語言與存有」等問題所給我們的啓示。詳參殷鼎《理解的命運》（臺北：東大圖書公司，1990年1月第一版）第六章「語言的自我遺忘」；涂友漁、周國平、陳嘉映、尚杰《語言與哲學——當代英美與德法傳統比較研究》（北京：中國社會科學出版社，1996年3月第一版）第三章「德法哲人的語言觀」。
　　沈清松先生研究莊子的語言哲學，指出莊子對於語言意義的看法，頗類似胡塞爾現象學所謂「先驗還原」，還原意義構成的起點，則能通合於道（存有）。莊子認爲所謂意義是由「道之開顯」與「先驗構成」二者形塑而生的，單憑感性經驗與形式解析無法及之。對莊子而言，語言的能指和所指並沒有對應的關係，這是莊子對於惠施重邏輯經驗式的語言的第一個批判，這個批判已隱含著一種開顯的眞理觀。見沈氏〈莊子的語言哲學初考〉，《國際中國哲學研討會論文集》（臺北：國立臺灣大學哲學系，1985年11月3～7日），頁99～100。

作者的召喚。

　　嚴格說來，就詩僧當時的理論建構，尚未具體凝聚出「開顯的眞理觀」，但講到神意對創作者的召喚，如果從「創作靈感」這一個角度來理解，我們當不會陌生，因爲有許多作家或批評家都將創作靈感的來源歸之於神力，如蘇格拉底便認爲創作靈感的降臨是神力的憑附，這時候的心理狀態接近於迷狂：

> 凡是高明的詩人，無論在史詩或抒情詩方面，都不是憑技藝來作成他們優美的詩歌，而是因爲他們得到靈感，有神力憑附著。……因爲詩人是一種輕飄的長著羽翼的神明的東西，不得到靈感，不失去平常理智而陷入迷狂，就沒有能力創造，就不能做詩或代神説話。

〔註88〕

中國傳統文論、詩論中也有關於「靈感」的論述，如：

> 佇中樞以玄覽，頤情志於典墳。……罄澄心以凝思，眇眾慮而爲言。」
> （陸機）〔註89〕

> 陶鈞文思，貴在虛靜，疏瀹五藏，澡雪精神……（劉勰）〔註90〕

> 夫作文章，但多立意。令左穿右穴，苦心竭智，必須忘身，不可拘束。思若不來，即須放情卻寬之，令境生。（王昌齡）〔註91〕

最早談到靈感的論述是晉陸機，陸機的「玄覽」與「澄心」都是要主體排除雜念，以達到空明淨潔的覺心。其次劉勰談到靈感一個重要的特質——「虛靜」，而王昌齡所説「思若不來，即須放情卻寬之，令境生」，便是講創作靈感的產生是不可預期、不可勉強的。我們或許可藉美國心理學家馬斯洛（A. Maslow, 1908～1970）所提「高峰經驗」（peak experience）的概念，了解「靈感」勃發的狀態或存有的對於人的開顯狀態。

　　馬斯洛指出高峰經驗往往是自發的、不是由主體有意識地控制而達到的，高峰經驗是一種近乎神秘的體驗，它可能是瞬間產生的、壓倒一切的敬畏情緒，也可能是轉瞬即逝的極度強烈的幸福感，甚至是欣喜若狂、如醉如痴、歡樂至極的感覺。高峰體驗是不能用意志力加以強迫、控制和支配的，

〔註88〕見朱光潛譯《柏拉圖文藝對話集・伊安篇》（臺北：駱駝出版社，1992 年月 3 臺一版），頁 37。
〔註89〕見李善注《文選》卷十七，頁 240。
〔註90〕見范文瀾《文心雕龍注・神思》，頁 493。
〔註91〕見王利器《文鏡秘府論校注》，頁 285。

對高峰經驗奮力的爭取和竭力的遏止，都是徒勞的，只能放鬆自己，讓高峰經驗自然而然的產生。進入「高峰體驗」有一種特殊的技巧，即「沈思」（凝神冥想）。「沈思」狀態的特點是心靈的「明淨空虛或靜寂」，「外部世界的一切知覺不是通過強迫驅逐，而是通過集中注意於所想望的事物，而暫時從意識中排除出去，同樣地，所有內部心理活動停止了，但是無任何特別內容的純意識和明淨感仍然存在」，而一但主體進入這種沈思狀態以後，其「直接的後效使我們感受到人和世界的極為新鮮和大大加強的知覺，即人們直接感知事物的感受」，也即是高峰體驗的產生。而在高峰體驗時，我們更能知覺到事物且特殊的層面，讓我們洞察存在本體乃是一蘊含存在價值的領域。〔註92〕

　　就詩僧偏好「沈思」、「靜境」的特質，我們或許不能單純以僧家本色來理解。就佛教修悟的過程來說，存有／真理要不要開示給你看，要看「機緣」和「業」，並不是所有的人完全都接受得到存有／真理，所謂的頓悟也要立基於漸修之中，可能要三世的因緣、九世的修為，也就是說要有一定的累積和條件才能夠聽得懂佛法，比如說指月之指，也需要手指的靈光。雖然說「法雨遍施」，但眾生的根器不同，接受的東西便不一樣。因此詩僧透過詩歌來證悟，其過程本身就可視作一種漸修，而為何詩僧經在詩歌中反映一閒淡的生活態度，追求一種內心平靜與外境和諧，其實正反映了詩僧主張排除知性干擾，擺脫功利慾望，專注於對象、就對象進行孤立的觀照，以要求主觀心境的空明瑩澈，以達到「萬慮消沈」、「凝神專一」的境界。〔註93〕詩僧這種摒除外在一切的雜念和妄見，以返照內心清明的本性，其實就很接接近馬斯洛所描述的高峰經驗。

　　職是，詩僧透過詩歌創作（書寫活動），消解萬慮、凝神專一、排除知性干擾、追求內心平和等使得語言敞開一個存有開顯的空間，因此即使詩僧在理論思維層次，尚未具體建構出「開顯的真理觀」，但在實際寫作之際，詩語言自身已向詩僧開啓了無限的、豐盈的意義，詩語言本身的解構性使得詩僧運用詩語言，而同時也正朝向語言有限性的困境突破，這個突破的過程，當然使得存有／真理透過詩語言開顯其存在的可能性也大為增加，這或許有

〔註92〕見莊耀嘉編譯《馬斯洛》（臺北：桂冠圖書公司，1990年2月第一版）第七章「高峰經驗與存在心理學」，頁141～163。

〔註93〕這種狀態就如老子所說的「滌除玄覽」，見《老子》第十九章云：「滌除玄覽，能無疵乎？」

助於我們理解，走「行入」途徑的僧侶，衷情於詩歌創作的一種奧微心理。

語言不足以指示一切事物或表述一切意義，但語言另外還具有一種轉換、自行顛覆、自行解潰的特質，當代詮釋學學者高達美（H.G. Gadamer）認爲語言自身有一種內在的「思辨結構」（spekulative struktur），它並不是固定地或教條式地被確定，它往往在移動和轉換中完成將意義帶入理解的職責，因此最完滿的理解是在「對話」中實現，對話中存在著眞理的辯證性的揭示。〔註 94〕透過高達美的啓示，我們可進一步反省詩僧對待語言與眞理的態度，並可進一步理解到詩僧如何使語言自身突破了有限性的困境。

因爲從詩僧大量的交往詩裏，我們看到一個對話場域的開啓，在這個對話場域中，詩僧交替使用詩歌的符碼功能和感興功能，詩僧用詩語召喚存在的同時，存在便藉由詩語進入了詩僧的生命、豐富了詩僧的生命，這時候詩僧的生命透過詩語言，接受到存在的開顯，因此存在開顯在他的生命裏面，同時也提昇了詩僧的生命體驗，而生命也因此得以落實了存在。就此而言，詩僧的生命、最高的存有／眞理、詩語言三者之間，實形成了一個既發展又辯證的關係。

〔註 94〕H.G. Gadamer, *Truth and Method*（New York: Seabur Press, 1975），p. 445. 另可參見嚴平《高達美》（臺北：東大圖書公司，1997 年 4 月第一版）第六章「語言」，頁 164～166。

第七章　結　論

第一節　唐代詩僧的創作論綜述

　　詩僧是兼具文學與宗教兩方面的表現，本文在第二章處理完詩僧的定義問題時，便關注詩僧創作論中在文學性與宗教性兩面的一起探討。中唐時期詩僧在文學與宗教兩方面都有很深的造詣，他們所悟的道的深淺，宗教理論家可以進一步商榷，但是他們在宗教上的寄託和關懷與晚唐詩僧相較，顯然有一些殊異，什麼殊異呢？也就是說，文學與宗教是詩僧兩個必具的條件，並充份展現在理論和創作上面，由於長期累積的文學創作的經驗和技巧，已經使他們可以成熟的表達宗教性的內容，因此他們不把注意力放在宗教體悟的高低上，就宗教體悟的內容，晚唐詩僧與中唐詩僧有類似性，但就文學技巧的圓熟度來說，晚唐詩僧的成就顯然是高過中唐詩僧的，如果這個考察是正確的，我們或許可以這樣說：中晚唐詩僧雖兼具宗教與文學兩方面的成就，可是中唐詩僧的關懷點在宗教上面表現比較重，而在文學面相應來說成就比較沒有那麼顯著；晚唐詩僧在宗教上面的體悟，對於中唐詩僧有相應的繼承和延續，但是在文學方面展現較為成熟的一面，也許我們可以作這樣一個動態的理解：整個唐代詩僧是兼具宗教與文學兩方面的關懷與成就的，不過隨著時間的推移，中晚唐詩僧呈現一個動態性的發展，這種發展，與其說他們有種類上的性質的差異，不如說他們在宗教上的關懷與側重面是不同的，本文在此提供一個動態的、符合歷史衍進過程的定義，來規範我的研究對象——唐代詩僧。

第三、四章我們主要從詩僧的詩格著述，整理詩僧的詩論，第五、六章我們則從詩歌創作來反省詩歌創作背後的理論意義。對詩歌理論的具體實踐，莫過於實際呈現為創作的詩歌作品了，第五章我們從詩僧的詩作，分析詩僧創作論中有關詩歌與宗教修悟的問題，我們得到的結論是，詩僧的大量詩歌創作，以及苦心經營的創作態度，顯示了一個明顯的趨勢，僧侶的修持已漸從小乘推移至大乘，其中一個重要的指標，便是對於文藝創作限制的解放，詩歌創作不僅不再妨礙修悟，甚至對於證道、悟道都有所助益。第六章我們也是從詩僧的詩作入手，反省詩僧創作論中有關詩歌與眞理的問題。

第二節　唐代詩僧對詩論的貢獻

一、發展創作主體的審美理論：從詩格的內容反省

從歷史的發展來看，意境理論兼有儒、道、釋等成素的影響。皎然的「境」論主要在思考創作主體與創作對象等問題，這使得唐代的意境理論更趨系統性，在意境理論發展史上是一個具有突破性的階段。而進一步探討其「境」論主要的論點與思維方式，我認為與佛教唯識理論有高度的關係。皎然自覺地運用「境」的概念來討論詩歌創作和鑑賞，是使詩歌意境理論成為系統的第一人，影響所及還使得意境理論的發展，開始與佛教結下了密切的關係，如宋代許多論詩詩喜以禪法論詩，而最具體的莫如宋代嚴羽「以禪喻詩」借禪法來論詩歌創作、欣賞、批評的詩論。

二、對於詩歌創作技巧的整理：從詩格的形式反省

詩格基本上是在提供寫詩方法的著作，這類些著作的特色，就是設立許多詩法術語，並以一聯詩句取代文字說明，詩格摘錄詩句代替說明評論的寫作方式，是後來宋代詩話摘句評論寫作模式的淵源。由於這些詩法術語多半陳陳相因，缺乏具的文字解釋，因此文學批評研究者多半忽視這類著作的價值。

但是我們要注意的是，詩僧的詩格可說是中晚唐詩歌創作經驗的理論總結，它不僅具體整理了詩歌創作時有關切題、對仗、題材、象徵、比興、用典、模仿、俗語等問題。而詩僧對於這些創作技巧的關注，多少反映了中唐以後一種審美態度的轉變，這轉變乃趨向一種遊戲論的文學觀。

三、奠定宋代詩禪理論的雛型：從詩作反省——理論與實際的並進

　　宋代詩論大量運用禪的理論和方法來闡述詩歌創作與欣賞的原理，其中可以嚴羽爲代表。今人論詩與禪的關係中以錢鍾書爲最早。〔註1〕後來有袁行霈、蔣述卓、張伯偉等人都提出了「以禪喻詩」三型說——以禪參詩、以禪衡詩，以禪論詩——分別從詩歌欣賞、詩歌批評和詩歌創作三方面來討論宋代以後詩論家討論詩禪的關係。〔註2〕

　　我們反省了詩僧的詩歌不僅具是單純的文學創作而已，作品中還展示著不同「悟道」、「證道」、「明道」等宗教向度，這便表示詩與禪並非互相妨礙的。而就理論思惟來說，「詩魔」與「詩爲禪者禪」的提出，已爲宋代詩禪理論建立一個發展的基礎，我們認爲詩歌理論與佛教理論所以產生交會的關鍵，與詩僧運用類比性的思維有很大關係。

四、超越語言表述眞理的困境：從詩語反省——對話與辯證的雙軌

　　我們知道語言最大的特性之一，就是意義的表述是有限的，雖然佛教普遍認爲語言不足以表述最高的存有，但是詩僧卻運用詩歌語言時，卻能突破了語言有限性的困境，他們透過詩歌將對話的場域開啓，並交替使用詩歌的符碼功能和感興功能，靈活交替運用，承如卡西勒（Ernst Cassirer）所說：「語言本身爲它超越自身這最終的一步鋪平了道路。」〔註3〕而進一步分析詩僧運用詩語的情形，我們看到詩僧展示了一個生命／存有／詩歌之間的辯證發展：也就是說詩僧的生命透過詩歌的語言，接受到存在的開顯，因此存在開顯在他的生命裏面，也就提昇詩僧的生命體驗；詩僧用詩魂招喚存在的同時，存在也因而進入了生命、豐富了生命，換句話說，生命也因而得以落實了存在。

〔註1〕 錢鍾書〈妙悟與禪〉及〈詩與禪〉，收入《談藝錄》第84則及《談藝錄》補訂本第28則（北京：中華書局，1994年版）。

〔註2〕 袁行霈〈詩與禪〉，《佛教與中國文化》，頁83～91（北京：中華書局，1988年10月一版）。蔣述卓《佛教與中國文藝美學》第五章，頁94～109（廣東：廣東高等教育出版社，1992年11月一版）。張伯偉著《禪與詩學》（杭州：浙江人民出版社，1992年9月第一版，1993年10月修訂初版二刷）。

〔註3〕 見卡西勒著，于曉眞譯：《語言與神話》（臺北：久大與桂冠圖書公司，1990年第一版），頁226～227。

第三節　唐代詩僧創作論的定位──從文學批評史及禪教史兩方面立說

　　上文筆者反省了詩僧的創作論，以下我打算就文學批評史和禪教史兩方面重新給唐代詩僧一個歷史的定位。

一、就文學批評史而言

　　詩論者從文人的傳統來看詩僧的詩歌創作，多半鄙視詩僧的作品枯淡無味，其實如果我們調整視野，重新看待詩僧，那麼詩僧創作論的貢獻，一是在詩歌意境理論、詩禪理論的開發，二是在語言功能上展示了詩語在宗教傳播與宗教媒介上的所扮演角色及作用。

　　我們反省詩僧使用詩歌語言的文學性功能和宗教性功能，正反映出詩僧對於詩歌語言的掌握，實突破了文人傳統或僧人傳統的限制。或許從文人的立場批評詩僧的創作疏淡無味，從僧徒的立場批評詩僧違反佛門戒律，我們從一個新的觀點來看詩僧在創作及創作理論上的努力，其實彰顯了他們對於詩歌語言功能的靈活運用，他們具體展現了詩與思交通的可能，反映了語言與真理的互動關係。

二、就禪教史而言

　　中國禪的開宗立派，傳說是由來自印度的菩提達摩（？～530）所完成的。從東土初祖達摩到五祖神秀，禪法的著重在靜坐、身心不動、內心清淨以及念佛等。〔註4〕這是強調先入定、後發慧的禪法。從六祖惠能開始，禪法開始強調定與慧是一體的而不可分割的。惠能的禪法使得禪宗迅速發展起來，入宋以後，還分裂成五家七宗，各家在傳法上也有不同的家風和宗風，如：臨濟宗常以嚴峻激烈的方式來激勵弟子們，曹洞宗以親初綿密的來接引學生，溈仰宗採取溫文儒雅的態度來對待徒弟，雲門宗卻慣用簡短、奇怪的句子來教導弟子，而法眼宗則注重因材施教。至於同出於臨濟宗的黃龍派和楊岐派也有不同的宗風：黃龍嚴厲不失臨濟的本色，而楊岐則以溫和見稱。〔註5〕其

〔註4〕　參見楊惠南《禪史與禪思》（臺北：東大圖書公司，1995 年 4 月第一版），頁 97～118。

〔註5〕　以上五家七宗禪法的介紹，詳參楊惠南《禪史與禪思》，頁 119～160。

中屬於臨濟宗楊岐派的大慧宗杲（1089～1163）提倡參究「公案」的「看話禪」，屬於曹洞宗之下童正覺（1091～1157）則主張默默靜坐的「默照禪」。〔註6〕以上這些禪法，大家並不陌生。

　　但是，在禪教史上，詩歌一直扮演著重要的角色，卻是大家所忽視的。本文針對詩歌這一特殊語言，反省了其與宗教修悟關係，並且提示了詩歌作爲宗教傳播媒介的功能和角色：詩語不僅是詩僧在宗教證悟上的憑藉，而且在開悟上還是一個具體的媒介，因爲詩語言開啓了一個自我、他者與存有之間相互對話與辯證的場域。

第四節　研究成果及未來的發展

　　僧人作詩並非其專擅之能事，僧詩雖曾受過文人青睞而輯入詩歌選本，但我們知道僧侶作詩的人數和詩作的數量，遠超過《全唐詩》當中所保存的。〔註7〕唐代文學發展史上，出現「詩僧」這個龐大的創作群，確是不容我們忽視的一個現象。學界過去對於詩僧的研究，多僅止於概覽性的論述，因此本文研究成果，可望填補唐代詩歌史上的空白。此其一。

　　「詩僧」兼具詩人和僧人兩種身份，本文研究詩僧的創作論，正可藉以了解「詩歌」與「佛教」之間的關係，以及對立、互滲、交融的種種現象。本文第三章探討皎然的境論，在前人的研究上有進一步的創獲，除了建構境說內在肌理的關聯性，更證出詩歌意境理論的發展，到了唐代加入了佛教的因素，特別是唯識宗的影響。本文探討詩歌與佛教間的關係，希望呈現的是二者間動態的發展關係，本文第五章從詩歌創作中「詩爲儒者禪」、「詩魔」等問題，反省詩語言在佛教修悟中具有的宗教性功能，除了從佛教檢視對於詩歌的影響，也從詩歌看對佛教的影響。此其二。

　　詩僧的詩格著作以詩例取代文字說明，學界素來視爲簡單瑣碎，而未予重視。本文第四章從詩會觀摩指瑕的背景，指出詩格著作的特色之所以形成，並且從修辭學的觀點，具體分析詩法術語的內涵，亦即詩僧在理論上所反省到的各種詩歌創作技巧。此其三。

　　詩僧的境界論、創作技巧論、詩禪關係論等，除了部份繼承前代詩歌創

〔註6〕　有關看話禪和默照禪的介紹，詳參楊惠南《禪史與禪思》，頁187～208。
〔註7〕　初步的統計，請參見本文「附錄一」。

作理論外，更加入了佛教的因素，使得中國詩歌理論未來的發展，如詩禪理論、神韻說等，都與佛教產生了密切的關係，就此而言，本文的研究提示我們注意唐代詩僧的詩論，在中國詩歌批評史上所具有的一個承先啓後的地位。此其四。

佛教素來視語言不足以表述真理，而在中國詩言志的傳統中，詩語言的宗教向度更不被重視。本文第六章透過類型分析，具體提出詩文類做為佛教的媒介物，具有「悟道」、「證道」、「明道」三個作用，這三個宗教作用，雖然可能不足以含蓋歷代所有詩僧的創作，但至少可以有效地反映在唐代詩僧的創作上，這個分析架構，不僅提供學界注意唐代詩僧在宗教傳播媒介上的貢獻，而且提供了我們日後進一步分析詩語言的宗教成素的基礎，此其五。

本文以「唐代詩僧的創作論」為題進行研究，乃採取理論與作品雙軌並進的方式。本文對於詩僧作品的分析，因題目的關係，只集中在一些能反映創作理論意識的詩作，其實唐代詩僧的詩歌創作，仍有許多值得探討的地方，如詩僧與道士的贈答詩，或者詩僧齊己、貫休等直接模仿道士所寫的「虛步詞」，這便是當時釋道間往來頻繁的一個現象。我們知道唐代社會歷經幾次變革，儒、釋、道三教在唐代已有漸漸合流之勢，在唐代詩僧的作品中，已可看到這個發展趨勢，就文化史而言，詩僧的創作仍有許多地方待開發及研究。甚至繼本文之後，研究唐以後的佛教詩歌理論、分析佛教詩歌內涵，都待日後為文進一步呈現。

附錄一：唐僧作詩名錄及存詩數量

說明一：本表人名依筆畫由少至多排序。

說明二：本表旨在調查、統計有唐一代有那些僧人有詩作傳世，以供研究者取資參考。

說明三：傳統使用「僧」字的概念，指的是出家眾的比丘，因此本表收錄唐僧的對象，不止本文所定義的「詩僧」，唯不包括在家居士或隱士（如寒山子、龐蘊），以及比丘尼。又胡僧、友邦僧人之詩作，作於中土，且文字、體製仿同中國僧人，《全唐詩》收入，所以本表也計算外國僧人在中土所作的漢詩。

說明四：本表根據《全唐詩》、《全唐詩逸》、《全唐詩補編》、《敦煌僧詩校輯》、《王梵志詩校注》、《又玄集》、《唐才子傳》、《宋史‧藝文志》、《唐音癸籤》等書統計，殘句用括號表示。《敦煌僧詩校輯》一書所收僧詩四百餘首，僅敦煌僧詩中的一部份，這四百餘首詩作中，有非唐僧者，或有佚名僧無法確定為唐僧者均不錄。因此在敦煌僧詩部份，本表尚有許多增補空間。

說明五：大陸最近出版《中國歷代詩僧全集》（本書蒙李建崑教授賜補，謹此致謝）一套書，蒐輯觸鬚伸及大陸各地重點圖書館中所藏僧詩集，兼及一些史書、佛藏、方志、筆記，經初步統計，書中收錄現存僧詩約六萬餘首，僧侶詩人數千人，總字數超過一千五百萬字，該書出版可謂集歷代僧人詩作之大全，實具學術研究價值。由於該書卷秩浩繁，本表製作之初未及寓目，罅漏重複之處則待來日校補。

說明六：根據本表總計，有唐一代僧人作詩有四百二十人，詩作六千二百六

十九首，殘句二百五十一句。

說明七：本表蒙臺大《佛學研究中心學報》審查委員會補正，以及鮑根弟教
授、王文顏教授提供編修意見，謹此一併致謝。

	全唐詩	全唐詩逸	全唐詩補編	其　他	總　計
一鉢和尚			1	1（敦煌僧詩校輯）	2
久則		0（02）			0（02）
大同濟禪師			1		1
大易（太易）	2		1	1（又玄集卷下）	4
大奉（太奉）			1		1
大閑		0（02）			0（02）
大義			2		2
大愚	1				1
大顛			1		1
小白			3		3
小靜			1		1
子言			1	1（敦煌僧詩校輯）	2
子蘭	26		0（02）		26（02）
文秀	1		0（02）		1（02）
文炬			2		2
文益	1		13	1（敦煌僧詩校輯）	15
文彧			1（02）		1（02）
文偃			30		30
文善			1		1
文鑒	1				1
方爲			0（02）		0（02）
元安			6		6
元孚	2		1	1（敦煌僧詩校輯）	4
元昉			0（02）		0（02）
元寂	1				1
元礎	0（04）				0（04）

天然			5		5
天目僧			1	1（敦煌僧詩校輯）	2
不特				0（唐才子傳卷三）	0
太拳				1（敦煌僧詩校輯）	1
日進			1		1
中寉	1				1
水心寺僧	1				1
丹遐 （疑爲丹霞）				1（敦煌僧詩校輯）	1
仁貞			1	1（敦煌僧詩校輯）	2
仁儉			1		1
幻夢			1		1
公畿和尚			1		1
王梵志	390（王梵志詩校注）		226	20+110（敦煌僧詩校輯）	746
玄宗			2		2
玄幽	0（02）		1		1（02）
玄泰			3		3
玄晏				0（宋高僧傳卷二十九）	0
玄奘			5		5
玄達			1		1
玄範				0（唐音癸籤卷三十）	0
玄應			1		1
玄寶	1				1
玄覺			1	3（敦煌僧詩校輯）	4
玄覽 （杭州僧）			1		1
玄覽 （荊州僧）			1		1
玄覽				1（敦煌僧詩校輯）	1

（敦煌僧）					
永安			1		1
可止	9（01）				9（01）
可朋	5（12）	1	3（02）		9（14）
可隆	0（02）				0（02）
可勳			1		1
正原			3		3
本先			3		3
本空			1		1
本淨			7		7
本寂			12		12
去奢		0（02）			0（02）
弘忍			1	1（敦煌僧詩校輯）	2
用虛			4（殘）		4
令參			3		3
令超			1		1
次休			0（02）		0（02）
守安			1		1
匡山和尚			2		2
匡仁			2		2
匡白			2		2
匡慧			1		1
有孚			1	1（敦煌僧詩校輯）	2
光雲			1		1
光業			3		3
米嶺和尚			1		1
伏牛上人			3		3
伏牛小師			1		1
先青峰				2（敦煌僧詩校輯）	2
休靜			1		1
自在			4		4

自牧			0（唐音癸籤卷三十）	0
牟儒		1		1
如滿		2		2
如體		1		1
行滿		1		1
全谿		1		1
良人	0（02）			0（02）
良乂	1			1
良價		36	1（敦煌僧詩校輯）	37
宋休	0（02）			0（02）
志定	0（04）			0（04）
志閑		1		1
志端		1		1
志勸		1		1
村寺僧		1	1（敦煌僧詩校輯）	2
吳越僧	6			6
希運		1		1
希遷（無際）		3		3
利涉	1			1
利濟			1（敦煌僧詩校輯）	1
含曦	1			1
佚名僧			135（敦煌僧詩校輯）	135
法成			1（敦煌僧詩校輯）	1
法宣	2			2
法珍		4		4
法軌	0（02）			0（02）
法海		1		1
法振（法震法貞）	16（02）			16（02）
法常		2（02）	0（02）（敦煌僧詩校輯）	2（04）

法進			1	1（敦煌僧詩校輯）	2
法琳			5	0（唐音癸籤卷三十）	5
法滿			1		1
法達			1		1
法照	3		2	1（敦煌僧詩校輯）	6
法輪	1				1
法觀			1		1
法藏			1		1
泠然	1				1
宗亮			4		4
宗密			4		4
宗苣			2		2
宗莒				2（敦煌僧詩校輯）	2
空海			4		4
尚志	1				1
尚能	1（02）				1（02）
尚顏	34（02）		0（02）		34（04）
直言（亘玄）			0（02）		0（02）
明解			1		1
門瓚			3		3
居遁			96		96
臥輪				3（敦煌僧詩校輯）	3
來鵬			2		2
性空			1		1
恆超	1				1
延沼			3		3
延壽			88（08）	1（敦煌僧詩校輯）	89（08）
延禪師			1		1
知玄	3				3
知業	0（02）				0（02）

秀登			3		3
金地藏	1		1（新羅國僧）		2
金髻				1（敦煌僧詩校輯）	1
洪諲			1		1
洪壽			1		1
彥光			1		1
彥楚			1	1（敦煌僧詩校輯）	2
易靜			722		722
某大德			1		1
南唐佚名僧	1				1
南粵			1		1
契此			24		24
契盈	0（02）				0（02）
契從			1		1
思託			1	1（敦煌僧詩校輯）	2
拾得	54		2		56
若水	1				1
若訥			2		2
若虛	3				3
貞素			1	1（敦煌僧詩校輯）	2
建初			1	1（敦煌僧詩校輯）	2
省澄			7		7
香嚴				3（敦煌僧詩校輯）	3
重惲			1		1
重機			1		1
保初			1		1
約禪師			1		1
海印			0（04）		0（04）
海順	3				3
朗上座			1		1
唐末僧	1				1

庭實	0（02）			0（02）
神秀		1	1（敦煌僧詩校輯）	2
神迴	0（02）	1		1（02）
神晏		9		9
神祿		1		1
神穎	2			2
神贊		1		1
亞齊			0（唐才子傳卷三）	0
亞棲	2			2
眞元		0（02）		0（02）
眞幹		0（02）		0（02）
泰法師			1（敦煌僧詩校輯）	1
秦蚌		0（02）		0（02）
荊州僧	0（01）			0（01）
栖一（棲一）	2			2
栖白（棲白）	16	4	1（敦煌僧詩校輯）	21
栖蟾（棲蟾）	12			12
栖巖（棲巖）		0（02）	0（02）（敦煌僧詩校輯）	0（04）
虔修		0（02）		0（02）
悟眞		1	13（敦煌僧詩校輯）	14
悟清	0（02）			0（02）
師虔		1		1
師復		0（01）		0（01）
師備		8		8
師蕭		3		3
修雅	1			1
修睦	27	4	1（敦煌僧詩校輯）	32
卿雲	4			4
缺名僧		1		1
乾康	2（04）			2（04）

常雅	1				1
常達	8				8
常察			11		11
惟勁			4		4
惟審	3				3
惟儼			1		1
清江	21（01）				21（01）
清尙	1		1		2
清教			0（02）		0（02）
清越			1		1
清閑		0（02）			0（02）
清塞（周賀）	93	0（04）			93（04）
清居			1		1
清範			1	1（敦煌僧詩校輯）	2
清豁		1	1		2
清瀾			0（02）		0（02）
清觀		0（02）			0（02）
淨顯	1				1
許蘭			1		1
章導			1		1
竟脫			5		5
康白				0（唐音癸籤卷三十）	0
康造			0（02）		0（02）
康道			0（02）		0（02）
麻衣禪師			1		1
理瑩	1				1
措多			1		1
畢誠			0（02）		0（02）
皎然（清晝，湖州	481		2（02）	0（02）（敦煌僧詩校輯）	483（04）

人）					
皎然 （福州人）		2		2	4
軌章	1				1
紹修			6		6
從朗			1		1
從諗			17		17
從範			1		1
啟柔			1		1
處眞			1		1
處默	8（02）		0（02）		8（04）
普化和尙			2		2
普滿				1（太平廣記卷140）	1
普聞			1		1
普願			1		1
善生	4				4
善會			3		3
善道			1		1
善導			22		22
寒山	311		3	1（敦煌僧詩校輯）	315
雲表	1				1
雲容	0（01）				0（01）
雲端和尙			1		1
雲辨				10（敦煌僧詩校輯）	10
惠敏			1		1
惠頤				0（唐音癸籤卷三十）	0
惠顒			1		1
貫休	715（23）		18（06）	11（敦煌僧詩校輯）	744（29）
貫徽		0（01）			0（01）
景岑			21		21
景雲	3				3

景導			1		1
喻鳧			1（02）		1（02）
虛中	14（12）		1（06）		15（18）
智寂			1		1
智通（唐初僧）			1		1
智通（大中僧）			1		1
智眞			4		4
智封			0（02）		0（02）
智藏			2		2
智威			2		2
智暉			1		1
智常（嗣六組）			1		1
智常（嗣馬祖）			3		3
智亮	2				2
智閑			31	0（唐音癸籤卷三十）	31
智遠	1				1
智潛				0（02）（全唐詩話續編卷下）	0（02）
智暹				0（宋志卷二〇八）	0
無了			1		1
無本（賈島）	402（11）	1（02）	6（14）		409（27）
無可	100		1（02）		101（02）
無名僧			5	5（敦煌僧詩校輯）	10
無名釋	1				1
無住			5		5
無作	1				1
無則	3			3（敦煌僧詩校輯）	6

無悶	2			2
無德		1		1
無願			0（唐音癸籤卷三十）	0
復禮		1		1
慈和（尼姑）		1	1	2
慈覺		1	1（敦煌僧詩校輯）	2
慈恩寺沙門	1		1（敦煌僧詩校輯）	2
滿和尙				1
滄浩	1			1
義玄		1		1
義存		43（04）		43（04）
義忠		5		5
義昭		1		1
義淨	7	1		8
義褒		3		3
新羅僧		1		1
道世（玄惲）		62	（宋高僧傳卷二十九）	62
道允		1		1
道吾休和尙		1		1
道彥		1		1
道恒		3		3
道岯		9		9
道朗		1		1
道恭	1			1
道虔		2		2
道常		1		1
道尋		1		1
道溥		2		2
道慈		1		1
道會	1			1

道鏡			22		22
遇臻			1		1
萬迴			1		1
楚巒				0（唐音癸籤卷三十）	0
瑜禪師			1		1
暉和尚			1		1
粲和尚			1		1
詧光				0（唐音癸籤卷三十）	0
圓鑒			1	11（敦煌僧詩校輯）	12
圓觀			2	2（敦煌僧詩校輯）	4
僧可			0（02）		0（02）
僧初			1		1
僧伽			0		0
僧鳳	1				1
僧潤（僧閏）			3		3
僧鸞	2		0（02）		2（02）
爾鳥	0（02）				0（02）
福全			1	1（敦煌僧詩校輯）	2
遠公			1	1（敦煌僧詩校輯）	2
齊己（荊南僧）	813（16）		3（04）		816（20）
齊己（南唐僧）			1		1
齊安和尚			1		1
澄觀			1		1
廣宣	17				17
慕幽	6			1（敦煌僧詩校輯）	7
璆琳			1		1
慧光			2		2
慧忠			5		5
慧侃	2				2

（惠侃）				
慧宣	3（02）				3（02）
慧能（惠能）			20	1（敦煌僧詩校輯）	21
慧淨	5		1	1（敦煌僧詩校輯）	7
慧寂			5		5
慧救			2		2
慧超（新羅國僧）			2	2（敦煌僧詩校輯）	4
慧集法師			1		1
慧堅			1		1
慧藏			1		1
緣密			11		11
緣觀			2		2
德最			1		1
德圓			2	1（敦煌僧詩校輯）	3
德誠			40		40
德韶			1		1
德謙			3		3
寰普			1		1
擇禪師			2		2
曇倫			1		1
曇靖			1		1
曇域	3				3
曇翼	1				1
澹交（淡交）	3		1		4
澹然（淡然）	0（02）				0（02）
辨才	1		1		2
辨正			2		2
辨章			1	1（敦煌僧詩校輯）	2
諲禪師			1		1
窺基			1		1

璘禪師		1		1
曉榮		1		1
曉巒		4（02）		4（02）
龍牙祖			1（敦煌僧詩校輯）	1
謙光	1			1
謙明（明光）		1	1（敦煌僧詩校輯）	2
應之			0（唐音癸籤卷三十）	0
應物	2			2
應眞		1		1
隱山和尙		2		2
隱求	1			1
隱峰		1		1
隱微		1		1
隱巒	5	0（02）		5（02）
歸仁	6	0（02）		6（02）
歸曉		1		1
豐干	2			2
豐禪師		1		1
麗天和尙		1		1
懷玉		1		1
懷信		1		1
懷浦	2			2
懷素	2	0（02）		2（02）
懷楚	2			2
懷濬	2	0（02）		2（02）
贊寧		7（08）	2（敦煌僧詩校輯）	9（08）
韜光	1			1
寶月	1			1
寶津		1		1
蘇溪和尙		1		1
嚴禪師		1		1

覺隱			1	1（敦煌僧詩校輯）	2
釋岸（惟岸）			1		1
釋沘（僧沘）	2				2
釋彪	1				1
護國	12				12
鑑空			1		1
龔霖			8（02）	0（02）（敦煌僧詩校輯）	8（04）
靈一	42（02）				42（02）
靈祐			1		1
靈業		0（02）			0（02）
靈準	0（02）				0（02）
靈照			1		1
靈澈（靈徹，澄源）	17（26）		1（04）		18（30）
靈默			1		1
靈辯			7		7
靈嚴			1		1

附錄二：歷代僧人現存別集一覽表

年代	僧侶	別集名稱	收錄總名／合集／叢書	叢書刊印者或收藏地
晉	支遁	支遁集二卷	宛委別藏四十種	故宮博物院輯，民國二十四年上海商務印書館選印。南京；江蘇古籍出版社，1988 年
		支遁集二卷補遺一卷	邵武徐氏叢書初刻十八種	清徐幹輯，清蔣清翊補遺，光緒間刊本。
唐	玄奘	大唐三藏玄奘法師表啓一卷	吉石盦叢書初集	羅振玉輯，民國上盧羅氏影印本
	寒山	寒山詩一卷		宋刻本，附《豐干、拾得詩》一卷，北京圖書館藏
				明洪武郭宅紙鋪印本，附錄二卷
			四庫全書集部別集類	
			四部叢刊	初印本據高麗本影本，有附錄二卷；再印本據宋本影印，有附錄一卷
		寒山子詩一卷		1924 年建德周氏影宋刻本
				宋大字本，日本靜嘉堂文庫
				明嘉靖四年（1525）天台國清寺釋道會刻本，附《豐干、拾得詩》一卷，臺北：國家圖書館藏
				明末吳明春刻本，有附錄二卷
			擇是居叢書初集	仿宋刻本

唐	寒山	寒山子詩集一卷		影宋寫本，有附錄一卷，日本靜嘉堂文庫藏
				明萬曆七年（1579）王宗沐刻本
				明刻本
				清乾隆十八年（1753）淨心道人抄本，有蟄菴居跋，山東大學圖書館
			四庫全書	
				清宣統二年（1910）蘇州程氏思賢堂重刊本
				有正書局影印日本帝國圖書寮藏宋刻本
			叢書集成初編	臺北：新文豐出版公司，1976 年。
		寒山子詩集二卷		明萬曆七年（1579）計謙亨刻本，附《豐干、拾得詩》一卷，天一閣藏
			天台三聖詩集	附《豐干、拾得詩》一卷
		寒山詩集五卷		明萬曆二十七年（1599）朱世椿刻本，附《豐干、拾得》一卷
	豐干	豐干詩集一卷	《寒山詩》附	宋刻本，北京圖書館藏
			三聖詩集	明永樂十四年（1416）刻
			《寒山詩集》附	明嘉靖四年（1525）天台國清寺釋道會刻，臺北： 國家圖書館藏
			《寒山子詩集》附	明萬曆七年（1579）計謙亨刻
			《寒山詩集》附	明萬曆二十七年（1599）朱世椿刻
			《寒山詩集》附	明末吳明春刻
			四庫全書《寒山子詩集》附	
			四部叢刊《寒山詩》附	
	拾得	拾得詩集一卷	《寒山詩》附	宋刻本
			三聖詩集	明永樂十四年（1416）刻
			《寒山詩集》附	明嘉靖四年（1525）天台國清寺釋道會刻，臺北： 國家圖書館藏

唐	拾得	拾得詩集一卷	《寒山子詩集》附	明萬曆七年（1579）計謙亨刻
			《寒山詩集》附	明萬曆二十七年（1599）朱世椿刻
			《寒山詩集》附	明末吳明春刻
			四庫全書《寒山子詩集》附	
			四部叢刊《寒山詩》附	
	玄覺	永嘉集一卷	永嘉詩人詞堂叢刻	昌廣生輯，民國四年如皋昌氏刊本
		永嘉證道歌一卷	永嘉詩人詞堂叢刻	昌廣生輯，民國四年如皋昌氏刊本
	靈一	靈一詩集二卷	唐四僧詩	明抄本
		唐靈一詩集一卷	唐百家詩中唐二十七家	明朱警輯，嘉靖十九年刊本
			唐四僧詩	明抄本
			唐人五十家小集	清江標影刻，光緒二十一年元和江氏靈鶼閣據南宋陳道人本湖南使院本
	靈澈	澈上人詩集一卷	唐四僧詩	明抄本
	皎然	唐皎然詩集一卷	唐百家詩中唐二十七家	明朱警輯，嘉靖十九年刊本
			唐四僧詩	明抄本
			唐人五十家小集	清江標影刻，光緒二十一年元和江氏靈鶼閣據南宋陳道人本湖南使院本
		皎然集十卷		清繡佛齋抄本，北京圖書館藏
				上海涵芬樓影印本
		唐皎然杼山集四卷		明張睿卿編刻本，臺北國家圖書館藏
		杼山集十卷	唐三高僧詩四十六卷	明虞山毛氏汲古閣刊本。有補遺一卷。臺北：廣文書局影印，1982年
				明湖東精舍抄本，存七卷，北京圖書館藏

唐	皎然	杼山集十卷		錢謙益校,明抄本,上海圖書館藏
				清初抄本,有拾遺一卷
				清盧文弨抄本,有補遺一卷,清盧文弨校,陸貽典、毛扆題識,北京圖書館藏
		晝上人集十卷		明葉恭煥跋,明葉氏賜書樓抄本,北京圖書館藏
				傅增湘跋,明錢穀抄本,北京大學圖書館藏
				明馮舒校跋抄本,天一閣藏
				清佚名批校影宋抄本,上海圖書館藏
				清初抄本,上海圖書館藏
				清抄本,北京圖書館藏
			四部叢刊	據影宋抄本影印
		詩式一卷	詩學指南卷三	清顧龍振輯乾隆二十四年敦本堂刊本
			歷代詩話・詩觸	丁福保輯,民國五年無錫丁氏排印本
			學海類編集餘三	清朱琰輯,乾隆嘉靖間刊本
			談藝珠叢	清王啓原輯 1988 年長沙玉尺山本
		詩式五卷		廣文書局影印本
		中序一卷	格致叢書	
		詩議一卷	詩學指南卷三	清顧龍振輯乾隆二十四年敦本堂刊本
		評論一卷	詩學指南卷三	清顧龍振輯乾隆二十四年敦本堂刊本
	常達	常達詩集一卷	唐四僧詩	明抄本
	賈島	賈浪仙長江集十卷		明仿宋刻本,上海涵芬樓影印
				明張敏卿抄本,有清馮班、何焯跋,孫江、陶世濟、錢孫保題款,北京圖書館藏
			唐四十四家詩	明抄本,有清黃丕烈校跋,北京圖書館藏
			唐詩百名家全集	有佚名校,清孫江、何焯題識,北京圖書館藏

唐	賈島	賈浪仙長江集十卷		清初抄本，有王禮培、葉景葵校跋，上海圖書館藏
				清乾隆間武林盧文弨手抄本，有補遺一卷，臺北： 國家圖書館藏
				清抄本，北京圖書館藏
			萬有文庫第二集	商務印書館
			國學基本叢書	商務印書館
			中唐十二家詩集	明蔣孝刻，有李盛鐸跋及補闕詩，北京大學圖書館藏
		唐賈浪仙長江集十卷	廣十二家唐詩	明嘉靖刊陸汴輯
			四部叢刊	據明翻宋本影印
			四部備要	據明刻本校刊
		長江集十卷	唐人八家詩	明汲古閣刻。北京圖書館藏有毛扆校跋本，錢孫保校跋本，傅增湘跋及臨毛表校跋本，清毛表校跋本；天津圖書館藏有周叔弢錄何焯批校本
			四庫全書	
			畿輔叢書	有附集一卷
			叢書集成初編	據畿輔叢書本影印
			萬有文庫	商務印書館
		賈浪仙詩九卷		清初抄本，有拾遺一卷
		賈浪仙長江集七卷		明奉新縣刻本，有沈曾植跋，上海圖書館藏
				清初抄本，北京圖書館藏
		中唐賈島詩一卷	中晚唐詩紀	清龔賢輯
		賈浪仙詩四卷		清抄本，有明楊鶴校，湖南省圖書館藏
		賈長江詩集一卷		明抄本，有清何焯校跋，北京圖書館藏
		賈浪仙長江詩集一卷	中唐十二家詩集	明朱之蕃輯
		賈島詩注		陳延傑注，1937 年上海商務印書館鉛印本
		長江集新校		李嘉言校，1983 年 11 月上海古籍出版社印行

唐	周賀	周賀詩集一卷		宋臨安府陳宅書籍鋪刻本，有王犀登題簽，何焯跋，北京圖書館藏
			唐百家詩晚唐四十二家詩	明朱警輯，嘉靖十九年刊本
			唐五十家集	明刻本
				明抄本，與《張蠙詩集》合一冊，有金俊明、何焯、黃丕烈跋，北京圖書館藏
			唐四十七家詩	明抄本
				影宋寫本，日本靜嘉堂文庫藏
			鐵琴銅劍樓叢書	清光緒影宋刻本
			四部叢刊續編	據宋刻本影印，有校勘記一卷
		中唐周賀詩一卷	十三唐人詩	清劉雲份輯
			中晚唐詩	清劉雲份輯
		清塞詩一卷	百家唐詩本	清初抄本
		清塞詩集二卷	唐四僧詩	明抄本
		清塞詩集二卷		明毛晉跋、清黃丕烈校跋，明毛氏汲古閣抄本
	貫休	唐貫休詩集一卷	唐百家詩晚唐四十二家	明朱警輯，嘉靖十九年刊本
			唐五十家集	明刻本
			唐人五十家小集	清江標影刻，光緒二十一年元和江氏靈鶼閣據南宋陳道人本湖南使院本
		禪月集二十五卷		明毛氏汲古閣影宋抄本
			唐三高僧詩	明虞山毛氏汲古閣刊本，有補遺一卷，北京圖書館藏本有明柳僉題識及葉樹廉校跋
				明柳僉抄本，上海圖書館藏
				明抄本，北京圖書館藏
				清初影宋抄本，有清孫譜跋，北京圖書館藏
				清抄本，華東師大圖書館藏
			四庫全書	據明毛氏汲古閣刻本著錄，有補遺一卷，1928 年上海涵芬樓據明抄本影印
			四部叢刊	據影宋抄本影印

	貫休	禪月集十二卷		清同治八年退補齋刊本
			金華叢書	清同治胡鳳丹輯，民國補刊本
			叢書集成初編	據《金華叢書》本排印，臺北：新文豐出版公司，1976 年。
	無可	僧無可詩集二卷	唐百家詩晚唐四十二家	明朱警輯，嘉靖十九年刊本
			唐四十七家詩	明抄本，北京圖書館藏
			百家唐詩	清初抄本
			唐人五十家小集	清江標影刻，光緒二十一年元和江氏靈鶼閣據南宋陳道人本湖南使院本
唐	齊己	白蓮集十卷		明嘉靖八年柳僉抄本，附《風騷旨格》一卷，有柳僉跋，北京圖書館藏
			唐三高僧詩	明虞山毛氏汲古閣刊本
				明末馮班家抄本，附《風騷旨格》一卷，有清何焯跋校及丁祖蔭跋，北京圖書館藏
				明末曹氏書倉抄本，上海復旦大學圖書館藏
				明抄本，北京圖書館藏
				清抄本，附《風騷旨格》一卷
			四庫全書集部別集類	中央圖書館籌備處選，民國四十二年上海商務印書館景印
			四部叢刊集部	據明柳氏抄本影印
		白蓮集五卷拾遺四卷	百家唐詩本	清初抄本，北京圖書館藏
		唐齊己詩集一卷	唐百家詩晚唐四十二家	明朱警輯，嘉靖十九年刊本
			唐人五十家小集	清江標影刻，光緒二十一年元和江氏靈鶼閣據南宋陳道人本湖南使院本
		風騷旨格一卷	詩學指南卷四	清顧龍振輯乾隆二十四年敦本堂刊本
			歷代詩話續編	丁福保輯，民國五年無錫丁氏排印本

			談藝珠叢	清王啓原輯 1885 年長沙玉尺山本
唐			四部叢刊	張元濟等編，民國二十三年上海商務印書館
			叢書集成初編文學類	臺北：新文豐出版公司，1976 年
	尚顏	唐尚顏詩集一卷	百家唐詩	清初抄本
		唐尚顏詩集一卷	唐人五十家小集	清江標影刻，光緒二十一年元和江氏靈鶼閣據南宋陳道人本湖南使院本
宋	重顯	祖英集二卷	宋人集丙編	
			四庫全書集部別集類	中央圖書館籌備處選，民國四十二年上海商務印書館
			四部叢刊續編	張元濟等編，民國二十三年上海商務印書館
		雪竇顯和尚明覺大師頌古集	四部叢刊續編	張元濟等編，民國二十三年上海商務印書館
	契嵩	鐔津集二十二卷	四庫全書集部別集類	中央圖書館籌備處選，民國四十二年上海商務印書館
			四部叢刊三編集部	張元濟等編，民國二十三年上海商務印書館
		鐔金文集二卷	宋人小集四十二種	清陳德溥輯，海寧陳氏鈔本
	道潛	參寥子集十二卷	四庫全書集部別集類	中央圖書館籌備處選，民國四十二年上海商務印書館
		參寥詩集十二卷附校勘記一卷	四部叢刊三編集部	張元濟等編，民國二十三年上海商務印書館排印本
		參寥詩鈔一卷	宋詩鈔初集	清呂留良、吳之振、吳爾堯輯，清康熙十年吳氏鑑古堂刊本，民國三年上海商務印書館據清康熙吳氏本景印
		參寥集補鈔一卷	宋詩鈔補	清管庭芬、蔣光煦輯，民國四年上海商務印書館
	慈受	慈受擬寒山詩一卷	四部叢刊初編集部寒山子詩附	張元濟等編，民國八年上海商務印書館排印本

宋	惠洪	石門詩鈔一卷	宋詩鈔初集	清呂留良、吳之振、吳爾堯輯，清康熙十年吳氏鑑古堂刊本，民國三年上海商務印書館據康熙吳氏本景印
		石門文字禪三十卷	四庫全書集部別集類	
			四部叢刊	
			武林往哲遺著後編	
	惠洪	石門文字禪集補鈔一卷	宋詩鈔補	清管庭芬、蔣光煦輯，民國四年上海商務印書館
		冷齋夜話十卷	四庫全書子部雜家類	
	斯植	采芝集一卷	宋百詩存卷二十	清曹庭棟輯，乾隆五至六年嘉善曹氏二六書堂刊本
		采芝集一卷續集一卷	南宋群賢小集	宋陳起輯，清顧修重輯，清嘉慶六年石門顧氏讀畫齋刊本
			宋人小集四十二種	清陳德溥輯，海寧陳氏鈔本
			汲古閣景鈔南宋六十家小集	明虞山毛氏汲古閣刊本
	居簡	北磵集十卷	四庫全書集部別集類	
	希旦	希旦詩一卷	宋人集丙編九華詩集附	李之鼎輯，南李氏宜秋館輯本
	九僧	聖宋九僧詩一卷補遺一卷	四庫全書集部別集類	
	文向	潛山集十二卷	四庫全書集部別集類	
	道璨	柳塘外集四卷	四庫全書集部別集類	
		柳塘外集二卷	宋人小集四十二種	清不著編人，清扶搖館鈔本
			宋人集甲編	民國南城李氏宜狄館刊本
		柳塘外集一卷	宋百家詩存卷二十	清曾庭棟輯、清乾隆五年曾氏書堂刊本

宋	文英	玉壺詩話	學海類編集餘三	
			叢書集成初編文學類	
	李龏	唐僧宏秀集十卷	四庫全書集部總集類	
	趙師秀	眾妙集一卷	詩詞雜俎	清木松堂據明毛氏本重刊
			唐宋元詩五集	明虞山毛氏汲古閣刊本
			四庫全書集部總集類	
			叢書集成初編文學類	
	紹嵩	亞愚江浙紀行集句詩七卷	南宋群賢小集	宋陳起輯，清顧修重輯，清嘉慶六年石門顧氏讀畫齋刊本
	永頤	雲泉詩集一卷	南宋群賢小集	宋陳起輯，清顧修重輯，清嘉慶六年石門顧氏讀畫齋刊本
			宋人小集四十二種	清陳德溥輯，海寧陳氏鈔本
			南宋六十家小集	明崇禎中虞山毛氏汲古閣景鈔本
		雲泉詩稿一卷補遺一卷	武林往哲遺著	
	普聞	詩論一卷	說郛卷七十九	
	神彧	文彧詩格一卷	格致叢書	
			詩學指南卷四	清顧龍振乾隆二十四年敦本堂刊本
	保暹	處囊訣一卷	格致叢書	
元	英	白雲集三卷	四庫全書集部別集類	
		白雲集一卷	元詩選初集子集	清顧嗣立輯清康熙長洲顧氏秀野草堂刊本。北京：中華書局，1987年
	緣至	牧潛集七卷	四庫全書集部別集類	
	大訴	浦室集十五卷	四庫全書集部別集類	
	清洪	石屋禪師山居詩集六卷	宋元四十三集	明潘是仁輯，明萬曆年間刊本

至仁	澹居藁一卷	元詩選初集壬集	清顧嗣立輯，清康熙長洲顧氏秀野草堂刊本
大訴	浦室集一卷	元詩選初集壬集	清顧嗣立輯，清康熙長洲顧氏秀野草堂刊本
惟則	師子林別錄一卷	元詩選初集壬集	清顧嗣立輯，清康熙長洲顧氏秀野草堂刊本
清珙	山居詩一卷	元詩選初集壬集	清顧嗣立輯，清康熙長洲顧氏秀野草堂刊本
祖銘	古鼎外集一卷	元詩選初集壬集	清顧嗣立輯，清康熙長洲顧氏秀野草堂刊本
行端	寒拾里人一卷	元詩選二集壬集	清顧嗣立輯，清康熙長洲顧氏秀野草堂刊本
明本	梅花百詠一卷	元詩選二集壬集	清顧嗣立輯，清康熙長洲顧氏秀野草堂刊本
	梅花百詠詩一卷	四庫全書集部別集類	
	中峰廣錄一卷	元詩選二集壬集	清顧嗣立輯，清康熙長洲顧氏秀野草堂刊本
	中峰禪師梅花百詠一卷	梅花百詠詩	明朱權輯，明嘉靖三十二年宸芳重刊
宗衍	碧山堂集一卷	元詩選二集壬集	清顧嗣立輯，清康熙長洲顧氏秀野草堂刊本
善住	谷響集一卷	元詩選二集壬集	清顧嗣立輯，清康熙長洲顧氏秀野草堂刊本
	谷響集三卷	四庫全書集部別集類	
大圭	夢觀集一卷	元詩選二集壬集	清顧嗣立輯清康熙長洲顧氏秀野草堂刊本
	夢觀集五卷	四庫全書集部別集類	
益撰	侑堂山居詩一卷	元詩選二集壬集	清顧嗣立輯清康熙長洲顧氏秀野草堂刊本
本誠	凝始子集一卷	元詩選三集壬集	清顧嗣立輯清康熙長洲顧氏秀野草堂刊本
子賢	一愚集一卷	元詩選三集壬集	清顧嗣立輯清康熙長洲顧氏秀野草堂刊本

元

元	祖柏	不繫舟集一卷	元詩選三集壬集	清顧嗣立輯，清康熙長洲顧氏秀野草堂刊本
	正勉 性通	古今禪藻集二十八卷	四庫全書集部別集類	
	宗泐	全室外集九卷續集一卷	四庫全書集部別集類	
	妙聲	東皋錄三卷	四庫全書集部別集類	
明	法天	朝天集一卷	雲南叢書初編集部	國立中央圖書館籌備處
	魯山	釋魯山集一卷	盛明百家詩前編	明俞憲輯，明隆慶五年序刊本
	明秀	釋雪江集一卷	盛明百家詩前編	明俞憲輯，明隆慶五年序刊本
	希復	釋同石集一卷	盛明百家詩前編	明俞憲輯，明隆慶五年序刊本
	果斌	釋半峰集一卷	盛明百家詩前編	明俞憲輯，明隆慶五年序刊本
	宗泐	釋全室集一卷	盛明百家詩後編	明俞憲輯，明隆慶五年序刊本
		全室外集九卷續集一卷	四庫全書集部別集類	
	仁盛	夢觀集一卷	盛明百家詩後編	明俞憲輯，明隆慶五年序刊本
	行溥	棗堂集選一卷	詩慰二集	
	智舷	黃葉庵遺稿一卷	人琴集	明錢繼章輯，清刊本
清	宗顯	櫳樹齋稿一卷	燈傳集	清釋穸公輯，清刊本
	弘本	柏支序稿一卷	燈傳集	清釋穸公輯，清刊本
	中英	龍華院稿二卷	燈傳集	清釋穸公輯，清刊本
	野鼉	夢綠詩鈔一卷	友聲集	清王相輯，清咸豐八年信芳閣訂本
	德立	藕華園詩二卷	敬鄉樓叢書第一輯	
	？	蒼雪和尚集四卷附錄一卷	雲南叢書初編集部	
	普荷 （通荷）	擔當遺詩七卷附錄一卷	雲南叢書初編集部	臺北：藝文印書館，1963年
			叢書集成	臺北：新文豐文化公司，1989年
	大依	釋南奄詩一卷	皇清百名家詩	清魏憲輯，清康熙福清魏氏枕江堂刊本
	德亮	雪床遺詩一卷讀刻一卷	養餘齋全集附	

	讀徹	釋蒼雪詩一卷	皇清百名家詩	清魏憲輯，清康熙福清魏氏枕江堂刊本
	佛眉	龍潭集一卷	濮川詩鈔	清沈堯咨輯，清乾隆五年刊本
	豁眉	隨扣師草一卷	濮川詩鈔	清沈堯咨輯，清乾隆五年刊本
	悟霈	擊竹山房吟草二卷	京江三上人詩選	清王豫輯，清嘉靖六年丹徒王氏刊本
	達瑛	栴檀閣詩鈔二卷	京江三上人詩選	清王豫輯，清嘉靖六年丹徒王氏刊本
	清恆	借菴詩選二卷	京江三上人詩選	清王豫輯，清嘉靖六年丹徒王氏刊本
		借菴詩鈔十二卷	焦山六上人詩	清陳任暘輯，清道光光緒間刊本
清	覺燈（覽證）	秋屏詩存一卷	焦山六上人詩	清陳任暘輯，清道光光緒間刊本
	了禪	月輝詩存二卷	焦山六上人詩	清陳任暘輯，清道光光緒間刊本
	聖教（盛敬）	懶餘吟草二卷	焦山六上人詩	清陳任暘輯，清道光光緒間刊本
	覺詮（覽詮）	性源詩存一卷	焦山六上人詩	清陳任暘輯，清道光光緒間刊本
	大須	芥航詩存一卷	焦山六上人詩	清陳任暘輯，清道光光緒間刊本
	契生	慧海小草一卷	柳堂師友詩錄初編	清李長榮輯，清同治二年序刊本
	相益	片雲行草一卷	柳堂師友詩錄初編	清李長榮輯，清同治二年序刊本
	笑平	龍藏山人賸草一卷	柳堂師友詩錄初編	清李長榮輯，清同治二年序刊本
	成果	小浮山齋詩一卷	柳堂師友詩錄初編	清李長榮輯，清同治二年序刊本
	互禪	互禪偶存草一卷	柳堂師友詩錄初編	清李長榮輯，清同治二年序刊本

附錄三：中唐江左詩僧的地理考察

劉禹錫（772～842）對當時詩僧的的評述：

> 世之言詩僧，多出江左。靈一導其源，護國襲之；清江揚其波，法振
> 沿之。如么絃孤韻，瞥入人耳，非大樂之音。獨吳興晝公能備眾體。
> 晝公後澈承之。至如〈芙蓉園新寺〉詩云：「經來白馬寺，僧到赤烏
> 年。」〈謫汀州〉云：「青蠅爲弔客，黃耳寄家書。」可謂入作者閫域，
> 豈特雄於詩僧間耶？〔註1〕

這一段材料是現存唐人文獻中第一次對「詩僧」所作的具體說明。劉禹錫在
爲詩僧靈澈（746 或 749～816）的集子作序時提到的，此處顯示幾個問題，
值得我們注意：第一，劉氏認爲詩僧活動的範圍大致在江左；第二，劉氏認
爲唐代僧人當中以靈一（727～762）爲首，〔註2〕開啓一個「詩僧」的風範，
繼而有護國（fl.772）〔註3〕、清江（？～811）〔註4〕、法振（fl.767）〔註5〕
等詩僧沿續了靈一的風範；劉氏認爲詩僧當中皎然（720～793 或 798）的文

〔註 1〕 《劉禹錫集》，卷十九集紀〈澈上人文集紀〉，頁 240（卞孝萱校訂，北京：中
華書局，1990 年 3 月第一版）。

〔註 2〕 靈一事蹟見（唐）獨孤及《毘陵集》卷九〈揚州慶雲寺一公塔碑〉；及《宋高
僧傳》卷十五有傳，頁 359～360。

〔註 3〕 護國，生卒年不詳，代宗大曆末年即不見行跡，事蹟見《詩話總龜》卷三十
二，及《唐才子傳校箋》卷三，頁 534～535（北京：中華書局，1987 年 5 月
至 1990 年 9 月第一版）。

〔註 4〕 清江，生年不詳，疑卒於元和六年（811），《宋高僧傳》卷十五有傳，頁 368
～369，又見《唐才子傳校箋》卷三，頁 537～540。

〔註 5〕 法振，生卒年不詳，事蹟見《唐才子傳校箋》卷三，頁 546（北京：中華書局，
1987 年 5 月至 1990 年 9 月第一版）。

學成就最高，因為就文學的廣度言，皎然的創作兼備了各種體式；而靈澈是皎然以後文學成就最高的詩僧。〔註6〕

　　從地域上來說劉氏認為詩僧活動的範圍是江左，劉氏並未說明「江左」這個地域的範圍究竟為何？不過依照晉人以來的習慣，江左指的是長江以東的地方，約今江蘇等處。〔註7〕但是劉氏寫這篇文章的時侯，江左是不是仍然指江東這一帶呢？那麼我們便須進一步考察劉氏該文作於何時？那時侯地方行政區域又是如何劃分的？

　　有關劉氏寫這篇文章的時間，我們可根據〈澈上人文集紀〉的記載，加以推斷，文中提到靈澈因流言激怒宦官而遭貶，後又遇赦的事情說：

　　　　貞元中，西游京師，名振輦下，緇流疾之，造飛語激動中貴人，因

　　　　侵誣得罪，徒汀州，會赦歸東越。〔註8〕

而劉禹錫〈敬酬澈公見寄二首〉之一云：「淒涼沃州僧，憔悴柴桑宰，別來二十年，唯餘兩心在。」〔註9〕這首詩是劉禹錫貶朗州、靈澈遇赦歸東越時所作，〔註10〕詩中提到他與靈澈相別二十年，那麼，我們從德宗貞元（785～804）往後再推二十年，差不多就是憲宗元和（806～820），因此劉氏這篇文章應作於元和年間。

　　至於元和年間，唐代江南地方的行政劃分又如何呢？根據譚其驤先生所編的《中國歷史地圖集》，我們只能知道太宗貞觀年（627～649）始設「江南道」分治江南，大約是長江以南的地區（東臨海，西到蜀，南極嶺，北到江），到了玄宗朝開元年間（713～741）才又將江南道分為東西兩道。江南東道治理潤、常、蘇、湖、杭、睦、歙、婺、越、台、括、建、福、泉、漳等州，約指今浙江、福建以及江蘇、安徽以南等地；江南西道治理宣、饒、撫、岳、潭、衡、永、道、邵等州，約指今江西、湖北湖南東部、安徽等地。〔註11〕到了憲宗元和年間又如何呢？我們沒有進一步的直接資料可資參

〔註6〕詩僧皎然、靈澈是劉最早教導劉禹錫做詩的兩個和尚。參卞孝萱《劉禹錫叢考》，頁26（成都：巴蜀書社，1988年7月第一版）。

〔註7〕晉時溫嶠稱王導為江左夷吾，《魏禧日錄雜說》云：「江東稱江左，江西稱江右，蓋自江北視之，江東在左，江西在右耳。」見《中國古今地名大辭典》，頁324（香港：商務印書館，1931年5月第一版）。

〔註8〕《劉禹錫集》，卷十九集紀〈澈上人文集紀〉，頁240。

〔註9〕見《全唐詩》，卷三五六，頁4005。

〔註10〕據卞孝萱《劉禹錫叢考》所考，頁27。

〔註11〕見譚其驤《中國歷史地圖集》，「江南東道圖」在頁55～56，「江南西道圖」在

考，但是據唐人筆記《因話錄》中一條「江南多名僧」的記載，大致可解決
這個問題：

> 貞元、元和以來，越州有清江、清晝，婺州有乾俊、乾輔，時謂之
> 會稽二清，東陽二乾。〔註12〕

這一段材料提到貞元到元和期間的名僧清江、清晝（即皎然）、乾俊、乾輔四
位，而清江、清晝就是劉氏所稱許的詩僧，至於僧乾俊、乾輔的生平，目前
已不可考，我們無從得知他們二人是否寫過詩，不過我們從乾俊、乾輔二人
與清江、清晝並舉的情形看來，二人從事過詩歌創作及活動的可能性相當高。
而這段資料中提到越州、婺州兩地，歸屬開元的「江南東道」所治理，因此
我們便可進一步得出貞元、元和年間的「江左」指的當是長江以東，浙江、
福建等地。又《因話錄》作者趙璘是武宗宣宗時期人（fl.846～854），〔註13〕
甚至我們還可進一步推斷開元以後到劉氏撰文的元和年間，以至到武宗、宣
宗，文人概念中的「江左」，在地理上是相當一致的，至少沒有什麼太大的出
入。那麼，我們便可以得到一個肯定的結論是：劉禹錫所謂的「江左」──
詩僧活動的地域──就是江東一帶，約今浙江、福建以及江蘇安徽以南等地
區。

頁57～58，（北京：中國地圖出版社，1982年第一版）。另可參《中國古今地
名大辭典》，頁326。

〔註12〕見（唐）趙璘《因話錄》卷四，頁94（上海：上海古籍出版社，1979年1月
第一版點校本）。

〔註13〕趙璘生卒年不詳，據《太平廣記》卷二五七記載知其與薛能為同時人，頁2000
（臺北：文史哲出版社，），而薛能於武宗會昌六年（846）登進士第，宣宗
大中八年（854）書判入。

附錄四：從「詩」、「偈」的發展看詩僧的創作

　　佛教傳入中國，也把佛教文學帶入了中國。佛教經典往往有著很強的文學色彩，它常運用譬喻的方式來講道說法。佛經雖與詩歌性質不同，卻往往像詩歌一樣長於運用比興的技巧。〔註1〕佛經不僅善於文字的藝術表達，它還採取了韻文形式，借音聲之迭代來感精飾聽。傳統佛經中的韻文，我們一般從篇幅上來區分，篇幅長者曰「長行」，篇幅短者曰「偈頌」。「長行」偏於敘事，〔註2〕「偈頌」偏重言理，但內典中的韻文，往往是長短兼用的，並非一陳不變的。我們一般認為「長行」對於中國講唱文學，諸如變文、寶卷之類的影響較為直接些，〔註3〕而「偈頌」與詩歌的關係較為密切。以下我主要說

〔註1〕 對於這個現象的研究，可參看丁敏《佛教譬喻文學研究》，1990 年 6 月政治大學博士論文。

〔註2〕 有研究指出佛經中的「長行」對於中國長篇敘詩歌產生過一些影響。如東晉曇無讖所譯的馬鳴菩薩的〈佛所行讚〉，晉宋僧人寶雲譯的〈佛本行經〉，都是以長篇五言詩敘述了佛陀一生的故事，二文譯成後風靡了六朝詩壇。我國長篇敘事詩〈孔雀東南飛〉的形式，即受此影響。參見太虛〈佛教對於中國文化之影響〉、東初〈佛教對中國文化思想的影響〉（二文收入張曼濤主編《佛教與中國文化》，臺北：大乘佛出版社「現代佛教學術叢刊」第 18 冊），頁 35 及頁 109～113。

〔註3〕 佛教方面由於俗講的流行，促成了變文的的產生俗講，在唐代的寺院中普舉行，實際上就是唱導的一程。參見羅宗濤教授《敦煌變文──石窟裡的老傳說》（臺北：時報文化公司，中國歷代經典寶庫，1983 年 11 月初版，1985 年 1 月初版四刷），頁 3～17。而直接繼承變文的是後來演變而成的以唱為主的寶卷，受變文的間接影響而演變成的有以為主的彈詞、鼓詞、諸宮調，和以講為主的講史、話本。而寶卷、彈詞、鼓詞等都是宋以後才形成的，而流行

明的是偈頌的發展與詩歌的合流：

偈，梵文 Gatha 的譯名，音譯爲「伽陀」，意譯爲「頌」、「諷頌」，即佛經中的唱詞，通常是四句一偈。它與「唄」的關係略近於今人所說的「詩」與「歌」。《高僧傳》卷十三「經師」論曰：

> 東國之歌也，則結韻以成詠；西方之贊也，則作偈以和聲。雖復歌
> 讚爲殊，而並以協諧鍾律，符靡宮商方乃奧妙。故奏歌於金石，則
> 謂之以爲樂；設讚於管絃，則稱之以爲唄。〔註4〕

可見「偈」實在不過是「讚」的文字形式，只有配上歌唄，披以管弦，那才稱得上是「讚」。

偈陀是古代印度的一種詩歌形式，在梵文中，它的體制很嚴密，講究音節格律。但被譯成漢文時，這些格律嚴謹的的偈頌便被削足適履；因爲梵文的形式、辭藻和韻律與中國詩的形式不同，所以被漢譯的偈陀也必須放棄它原有的形式，於是就形成了一種非文非詩的新的文體。另一方面，由於偈頌是對大眾喧講的，故必須採用一種口語化的大眾語言，容易強化聽者的記憶。史載：

> 羅什從師受經，日誦千偈，偈有三十二字，凡三萬二千言。〔註5〕

可知最初的偈文與中國傳統的詩歌是沒有太多的關係，但從神秀：「身是菩提樹，心如明鏡臺，時時勤拂拭，莫使惹塵埃」，及慧能：「菩提本無樹，明鏡亦非臺，本來無一物，何處染塵埃」，這兩首示法偈開始，偈頌便已漸具詩的形式。

六朝及唐初部份僧人所作的偈頌，尚多沿襲四言的傳統。部份學人研究中指出六朝後期開始，僧人偈頌日趨詩律化，唐初如道世諸頌，已爲純熟的五言古詩，中唐以後，偈的體制也發生了很大的變化，並且出現了五律和七律對仗工整的詩體，中晚唐禪僧偈頌，在押韻、平仄、對仗等方面，已與時人的五七言律絕並無二致。〔註6〕

於明清。參見方立天《中國佛教與傳統文化》（上海：上海人民出版社，1988
年4月第一版），頁328～331。

〔註4〕見梁慧皎著，湯用彤校注《高僧傳》，頁507（北京：中華書局，1992年10
月第一版）。

〔註5〕見《晉書‧藝術傳‧鳩摩羅什》。

〔註6〕有關「偈頌的詩歌化」這方面的論述頗多，可參見周裕鍇《中國禪宗與詩歌》，
頁26～33（上海：上海人民出版社，1992年7月）；陳尚君《全唐詩續拾》「前
言」，《全唐詩補編》中冊，頁4～5（北京：中華書局，1992年10月第一版）；

　　詩與禪的互相滲入，直接導致了偈的文學化和詩的通俗化，因此有時「詩」「偈」之間已無明顯的區隔。如拾得詩說：

> 我詩也是詩，有人喚作偈。詩偈總一般，讀者須子細。緩緩細披尋，
> 不得生容易，依此學修行，大有可笑事。〔註7〕

拾得為貞觀時僧人，〔註8〕他的詩已反映出初唐時一般人已難分辨「詩」、「偈」，從形式上而言，「詩」、「偈」兩者確有其相似之處，故自唐以後「詩偈」、「詩頌」一類的說法便屢見不鮮。晚唐詩僧齊己為居遁的偈頌作序時便說：

> 禪門所傳偈頌，自二十八祖止於六祖，已降則亡，厥後諸方老宿亦
> 多為之，蓋以吟暢玄旨也。非格外之學，莫將以名句擬議矣。洎咸
> 通初，有新豐、白崖二大師所作，多流散於禪林，雖體同於詩，厥
> 旨非詩也。迷者見之，而為撫掌乎。〔註9〕

齊己從詩偈的流變，概括地說二者是形式相同——「雖體同」，而內容不同——偈在於「吟唱玄旨」是不同於詩的。就創作的動機和功能而言，禪師作偈是為了示法啓悟，著眼點在宗教；一般的文人詩主要是為了娛情適意，著眼點在審美。

　　覃召文《禪月詩魂——中國詩僧縱橫談》，頁 7～15（北京：三聯書店，1994年11月第一版）等；至於「詩歌的偈頌化」這方面的論述，請參李立信〈論偈頌對我們詩歌所產生之影響——以"孔雀東南飛"為例〉，收入中國古典文學會主編《文學與佛教關係》，頁47～73（臺北：學生書局，1994年7月第一版），該書為1993年5月「文學與佛教關係研討會」的論文結集。

〔註7〕見《全唐詩》卷807，頁9104。

〔註8〕見《全唐詩》卷807「拾得」小傳，頁9103。

〔註9〕陳尚君《全唐詩續拾》，《全唐詩補編》下冊，頁1472。

參考書目

中文部份

壹、古　籍（原始資料）

一、經　部

1. 《十三經注疏》。臺北：大化書局，1982 年 10 月據清阮元校刊本影印。

2. 〔漢〕許慎著，〔清〕段玉裁注：《說文解字注》。臺北：藝文印書館，1992 年 12 月初版七刷。

二、史　部

1. 《二十五史》。（楊家駱主編：中國學術類編）臺北：鼎文書局，1979 年 12 月點校本第一版，1986 年 10 月初版三刷。

2. 〔清〕章學誠著：《文史通義》。臺北：漢聲出版社，1973 年 4 月增訂二版標點本。

三、子　部

（一）諸子類

1. 《二十二子》。上海：上海古籍出版社，據清光緒中浙江書局輯校本影印。

（二）筆記小說類

1. 〔唐〕趙璘著：《因話錄》。上海：上海古籍出版社，1979 年 1 月第一版點校本。

2. 〔唐〕李肇著：《國史補》三卷。臺北：中央圖書館，1989 年影印明末虞山毛氏汲古閣刊《津逮秘書》本。

3. 〔五代〕王定保著：《唐摭言》。《學津討原》第二十三函，《百部叢書集成》續編第四十六，臺北：藝文印書館，1971 年影印。

4. 〔宋〕計有功著，王仲鏞校箋：《唐詩紀事校箋》。成都：巴蜀書社，1989 年 8 月第一版。

5. 〔元〕辛文房著，陸映達校注：《唐才子傳校注》。遵化：中國社會科學出版社，1991 年 6 月第一版。

6. 〔元〕辛文房著，傅璇琮校箋：《唐才子傳校箋》四冊。北京：中華書局，1987 年 5 月至 1990 年 9 月第一版。

7. 〔清〕顧龍振輯：《詩學指南》。臺北：廣文書局，1970 年 1 月影印本。

（三）釋家類

1. 〔唐〕惠能著、郭朋校釋：《壇經校釋》。北京：中華書局，1983 年 9 月第一版。

2. 〔唐〕智炬編撰：《寶林傳》。京都：中文出版社（柳田聖山主編：禪學叢書之五），1983 年 10 月初版二刷，據宋藏遺珍本影印。

3. 〔南唐〕靜、筠禪德合編：《祖堂集》。臺北：新文豐出版公司，1987 年臺一版，據日本中文出版社 1983 年景刊京都花園大學藏版影印。

4. 〔宋〕王隨刪定：《傳燈玉英集》。京都：中文出版社（柳田聖山主編：禪學叢書之五），1983 年 10 月初版二刷，據金刻大藏經影印本影印。

5. 〔宋〕贊寧著：《宋高僧傳》。臺北：文津出版社，1991 年 8 月初版，據 1987 年北京中華書局點校本影印。

6. 〔宋〕釋道原編著：《景德傳燈錄》。臺北：新文豐出版社，1993 年 4 月初版六刷標點本。

7. 〔宋〕普濟著：《五燈會元》。北京：中華書局點校本，1984 年 10 月第一版，1992 年 11 月初版四刷。

8. 〔清〕續法輯：《大乘起信論疏記會閱》。臺北：大乘精舍印經會，1976 年 4 月第一版。

9. 〔清〕瞿汝稷、聶先編集：《指月錄・續指月錄》。臺北：新文豐出版公司，1976 年 10 月初版。

10. 大藏經委員會編：《大正大藏經》一○一冊。臺北：大藏經委員會印行，1957 年第一版。

四、集　部

1. 〔梁〕蕭統編，〔唐〕李善注：《昭明文選》。北京：中華書局，1977 年 11 月影印清嘉慶十四年胡克家刻本，1990 年 8 月初版四刷。

2. 許清雲著：《皎然詩式輯校新編》。臺北：文史哲出版社，1984 年 3 月第一版。

3. 李壯鷹著：《皎然校注》。濟南：齊魯書社，1986 年 3 月第一版，1987 年 7 月初版二刷。

4. 周維德著《詩式校注》，杭州：浙江古籍出版社，1993 年 10 月第一版。

5. 〔唐〕劉禹錫著，卞孝萱校訂：《劉禹錫集》。北京：中華書局，1990 年 3

月第一版點校本。

6. 〔唐〕獨孤及著:《毘陵集》。《四部叢刊》正編第三十三冊,臺北:商務印書館,1979 年據上海涵芬樓景印亦有生三校刊本影印,臺一版。

7. 〔唐〕高仲武編:《中興間氣集》。《四部叢刊》正編第九十三冊,臺北:商務印書館,1979 年據上海涵芬樓景印嘉興沈氏藏明刊本影印,臺一版。

8. 〔五代〕韋縠編:《才調集》。《四部叢刊》正編第九十三冊,臺北:商務印書館,1979 年據上海涵芬樓景印德化李氏藏述古堂影宋鈔本影印,臺一版。

9. 〔宋〕釋惠洪著:《冷齋夜話》。《學津討原》第二十函,收在《百部叢書集成》續編第四十六,臺北:藝文印書館,1971 年影印。

10. 〔明〕胡震亨著:《唐音癸籤》。臺北:木鐸出版社,1982 年 7 月臺一版點校本。

11. 〔清〕錢鎌益、季振宜輯:《全唐詩稿本》七十一冊。臺北:聯經文化公司,1979 年第一版。

12. 〔清〕聖祖御定:《全唐詩》十二冊。臺北:文史哲出版社,1971 年 10 月臺一版。

13. 〔清〕黃宗羲著:《南雷文定》。臺北:商務印書館,1970 年 4 月第一版,據清咸豐刊本重排標點本。

14. 〔清〕沈炳巽著:《續唐詩話》八冊。楊家駱主編:《歷代詩話長編》第六種,臺北:鼎文書局,1971 年 3 月第一版。

15. 釋虛雲著:《虛雲老和尚詩歌偈讚集》。多倫多:詹勵吾編印,1959 年 8 月第一版。

16. 丁福保編:《清詩話》。臺北:明倫出版社,1971 年 12 月第一版。

17. 汪泛舟著:《敦煌僧詩校輯》。蘭州:甘肅人民出版社,1994 年 6 月第一版。

18. 沈玉成、印繼梁主編,《中國歷代詩僧全集》:晉唐五代卷。北京:當代中國出版社,1997 年 1 月第一版。

19. 何香玖(雲門居士)著:《佛家唐詩三百首》。河北:花山文藝出版社,1996 年 8 月第一版。

20. 常振國、降雲編:《歷代詩話論作家》四冊。臺北:黎明文化事業公司,1993 年 9 月第一版。

21. 陳尚君輯校:《全唐詩補編》三冊。北京:中華書局,1992 年 10 月第一版。

22. 臺靜農編:《百種詩話類編》三冊。臺北:藝文印書館,1974 年第一版。

23. 〔日〕空海編,王利器校注,《文鏡秘府論校注》。北京:中國社會科學出

版社，1983 年 7 月第一版。

研究專著

一、思想方面

（一）現象學、詮釋學

1. 谷方著：《主體性哲學與文化問題》。北京：中國和平出版社，1994 年 12 月第一版。

2. 汪文聖著：《胡塞爾與海德格》。（人文科學叢書；24）臺北：遠流出版公司，1995 年 12 月第一版。

3. 李幼蒸著：《結構與意義》。北京：中國社會科學出版社，1996 年 9 月第一版。

4. 殷鼎著：《理解的命運》。（滄海叢刊）臺北：東大圖書公司，1990 年 1 月第一版。

5. 張汝倫著：《意義的探究——當代西方釋義學》。瀋陽：遼寧人民出版社，1986 年 12 月第一版，1987 年 6 月初版二刷。

6. 葉秀山著：《思‧史‧詩—現象學和存在哲學研究》。北京：人民出版社，1988 年 12 月第一版，1994 年 4 月初版二刷。

7. 熊偉編：《現象學與海德格》。（人文科學叢書 16）臺北：遠流出版公司，1994 年 10 月第一版。

8. 劉小楓著：《逍遙與拯救》。臺北：風雲時代出版社，1990 年 8 月第一版。

9. 謝龍著：《中西哲學與文化比較新論——北京大學名教授演講錄》。北京：人民出版社，1995 年 4 月第一版。

10. 〔德〕謝勒（Scheler, Max）著，陳仁華譯：《情感現象學》。（西方經典叢書；13）臺北：遠流出版社，1991 年 10 月第一版。（原題 *The Nature of Sympathy*）

11. 嚴平著：《高達美》。（世界哲學家叢書）臺北：東大圖書公司，1997 年 4 月第一版。

12. 〔美〕帕瑪（Palmer, Richard E.）著，嚴平譯：《詮釋學》。（新知叢書：55）臺北：桂冠圖書公司，1992 年 5 月臺一版。（原題 *Hermeneutics : Interpretation Theory in Schleiermacher, Dilthey, Heidegger, and Gadamer*，據美國 1969 年 MacMurray College 英文版譯出）

（二）語言哲學

1. 涂紀亮編：《現代歐洲大陸語言哲學》。北京：中國社會科學出版社，1994 年 3 月第一版。

2. 涂紀亮著:《現代西方語言哲學比較研究》。北京:中國社會科學出版社,1996 年 3 月第一版。

3. 涂友漁、周國平、陳嘉映、尚杰著:《語言與哲學——當代英美與德法傳統比較研究》。北京:中國社會科學出版社,1996 年 3 月第一版。

4. 黃宣範著:《語言哲學——意義與指涉理論的研究》。臺北:文鶴出版有限公司,1983 年 12 月第一版。

5. 張美蘭著:《禪宗語言概論》。臺北:中華發展基金管理委員會、五南圖書公司,1998 年 4 月第一版。

6. 楊士毅著:《語言・演繹邏輯・哲學——兼論在宗教與社會的應用》。臺北:書林出版公司,1991 年 3 月第一版。

7. 褚孝泉著:《語言哲學——從語言到思想》。上海:上海三聯書店,1991 年 11 月第一版。

8. 潘知常著:《詩與思的對話》。上海:上海三聯書店,1997 年 10 月第一版。

9. 陳永怡著:《從宗教語言的特質看路加福音第十六章》。輔仁大學宗教研究所碩士論文,1991 年 6 月。

10. 謝孟錫著:《禪宗對語言與真理的看法——一個西方哲學的理解進路》。中國文化大學哲學研究所碩士論文,1993 年 6 月。

11. 〔德〕卡西勒(Cassirer, Ernst)著,于曉真譯:《語言與神話》(臺北:久大與桂冠圖書公司,1990 年第一版。

12. 〔德〕海德格(Heidegger, Martin)著,彭富春譯:《詩・語言・思》。北京:文化藝術出版社,1991 年第一版。

13. 〔德〕海德格(Heidegger, Martin)著,成窮、余虹、作虹等譯:《海德格爾詩學文集》。武昌:華中師範大學出版社,1992 年 11 月第一版。

14. 〔德〕海德格(Heidegger, Martin)著,孫周興譯:《走向語言之途》。(近代思想圖書館系列)臺北:時報文化公司,1993 年 8 月第一版。(原題 *Unterwegs zur Sprache*,據德國 1986 年 Verlag Guenther Neske Pfullingen 第八版,及 Hertz, Peter D. *On the Way to Language*, Harper & Row Publishers, 1971 年英譯本譯出)。另大陸有孫周興據德國納斯克出版社 1993 年第 10 版所翻譯的譯本,《在通向語言的途中》(北京:商務印書館,1997 年 5 月第一版)。

15. 〔英〕麥克唐納(Macdonell, Diane)著,陳墇津譯:《言說的理論》。(新馬克思主義新知譯叢;3)臺北:遠流出版社,1990 年 12 月第一版。(原題 *Theories of Discourse : An Introduction*)

(三)人類學、心理學

1. 莊耀嘉編譯:《馬斯洛——人本心理學之父》(新知叢書;1)臺北:桂冠圖書公司,1990 年 2 月第一版。

2. 黃光國著：《知識與行動：中華文化傳統的社會心理論釋》。臺北：心理出版社，1995 年 6 月第一版。

3. 黃應貴主編：《見證與詮釋——當代人類學家》（當代思想人物系列）臺北：正中書局，1992 年 6 月第一版。

（四）宗教學

1. 馬焯榮著：《中西宗教與文學》。長沙：岳麓書社，1991 年 10 月第一版。

2. 傅偉勳著：《死亡的尊嚴與生命的尊嚴——從臨終精神醫學到現代生死學》。（當代思潮）臺北：正中書局，1993 年 7 月第一版，1996 年 11 月五版四刷。

3. 輔仁大學外語學院編：《文學與宗教——第一屆國際文學與宗教會議論文集》。臺北：時報文化出版企業有限公司，1987 年 9 月第一版，1988 年 7 月初版重刷。

4. 羅竹風、陳澤民主編：《宗教學概論》。上海：華東師範大學出版社，1991 年 12 月第一版。

5. 〔美〕伊安・巴伯（Babour, Ian G.）著，阮煒、曾傳輝、陳紅炬、陳昆路譯：《科學與宗教》。（何光滬主編：宗教與世界叢書）成都：四川人民出版社，1993 年 5 月第一版。（原題 *Issues in Science & Religion*，根據美國 1966 年 Prentice Hall Inc.版譯出）

6. 杜普瑞（Dupré, Louis）著，傅佩榮譯：《人的宗教向度》。（沈清松、傅佩榮主編：世界哲學經典名著）臺北：幼獅文化事業公司，1986 年 12 月第一版，1988 年 12 月初版二刷。（根據 *The Other Dimension*. Doubleday & Company, Inc., 1972 年版）

7. 〔英〕海倫・加德納（Gardner, Helen）著，沈弘、江先春譯：《宗教與文學》（何光滬主編：《宗教與世界叢書》）成都：四川人民出版社，1989 年 2 月第一版，1991 年 4 月初版三刷。（原題 *Religion and Literature*，根據美國 1983 年 The Oxford University Press 版譯出 ）。

8. 〔英〕約翰・麥奎利（Macquarrie, John）著，何光滬、高師寧譯，曾慶豹校：《二十世紀宗教思潮：1900～1980 年的哲學與神學之邊緣》。臺北：桂冠圖書公司，1992 年 5 月臺一版。（原題 *Twentieth Century Religious Thought*，根據 1981 年 London: SCM Press & N.Y. : Charles Scribner's Sons Co.版譯出）

9. Streng, Frederick J. 著，金澤、何其敏譯：《人與神——宗教生活的理解》。（西方學術譯叢）上海：上海人民出版社，1991 年 11 月第一版，1992 年 5 月初版二刷。

（五）佛　學

1. 文史知識編輯部編：《佛教與中國文化》。北京：中華書局，1988 年 10 月

第一版。

2. 方立天著：《中國佛教與傳統文化》。上海：上海人民出版社，1988 年 4 月第一版。

3. 方立天著：《法藏》。（傅偉勳、韋政通主編：世界哲學家叢書）臺北：東大圖書公司，1991 年 7 月第一版。

4. 方東美著：《華嚴宗哲學》。臺北：黎明文化事業股份有限公司，1981 年 7 月第一版。

5. 方東美著：《中國大乘佛學》。臺北：黎明文化事業股份有限公司，1984 年 7 月第一版，1986 年 6 月初版二刷。

6. 舟雲華著：《宗密》。（傅偉勳、韋政通主編：世界哲學家叢書）臺北：東大圖書公司，1988 年 5 月第一版。

7. 印順著：《唯識學探源》。（《妙雲集》中編之三）臺北：正聞出版社，1991 年 4 月初版第十三刷。

8. 杜繼文等著，任繼愈主編：《佛教史》。北京：中國社會科學出版社，1991 年 12 月第一版。

9. 刑東風著：《禪悟之道——南宗禪學研究》。北京：中國人民大學出版社，1992 年 9 月第一版。

10. 杜繼文、魏道儒著：《中國禪宗通史》。南京：江蘇古籍出版社，1993 年 8 月第一版，1995 年 2 月初版二刷。

11. 呂澂著：《中國佛教總論——中國佛教史論、中外佛教關係史略、中國佛教宗派源流》。臺北：木鐸出版社，1983 年 1 月臺一版。

12. 呂澂著：《中國佛學源流略講》。臺北：里仁書局，1985 年 1 月臺一版。

13. 吳怡著：《生命的轉化》。臺北：東大圖書公司，1996 年 10 月一版。

14. 吳汝鈞著：《佛學研究方法論》。臺北：臺灣學生書局，1983 年 3 月第一版，1989 年初版二刷。

15. 吳汝鈞著：《游戲三昧：禪的實踐與終極關懷》。臺北：臺灣學生書局，1993 年 2 月第一版。

16. 吳汝鈞著：《印度佛學的現代詮釋》。臺北：文津出版社，1994 年 6 月第一版。

17. 吳汝鈞著：《中國佛學的現代詮釋》。臺北：文津出版社，1995 年 6 月第一版。

18. 吳經熊著，吳怡譯：《禪學的黃金時代》。臺北：臺灣商務印書館，1969 年 11 月第一版，1986 年 4 月初版十三刷。

19. 沈劍英著：《因明學研究》。上海：中國大百科全書出版社，1985 年 5 月第一版。

20. 洪修平著：《中國禪學思想史》。臺北：文津出版社，1994 年 4 月第一版。

21. 馬定波著：《印度佛教心意識說之研究》。臺北：正中書局，1974 年 10 月第一版，1975 年 8 月初版二刷。

22. 馬定波著：《中國佛教心性說之研究》。臺北：正中書局，1978 年 11 月第一版，1980 年 7 月初版二刷。

23. 南懷瑾著：《禪宗與道家》。上海：復旦大學出版社，1991 年 3 月第一版，1992 年 4 月初版三刷。

24. 郭朋著：《漢魏兩晉南北朝佛教》。濟南：齊魯書社，1986 年 6 月第一版。

25. 郭朋著：《隋唐佛教》。濟南：齊魯書社，1980 年 8 月第一版，1981 年 4 月初版二刷。

26. 郭朋著：《宋元佛教》。福州：福建人民出版社，1981 年 8 月第一版，1985 年 4 月初版二刷。

27. 郭朋著：《明清佛教》。福州：福建人民出版社，1982 年 12 月第一版，1985 年 4 月初版二刷。

28. 郭朋著：《壇經導讀》。成都：巴蜀書社，1987 年 5 月第一版。

29. 郭朋著：《印順佛學思想研究》。北京：中國社會科學出版社，1991 年 8 月第一版。

30. 郭朋著：《中國佛教史》。（劉如仲、李澤奉主編：《中國文化史叢書》第十冊）臺北：文津出版社，1993 年 7 月第一版。

31. 張澄基著：《佛學今詮》上、下冊。臺北：慧炬出版社，1973 年 10 月、1983 年 4 月第一版。

32. 曹仕邦著：《中國佛教譯經史論集》。臺北，東初出版社，1990 年 6 月第一版。

33. 曹仕邦著：《中國沙門外學的研究—漢末至五代》。臺北：東初出版社，1994 年 11 月第一版，1995 年 5 月初版二刷。

34. 湯一介著：《中國傳統文化中的儒釋道》。北京：中華書局，1988 年 10 月第一版，1988 年 10 月第一版。

35. 湯用彤著：《漢魏兩晉南北朝佛教史》。北京：中華書局，1983 年 3 月第一版，1988 年 3 月初版二刷。

36. 湯用彤著：《隋唐佛教史稿》。臺北：木鐸出版社，1983 年 9 月臺一版。

37. 湯用彤選編：《漢文佛經中的印度哲學史料》。北京：商務印書館，1994 年 10 月第一版。

38. 陳沛然著：《佛教哲理通析》。臺北：東大圖書公司，1993 年 10 月第一版。

39. 傅偉勳著：《從西方哲學到禪佛教》。北京：三聯書店，1989 年 4 月第一版，1996 年 3 月初版三刷。

40. 傅偉勳著：《從創造的詮譯學到大乘佛學——「哲學與宗教」四集》。臺北：東大圖書公司，1990 年 7 月第一版。

41. 楊惠南著：《佛學的革命——六祖壇經》。（中國歷代經典寶庫）臺北：時報文化出版事業有限公司，1983 年第一版。

42. 楊惠南著：《佛教思想新論》。臺北：東大圖書公司，1982 年 8 月第一版，1990 年 10 月初版三刷。

43. 楊惠南著：《惠能》。（傅偉勳、韋政通主編：世界哲學家叢書）臺北：東大圖書公司，1993 年 4 月第一版。

44. 楊惠南著：《佛教思想發展史論》。臺北：東大圖書公司，1993 年 6 月第一版。

45. 楊惠南著：《禪史與禪思》。臺北：東大圖書公司，1995 年 4 月第一版。

46. 葛兆光著：《門外談禪》。浙江：浙江文藝出版社，1988 年 9 月第一版，1997 年 4 月初版二刷。

47. 葛兆光著：《中國禪思想史——從 6 世紀到 9 世紀》。北京：北京大學出版 1995 年 12 月第一版。

48. 廖明活著：《嘉祥吉藏學說》。臺北：臺灣學生書局，1985 年 10 月第一版。

49. 蔣義斌著：《宋儒與佛教》。（傅偉勳、韋政通主編：現代佛學叢書）臺北：東大圖書公司，1997 年 9 月第一版。

50. 霍韜晦著：《佛家邏輯研究》。高雄：佛光出版社，1980 年 1 月第一版，1991 年 2 月增訂再版。

51. 賴永海著：《中國佛性論》。上海：上海人民出版社，1988 年 4 月第一版。

52. 賴永海著：《湛然》。（傅偉勳、韋政通主編：世界哲學家叢書）臺北：東大圖書公司，1993 年 3 月第一版。

53. 韓廷傑著：《唯識學概論》。臺北：文津出版社，1993 年 4 月第一版。

54. 釋恆清著：《佛性思想》。（傅偉勳、韋政通主編：現代佛學叢書）臺北：東大圖書公司，1997 年 2 月第一版。

55. 釋法舫講述，釋慧瑩、張儀模記錄：《唯識史觀及其哲學》。臺北：正聞出版社，1981 年 3 月第一版，1988 年 12 月初版二刷。

56. 釋昭慧著：《如是我思》。臺北：東初出版社，1989 年 9 月第一版，1990 年 6 月修訂版。

57. 釋聖嚴著，關世謙譯：《明末中國佛教之研究》。臺北：臺灣學生書局，1988 年 11 月第一版。

58. 〔日〕川田熊太郎等著，李世傑譯：《華嚴思想》。臺北：法爾出版社，1989 年 6 月第一版。

59. 〔日〕木村泰賢著，巴壺天、李世傑譯：《人生的解脫與佛教思想》。臺北：

協志工業叢書出版公司，1958 年 4 月第一版。

60.〔日〕木村泰賢著，歐陽瀚存譯：《原始佛教思想論》。臺北：臺灣商務印書館，1968 年 4 月第一版，1990 年 9 月六刷。

61.〔日〕木村泰賢著，演培法師譯：《大乘佛教思想論》。臺北：天華出版公司，1989 年 11 月第一版，1991 年 9 月初版二刷。

62.〔日〕木村清孝著，李惠英譯：《中國華嚴思想史》。（傅偉勳、楊惠南主編：現代佛學叢書）臺北：東大圖書公司，1996 年 2 月第一版。

63.〔日〕中村元主編，葉阿月譯：《印度思想》。臺北：幼獅文化事業公司，1984 年 9 月第一版，1987 年 11 月初版二刷。

64.〔日〕中村元等著，余萬居譯：《中國佛教發展史（上)》。臺北：天華出版事業公司，1984 年 5 月第一版。

65.〔日〕玉城康四郎等著，許洋主譯。《佛教思想（二）——在中國的開展》。臺北：幼獅文化事業公司，1985 年 6 月第一版，1987 年 4 月初版二刷。

66.〔日〕池田大作著，潘桂明、業露華譯：《我的佛教觀》。（何光滬主編：《宗教與世界》叢書）成都：四川人民出版社，1990 年 4 月第一版，1991 年 7 月初版三刷。

67.〔日〕宇井壽伯著，李世傑譯：《中國佛教史》。臺北：協志工業叢書出版公司，1970 年 6 第一版。

68.〔日〕佐佐木教悟、高崎直道、井野口泰淳、塚本啓祥著，楊曾文、姚長壽譯：《印度佛教史概說》。上海：復旦大學出版社，1989 年 10 月第一版。

69.〔日〕阿部正雄（Abe, Masao）著，王雷泉、張汝淪譯：《禪與西方思想》（根據 *Zen And Western Thought*. The Macmillan Press Ltd.,1985 年版）。上海：上海譯文出版社，1989 年 2 月第一版。

70.〔日〕阿部肇一著，關世謙譯：《中國禪宗史——南宗禪成立以後的政治社會史的考證》。臺北：東大圖書公司，1988 年 7 月第一版，1991 年 4 月初版二刷。（原題《中國禪宗史の研究——南禪成立以後の政治・社會史的考察》。據 1963 年 3 月東京誠信書房初版，及 1986 年 2 月東京研究出版社增訂版譯出。）

71.〔日〕忽滑谷快天著，朱謙之譯：《中國禪學思想史》。上海：上海古籍出版社，1994 年 5 月第一版。

72.〔日〕柳田聖山著，吳汝鈞譯：《中國禪思想史》。臺北：臺灣商務印書館，1982 年 5 月第一版，1985 年 12 月初版三刷。

73.〔日〕柳田聖山著，毛丹青譯：《禪與中國》。北京：三聯書店，1988 年 11 月第一版。

74.〔日〕高崎直道等著，李世傑譯：《唯識思想》。（藍吉富主編：《世界佛學名著譯叢》第六十冊）臺北：華宇出版社，1985 年 12 月第一版。

75. 〔日〕高楠順次郎、木村賢泰著，高觀盧譯：《印度哲學宗教史》。臺北：臺灣商務印書館，1971 年 11 月第一版，1991 年初版六刷。

76. 〔日〕梶山雄一等著，吳汝鈞譯：《空之哲學》。臺北：文殊出版社，1988 年 2 月第一版。

77. 〔日〕梶山雄一等著，許洋主譯：《般若思想》。臺北：法爾出版社，1989 年 1 月第一版。

78. 〔日〕野上俊靜等著，釋聖嚴譯：《中國佛教史概說》。（人人文庫）臺北：商務印書館，1972 年 7 月第一版，1989 年 12 月初版六刷。

79. 〔日〕野上俊靜等著，鄭欽仁譯：《中國佛教通史》。臺北：牧童出版社，1978 年 5 月第一版。

80. 〔日〕鎌田茂雄著、關世謙譯：《中國佛教史》。臺北：新文豐出版公司，1991 年 12 月初版三刷）。

81. 〔日〕鎌田茂雄著，轉瑜譯：《天台思想入門》。高雄：佛光出版社，1991 年 12 月初版三刷。

82. 〔日〕鎌田茂雄著，慈怡法師譯：《華嚴經講話》。高雄：佛光出版社，1993 年 1 月第一版，1994 年 1 月初版二刷。

83. 恰特吉（Chatterjee, S. C.）＆達塔（Datta, D. M.）著，伍先林、李登貴、黃彬譯：《印度哲學概論》。臺北：黎明文化事業股份有限公司，1993 年 4 月第一版。

84. Saddhatissa, H. 著，姚治華譯：《佛教倫理學》。臺北：黎明文化事業股份有限公司，1993 年 3 月第一版。

85. Singh, Jaidev 著，賴顯邦譯：《英漢對照中觀哲學概說》。臺北：新文豐出版公司，1990 年 12 月第一版。

86. 〔日〕鈴木大拙（Suzuki, Daisetz）＆〔美〕佛洛姆（Fromm, Erich）著，孟祥森譯：《禪與心理分析》。臺北：志文出版社，1971 年 9 月第一版，1989 年 3 月初版二刷。

87. 〔日〕鈴木大拙（Suzuki, Daisetz）著，劉大悲譯：《禪與生活》。北京：光明日報出版社，1988 年 6 月第一版。

88. 〔日〕鈴木大拙（Suzuki, Daisetz）著，謝思煒譯：《禪學入門》。北京：三聯書店，1988 年 8 月第一版。

（六）佛學辭典

1. 任道斌主編：《佛教文化辭典》。杭州：浙江古籍出版社，1991 年 2 月第一版。

2. 吳汝均編著：《佛教思想大辭典》。臺北：臺灣商務印書館，1992 年 7 月第一版，1994 年 5 月初版二刷。

3. 佛光編輯部：《佛光大辭典》。高雄：佛光出版社，1989 年第一版。

4. 袁賓主編：《禪宗詞典》。武漢：湖北人民出版社，1994 年 1 月第 1 版。

二、文藝方面

（一）文學原理

1. 九歌著：《主體論文藝學》。（文藝新學科建設叢書）北京：中國社會科學出版社，1989 年 10 月第一版。

2. 王元驤著：《文學原理》。浙江：浙江教育出版社，1989 年 4 月第一版。

3. 杜書瀛著：《文學原理——創作論》。北京：社會科學文獻出版社，1989 年 9 月第一版。

4. 李傳龍著：《文學創作美學》。西安：陝西人民教育出版社，1991 年 6 月第一版。

5. 陳植鍔著：《詩歌意象論——微觀詩史初探》。（文藝新學科建設叢書）北京：中國社會科學出版社，1990 年 8 月第一版，1992 年 11 月初版二刷。

6. 吳曉編：《意象符號與情感空間——詩學新解》。北京：中國社會科學出版社，1990 年 5 月第一版，1993 年 4 月初版二刷。

7. 夏之放著：《文學意象論》。汕頭：汕頭大學出版社，1993 年 12 月第一版。

8. 陳憲年著：《創作個性論》。合肥：安徽教育出版社，1997 年 10 月第一版。

9. 畢桂發著：《文學理論教程》。北京：中國書籍出版社，1996 年 8 月第一版。

10. 董小玉著：《文學創作與審美心理》。成都：四川教育出版社，1992 年 12 月第一版。

11. 嚴雲受、劉鋒杰著：《文學象徵論》。（文學新思維叢書）合肥：安徽教育出版社，1995 年 12 月第一版。

（二）西方文藝理論、文藝方法

1. 朱立元主編：《當代西方文藝理論》。（國家教育委員會面向 21 世紀課程教材）上海：華東師範大學出版社，1997 年 6 月第一版。

2. 朱棟霖主編：《文學新思維》上中下三卷。南京：江蘇教育出版社，1996 年 3 月第一版。

3. 胡經之、張首映著：《西方二十世紀文論史》。北京：中國社會科學出版社，1988 年 1 月第一版。

4. 胡經之主編：《西方文藝理論名著教程》上下冊。（高等學校文科教材）北京：北京大學出版社，1989 年 11 月第一版，1991 年 12 月初版三刷。

5. 陳鳴樹著：《文藝學方法概論》。上海：上海文藝出版社，1991 年 10 月第一版。

6. 〔荷〕佛克馬（Fokkema, Douwe）、〔荷〕蝸布思（Ibsch, Elrud）著，袁鶴翔等譯：《二十世紀文學理論》。香港：中文大學出版社，1985 年第一版。

7. 〔美〕阿特金斯（Atkins, G. Douglas）&〔美〕莫洛（Morrow, Laura）編，張雙英、黃景進編譯：《當代文學理論》。臺北：合森文化公司，1991 年 9 月第一版。（原題 Contemporary Literary Theory.）

8. 〔英〕伊果頓（Eagleton, Terry）著，吳新發譯：《文學理論導讀》。臺北：書林出版社，1993 年臺一版。（原題 Literary Theory : An Introduction 據英國 1983 年 Oxford : Basil Blackwell Bookstore 第一版譯出）

9. 〔瑞士〕施塔格爾（Staiger, Emil）著，胡其鼎譯：《詩學的基本觀念》。臺北：書林出版社，1992 年 6 月第一版。（原題 Grundbegriffe der Poetik，據德國 1983 年 Deutscher Taschenbuch Verlag 第五版譯出）

10. 〔法〕托多洛（Todorov, Tzvetan）著，王東亮、王晨陽譯：《批評的批評》。（現代西方學術文庫）北京：三聯書店 1988 年 6 月第一版。（原題 Critique de CCritique，據巴黎 1985 年 aux Editions du Seuil 第一版譯出）

（三）美學、審美心理學

1. 王一川著：《語言烏托邦——20 世紀西方語言論美學探究》。（文體學叢書）昆明：雲南人民出版社，1994 年 5 月第一版。

2. 王一川著：《修辭論美學——文化語境中的二十世紀中國文藝》。（孟輝、丁冰主編：青年美學博士文庫）吉林：東北師範大學出版社，1997 年 5 月第一版。

3. 王文宏著：《現代心理學與文學》。長春：吉林教育出版社，1994 年 12 月第一版。

4. 牛宏寶著：《二十世紀西方美學主潮》。武漢：湖北人民出版社，1996 年 5 月第一版。

5. 李澤厚著：《美的歷程》。北京：文物出版社，1981 年 3 月第一版，1989 年 8 月初版三刷。

6. 祁志祥著：《中國美學的文化精神》。上海：上海文藝出版社，1996 年 2 月第一版。

7. 陶東風著：《中國古代心理美學六論》。（心理美學叢書）天津：百花文藝出版社，1990 年 9 月第一版。

8. 童慶炳著：《中國古代詩學心理透視》。（心理美學叢書）天津：百花文藝出版社，1993 年 2 月第一版。

9. 莊嚴、章鑄著：《中國詩歌美學史》。長春：吉林大學出版社，1994 年 10 月第一版。

10. 張法著：《中國文化與悲劇意識》。（馬奇主編：美學教學與研究叢書）北京：中國人民大學出版社，1989 年 1 月第一版，1989 年 11 月初版二刷。

11. 陶東風著:《從超邁到隨俗——莊子與中國美學》。北京:莊子與中國美學,1995 年 10 月第一版。

12. 楊安崙著:《中國古代精神現象學——莊子思想與中國藝術》。(王朝聞主編:藝術美學叢書)長春:東北師範大學出版社,1993 年 3 月第一版。

13. 張法著:《中西美學與文化精神》。北京:北京大學出版社,1994 年 6 月第一版,1997 年 2 月初版二刷。

14. 潘知常著:《中國美學精神》。南京:江蘇人民出版社,1993 年 5 月第一版。

15. 潘知常著:《詩與思的對話》。上海:上海三聯書店,1997 年 10 月第一版。

16. 劉昌元著:《西方美學導論》。臺北:聯經出版公司,1986 年 8 月第一版,1991 年 6 月初版四刷。

17. 〔日〕中川作一著,許平、賈曉梅、趙秀俠譯:《視覺藝術的社會心理》。(二十世紀西方美術理論譯叢)上海:上海人民美術出版社,1991 年 6 月第一版,1996 年 8 月初版二刷。(原題:《目と繪の社會心理學》,據日本 1984 年法政大學出版社譯出)

18. 〔日〕笠原仲二著,魏常海譯:《古代中國人的美意識》。(文藝美學叢書)北京:北京大學出版社,1987 年 7 月第一版。

19. 〔英〕蘭特利奇(Lentricchia, Frank)&〔英〕麥克列林(McLaughlin, Thomas)編,張京媛等譯:《文學批評術語》。香港:牛津大學出版社,1994 年中文初版。(原題:Critical Terms for Literary Study, 據美國 1990 年 The University of Chicago Press 第一版譯出)Sartre, Jean-Paul〔法〕薩特著,李一鳴譯:《想像心理學》。臺北:結構群文化事業公司,1990 年 6 月臺一版。(據英文版 The Psychology of Imagination 譯出)

20. 〔法〕馬利坦(Maritain, Jacques)著,劉有元、羅選民等譯:《藝術與詩中的創造性直覺》。 (現代西方學術文庫)北京:三聯書店,1991 年 10 月第一版。(原題:Creative Intuition in Art and Poetry, 係作者 1952 年春應美國華盛頓國家藝術館「梅隆美的藝術講座」的講稿,1953 年出版)

21. 〔英〕里德(Read, Herbert)著,王珂平譯:《藝術的眞諦》。(李澤厚主編:當代西方美學名著譯文叢書)瀋陽:遼寧人民出版社 1987 年 8 月第一版。(原題 The Meaning of Art ,據英國 1954 年 Richard Clay and Company Ltd. 第一版譯出) 〕

22. 〔瑞士〕沃爾夫林(Wolfflin, Heinrich)著,潘耀昌譯:《藝術風格學》。(李澤厚主編:當代西方美學名著譯文叢書)瀋陽:遼寧人民出版社 1987 年 8 月第一版。(英譯本題爲 Principles of Art History : The Problem of the Development of Style in Later Art ,據美國 1950 年 University of California Press 英文版譯出)

（四）現象學、詮釋學、接受理論

1. 王元建著：《現象學與中西雄渾觀》。（比較文學叢書；9）臺北：東大圖書公司，1988 年 2 月第一版。

2. 金元浦著：《文學解釋學——文學的審美闡釋與意義的生成》。（程孟輝、丁冰主編：青年美學博士文庫）吉林：東北師範大學出版社，1997 年 5 月第一版。

3. 鄭金川著：《梅洛——龐蒂的美學》。臺北：遠流出版公司（人文科學叢書；13），1993 年 9 月第一版。

4. 鄭樹森編：《現象學與文學批評》。（比較文學叢書；5）臺北：東大圖書公司，1984 年 7 月第一版，1991 年 4 月初版二刷。

5. 葉維廉著：《歷史、傳釋與美學》。（比較文學叢書；10）臺北：東大圖書公司，1988 年 3 月第一版。

6. 〔美〕英加登（Ingarden, Roman）著，陳燕谷、曉未譯：《對文學的藝術作品的認識》。（藝術評論叢書；5）臺北：商鼎文化出版社，1991 年 12 月臺一版。（原題 Cognition of the Literary Work of Art.）

7. 〔美〕卻爾（Juhl, P. D.）著，吳啓之、顧洁洪譯：《解釋：文學批評的哲學》。（二十世界藝術邊緣學科譯叢）北京：文化藝術出版社，1991 年 6 月第一版。（原題 Interpretation : An Essay in the Philosophy of Literary Criticism，據美國 1980 年 The Princeton University Press 第一版譯出）

8. 〔美〕郎格（Langer Susanne K.）著，劉大基等譯：《情感與形式》。臺北：商鼎文化出版社，1991 年 10 月臺一版。（原題 Feeling and Form，據倫敦 1953 年 Routledge & Kegan Paul Ltd.英文版譯出）

9. 〔美〕霍埃（Hoy, David Couzens）著，蘭金仁譯：《批評的循環——文史哲解釋學》。（李澤厚主編：當代西方美學名著譯文叢書）瀋陽：遼寧人民出版社 1987 年 8 月第一版。（原題 The Critical Cricle ，據美國 1982 年 University of California Press 第一版譯出）

10. 〔德〕姚斯（Jauss, Hans Robert）&〔美〕霍拉伯（Holub Robert C.）著，周寧、金元浦譯：《接受美學與接受理論》。（李澤厚主編：當代西方美學名著譯文叢書）瀋陽：遼寧人民出版社 1987 年 9 月第一版。（原爲二書：前半部原題 Toward an Aesthetics of Reception，據美國 1983 年 University of Minnesota Press 英文版第二版譯出 ；後半部原題 Reception Theory : A Critical Introduction，據英國 1984 年 London and NewYork : Methuen, Inc. 第一版譯出）

（五）對話理論

1. 董小英著：《再登巴比倫——巴赫金與對話理論》。（三聯・哈佛燕京學術叢書）北京：三聯書店，1994 年 10 月第一版。

2. 滕守堯著:《文化的邊緣》。北京:作家出版社,1997 年 4 月第一版。

3. 滕守堯著:《對話理論》。(孟樊主編:文化手邊手冊;11)臺北:揚智文化公司,1995 年 2 月第一版。

4. 劉康著:《對話的喧聲——巴赫汀文化理論述評》。(王德威主編:麥田人文;6)臺北:麥田出版公司,1995 年 5 月第一版。

(六)符號學、結構主義

1. 高名凱著:《語言論》。北京:商務印書館,1995 年 1 月第一版。

2. 高宣揚著:《結構主義》。(人文科學叢書;1)臺北:遠流出版公司,1990 年 4 月第一版,1993 年 2 月初版二刷。潘知常著:《中國美學精神》。南京:江蘇人民出版社,1993 年 5 月第一版。

3. 〔俄〕波利亞科夫編,佟景韓譯:《結構‧符號學文藝學——方法論體系和論爭》。北京:文化藝術出版社,1994 年 7 月第一版。(據莫斯科 1975 年進步出版社第一版譯出)

4. 〔瑞士〕費爾迪南‧德‧索緒爾著,高名凱譯:《普通語言學教程》。(漢譯世界學術名著叢書)北京:商務印書館,1980 年 11 月第一版,1996 年 4 月初版四刷。

5. 蔡斯(Chase, Richard)等合著,陳炳良等合譯:《神話即文學》。臺北:東大圖書公司,1990 年 2 月第一版。

6. 〔俄〕梅列金斯基(Eeremuhckuǔ, E. M.)著,魏慶徵譯:《神話的詩學》。北京:商務印書館,1990 年 10 月第一版。(原題 Hayka ,據莫斯科 1976 年 Deutscher Taschenbuch Verlag 第五版譯出)

(七)解構主義、後現代主義

1. 楊大春著:《解構理論》。(孟樊主編:文化手邊手冊;9)臺北:揚智文化公司,1994 年第一版,1996 年 8 月初版三刷。

2. 陳曉明著:《解構的蹤跡:歷史、話語與主體》。北京:中國社會科學出版社,1994 年 9 月第一版。

3. 〔美〕克里斯多福‧諾利斯(Norris, Christopher)著,劉自荃譯:《解構批評理論與應用》。臺北:駱駝出版社,1995 年 6 月中文第一版。(原題:Deconstruction : Theory and Practice,據美國 1982 年 Methuen Co. Ltd 第一版譯出)

(八)比較文學

1. 毛峰著:《神秘詩學》。臺北:揚智出版社,1997 年 1 月第一版。

2. 葉維廉編:《中國古典文學比較研究》。臺北:黎明文化事有限公司,1977 年 10 月第一版。

3. 葉維廉著:《比較詩學——理論架構的探討》。(比較文學叢書;1)臺北:

東大圖書公司，1983 年 2 月第一版。

4. 鄭樹森、周英雄、袁鶴翔合編：《中西比較文學論集》。（學術叢書：60）
   臺北：時報文化公司，1980 年 2 月第一版，1986 年 8 月初版三刷。

5. 鄭樹森著：《文學理論與比較文學》。（學術叢書：61）臺北：時版文化公
   司，1982 年 11 月第一版，1986 年 10 月初版二刷。

6. 鄭樹森編：《中美文學因緣》。（比較文學叢書：7）臺北：東大圖書公司，
   1985 年 10 月第一版。

7. 鄭樹森著：《文學因緣》。（滄海叢刊）臺北：東大圖書公司，1987 年 1 月
   第一版。

8. 鄭樹森著：《從現代到當代》。（三民叢刊：68）臺北：三民書局，1994 年
   2 月第一版。

9. 錢林森編著：《中外文學因緣》。南京：南京大學出版社，1989 年 7 月第
   一版。

（九）中國文學批評

1. 王運熙、楊明著：《隋唐五代文學批評史》。上海：上海古籍出版社，1994
   年 11 月第一版。

2. 王夢鷗著：《初唐詩學著述考》。臺北：臺灣商務印書館，1977 年 1 月第
   一版。

3. 王夢鷗著：《古典文學論探索》。臺北：正中書局，1984 年 2 月第一版。

4. 王夢鷗著：《傳統文學論衡》。（文化叢書：69）臺北：時報文化公司，1987
   年 6 月第一版。

5. 王夢鷗著：《中國文學理論與實踐》。（文化叢書：141／王夢鷗晚年自訂稿：
   1）臺北：時報文化公司，1995 年 11 月第一版。（該書原題《文學概論》，
   臺北：藝文印書館，1964 年 2 月第一版，1975 年 12 月修訂再版）

6. 成復旺、黃保真、蔡鍾翔著：《中國文學理論史》第二冊。北京：北京出
   版社，1987 年 7 月第一版，1991 年 9 月初版二刷。

7. 成復旺著：《神與物遊──論中國傳統審美方式》。（藝術評論叢書：7）臺
   北：商鼎文化出版社，1992 年 4 月第一版。

8. 周裕鍇著：《宋代詩學通論》。成都：巴蜀書社，1997 年 1 月第一版。

9. 周憲著：《超越文學──文學的文化哲學思考》。上海：上海三聯書店，1997
   年 3 月第一版

10. 胡曉明著：《中國詩學之精神》。（東方文化叢書）南昌：江西人民出版社，
    1990 年 5 月第一版，1993 年 9 月初版二刷。

11. 袁行霈、孟二冬、丁放著：《中國詩學通論》。合肥：安徽教育出版社，1994
    年 12 月第一版。

12. 徐志嘯著：《比較文學與中國古典文學》。上海：學林出版社，1995 年 8 月第一版。

13. 許清雲著：《皎然詩式研究》。臺北：文史哲出版社，1988 年 1 月第一版。

14. 張伯偉編撰：《全唐五代詩格考》。（傅璇琮主編：唐詩研究集成）西安：陝西人民教育出版社，1996 年 7 月第一版。

15. 黃景進著：《王漁洋詩論之研究》。臺北：文史哲出版社，1980 年 2 月第一版。

16. 黃景進著：《嚴羽及其詩論之研究》。臺北：文史哲出版社，1986 年 2 月第一版。

17. 陳旭光著：《詩學：理論與批評 1996 年卷・理論》。天津：百花文藝出版社，1996 年 12 月第一版，1997 年 3 月初版二刷。

18. 陳應鸞著：《詩味論》。成都：巴蜀書社，1996 年 10 月第一版。

19. 葉潮著：《文化視野中的詩歌》。成都：巴蜀書社，1997 年 5 月第一版。

20. 劉若愚（James J. Y. Liu）著，杜國清譯：《中國詩學》。臺北：幼獅文化公司，1977 年 6 月中文第一版。

21. 劉若愚著，杜國清譯：《中國文學理論》。臺北：聯經出版公司，1981 年 9 月中文第一版。（原題 Chinese Theories of Literature，根據芝加哥大學出版社版 1975 年版譯出）

22. 霍然著：《隋唐五代詩歌史論》。（張松如主編：中國詩歌史論叢書）長春：吉林教育出版社，1995 年 2 月第一版。

23. 蕭華榮著：《中國詩學思想史》。上海：華東師範大學出版社，1996 年 4 月第一版。

24. 譚帆著：《傳統文藝思想的現代詮釋》。上海：上海社會科學院出版社，1995 年 6 月第一版。

25. 羅根澤著：《中國文學批評史》。臺北：文史哲出版社，1980 年 9 月臺二版。

26. 羅宗強著：《隋唐五代文學思想史》。上海：上海古籍出版社，1986 年 8 月第一版。

（十）古典文學研究

1. 丁成泉著：《中國山水詩史》。武昌：華中師範大學出版社，1990 年 5 月第一版。

2. 卞孝萱著：《劉禹錫年譜》。北京：中華書局，1963 年 11 月第一版。

3. 卞孝萱著：《劉禹錫叢考》。成都：巴蜀書社，1988 年 7 月第一版。

4. 王小舒著：《神韻詩史研究》。臺北：文津出版社，1994 年 6 月第一版。

5. 王仕菁著：《唐代文學史略》。長沙：湖南師範大學出版社，1992 年 4 月

第一版。

6. 王明居著《唐詩風格美新探》。北京：中國文聯出版公司，1987 年 10 月第一版。

7. 王國瓔著：《中國山水詩研究》。臺北：聯經出版事業公司，1986 年 10 月第一版。

8. 〔日〕中西進、王曉平著：《智水仁山──中日詩歌自然意象對談錄》。北京：中華書局，1995 年 11 月第一版。

9. 朱德發等著：《中國山水詩論稿》。（山東省哲學社會科學"八五"重點研究項目）濟南：山東友誼出版社，1994 年 12 月第一版。

10. 伍蠡甫著：《山水與美學》。臺北：丹青圖書有限公司，1987 年 1 月臺一版。

11. 任仲倫著：《中國山水審美文化》。上海：同濟大學出版社。1991 年 12 月第一版。

12. 李文初等著：《中國山水詩史》。（饒芃子主編：傳統文學與當代意識叢書）廣東：廣東人民出版社，1996 年 9 月第一版。

13. 李文初等著：《中國山水文化》。廣東：廣東高等教育出版社，1991 年 5 月第一版。

14. 李曰剛著：《辭賦流變史》。臺北：文津出版社，1987 年 2 月第一版。

15. 李豐楙著：《魏晉南北朝文士與道教之關係》。政治大學中文研究所博士論文，1978 年 6 月。

16. 吳企明著：《唐音質疑錄》。上海：上海古籍出版社，1986 年 12 月第一版。

17. 林文月著：《山水與古典》。臺北：純文學出版社，1976 年 10 月第一版，1981 年初版三刷。

18. 柯慶明著：《境界的再生》。臺北：幼獅文化事業公司，1977 年 5 月第一版，1993 年 12 月初版六刷。

19. 胡曉明著：《中國詩學之精神》。（東方文化叢書）南昌：江西人民出版社，1990 年 5 月第一版，1993 年 9 月初版二刷。

20. 胡曉明著：《萬川之月──中國山水詩的心靈世界》。（中華文庫）北京：三聯書店，1992 年 6 月第一版。

21. 南懷瑾著：《禪宗與道家》。上海：復旦大學出版社，1991 年 3 月第一版，1992 年 4 月初版三刷。

22. 馬銘浩著：《唐代社會與元白文學集團關係之研究》。臺北：臺灣學生書局，1991 年 6 月第一版。

23. 高木森著：《中國繪畫思想史》。臺北：東大圖書公司（羅青主編：滄海美術叢書之三），1992 年 6 月初版。

24. 孫昌武等著：《意境縱橫探》。天津：南開大學出版社，1986 年 10 月第一版。

25. 徐復觀著：《中國藝術精神》。臺北：臺灣學生書局（新亞研究所叢刊），1966 年 2 月第一版，1983 年 1 月初版八刷。

26. 徐復觀著：《中國文學論集》。臺北：臺灣學生書局（新亞研究所叢刊），1974 年第一版，1985 年 1 月增補六版。

27. 徐復觀：《中國文學論集續篇》。臺北：臺灣學生書局（新亞研究所叢刊），1981 年 10 月第一版，1984 年 9 月初版二刷。

28. 張松輝著：《漢魏六朝道教與文學》。長沙：湖南師範大學出版社，1996 年 1 月第一版。

29. 陳慧劍著：《寒山子研究》。臺北：天華出版公司，1968 年 10 月第一版。

30. 傅道彬著：《晚唐鐘聲——中國文化的精神原型》。北京：東方出版社，1996 年 6 月第一版。

31. 傅璇琮著：《唐代詩人叢考》。北京：中華書局，1980 年 1 月第一版。

32. 傅璇琮著：《唐代科舉與文學》。臺北：文史哲出版社，1994 年 8 月臺一版。

33. 傅璇琮著：《唐詩論學叢稿》。臺北：文史哲出版社，1995 年 9 月臺一版。

34. 傅璇琮編撰：《唐人選唐詩新編》。（傅璇琮主編：唐詩研究集成）西安：陝西人民教育出版社，1996 年 7 月第一版。

35. 葛曉音著：《漢唐文學的嬗變》。北京：北京大學出版社，1990 年 11 月第一版。

36. 葛曉音著：《山水田園詩派研究》。瀋陽：遼寧大學出版社（鍾林武、李文祿主編「中國古代文學流派研究叢書」），1993 年 1 月第一版。

37. 楊玉成著：《陶淵明文學研究》。政治大學中文研究所博士論文，1993 年 6 月。

38. 楊建國編著：《全唐詩"一作"校證集稿》。濟南：山東教育出版社，1997 年 2 月。

39. 貫晉華著：《皎然年譜》。廈門：廈門大學出版社，1992 年 8 月第一版。

40. 蔣長棟著：《唐詩新論》。長沙：湖南文藝出版社，1996 年 5 月第一版。

41. 蔣述卓著：《山水美與宗教》。臺北：稻禾出版社，1992 年 2 月第一版。

42. 蔣述卓著：《在文化的觀照下》。湛江：廣東人民出版社，1997 年 12 月第一版。

43. 蔣寅著：《大曆詩風》。上海：上海古籍出版社，1992 年 8 月第一版。

44. 蔣寅著：《大曆詩人研究》上、下編。北京：中華書局，1995 年 8 月第一版。

45. 歐陽光著：《宋元詩社研究叢稿》。（廣東中華文化王季思學術基金叢書）廣州：廣東高等教育出版社，1996 年 9 月第一版。

46. 劉國瑛著：《心態與詩歌創作——大曆十才子研究》。上海：學林出版社，1994 年 2 月第一版。

47. 錢鍾書著：《管錐編》五冊。北京：中華書局，1979 年 8 月第一版，1991 年 6 月初版三刷。

48. 謝思煒著：《白居易集綜論》。（唐研究基叢書）北京：中國社會科學出版社，1997 年 8 月第一版。

49. 蕭占鵬著：《韓孟詩派研究》。臺北：文津出版社，1994 年 11 月第一版。

50. 魏士衡著：《中國自然美學思想探源》。北京：中國城市出版社，1994 年 4 月第一版，1994 年 8 月初版二刷。

51. 羅聯添《唐代文學論集》上、下冊。臺北：學生書局，1989 年 5 月第一版。

52. 〔日〕松浦友久著，陳植鍔、王曉平譯：《唐詩語匯意象論》。北京：中華書局，1992 年 5 月第一版。

53. 〔日〕松浦友久著，劉維治譯：《李白詩歌抒情藝術研究》。（王元化主編：海外漢學譯叢）上海：上海古籍出版社，1996 年 12 月第一版。

54. 〔美〕倪豪士（Nienhauser, Jr, William H.）選編，黃寶華等譯：《美國學者論唐代文學》。（王元化主編：海外漢學譯叢）上海：上海古籍出版社，1994 年 12 月第一版。

55. 〔美〕宇文所安（Owen, Stephen）著，鄭學勤譯：《追憶——中國古典文學中的往事再現》。（王元化主編：海外漢學譯叢）上海：上海古籍出版社，1990 年 10 月第一版。（原題 Remembrances : The Experience of the Past in Classical Chinese Literature，根據美國 1986 年 Cambridge & London : Harvard University Press 版譯出）

56. 〔美〕宇文所安（Owen, Stephen）著，賈晉華譯：《初唐詩》。南寧：廣西人民出版社，1987 年 12 月第一版。（原題 The Poetry of the Early T'ang，根據美國 1977 年 New Haven & London : Yale University Press 版譯出）

（十一）工具書

1. 吳汝煜、胡可先著：《全唐詩人名考》。南京：江蘇教育出版社，1990 年 8 月第一版。

2. 吳汝煜主編：《唐五代人交往詩索引》。上海：上海古籍出版社，1993 年 5 月第一版。

3. 周勛初主編：《唐詩大辭典》。江蘇：江蘇古籍出版社，1990 年 11 月第一版。

4. 章銀章編：《山水描寫詞典》。銀川：寧夏人民出版社，1993 年 9 月第一

版。

5. 張碧波主編：《中國詩學辭典》。大連：哈爾濱出版社，1992 年 8 月第一版。

6. 蔣祖怡、陳志椿主編：《中國詩話辭典》。北京：北京出版社，1996 年 1月第一版。

（十二）佛教美學

1. 王志敏、方珊著：《佛教與美學》。瀋陽：遼寧人民出版社，1989 年 9 月第一版。

2. 王海林著：《佛教美學》。合肥：安徽文藝出版社，1992 年 9 月第一版。

3. 祁志祥著：《佛家美學》。上海：上海人民出版社，1997 年 1 月第一版。

4. 張文勳著：《儒佛道美學思想探索》。北京：中國社會科學院，1988 年 9月第一版。

5. 曾祖蔭著：《中國佛教與美學》。武漢：華中師範大學出版社，1991 年 10月第一版。

6. 潘知常著：《生命的詩境——禪宗美學的現代詮釋》。杭州：杭州大學出版社，1993 年 7 月第一版。

（十三）佛教文學

1. 王敏華著：《中國詩禪研究》。桂林：廣西師範大學出版社，1997 年 1 月第一版。

2. 中國古典文學研究會主編：《文學與佛教關係》。臺北：臺灣學生書局，1994年 7 月初版。（「文學與佛學關係研討會」論文集，中壢：國立中央大學，1993 年 5 月 28～29 日。）

3. 巴壺天著：《藝海微瀾》。臺北：廣文書局，1971 年 10 月第一版，1987 年3 月初版二刷。

4. 巴壺天著：《禪骨詩心集》。臺北：東大圖書公司，1988 年 9 月第一版，1990 年 3 月初版二刷。

5. 〔日〕平野顯照著，張桐生譯：《唐代的文學與佛教》。臺北：業強出版社，1987 年 5 月第一版。

6. 〔日〕加地哲定著，劉衛星譯：《中國佛教文學》。北京：今日中國出版社，1990 年 12 月第一版。（原題《中國佛教文學研究》，1969 年 9 月加地哲定著作刊行會第一版，1979 年 10 月京都同朋舍增訂一版。）

7. 杜松柏著：《禪學與唐宋詩學》。臺北：黎明文化事業公司，1980 年第一版。

8. 杜松柏著：《禪與詩》。臺北：弘道出版社，1980 年第一版。

9. 杜松柏著：《中國禪學——中國禪詩欣賞法》。臺北：金林文化事業，1984

年 6 月第一版。

10. 杜松柏編著：《禪詩牧牛圖頌彙編》。臺北：黎明文化事業公司，1983 年 5 月第一版。

11. 李淼著：《禪宗與中國古代詩歌藝術》。吉林：長春出版社，1991 年第一版；高雄：麗文文化事業股份有限公司，1993 年 10 月臺一版。

12. 吳美鈴著：《由禪的「解構」義探討其與文學創作的關係》。華梵大學東方人文思想研究所碩士論文，1996 年 5 月。

13. 周裕鍇著：《中國禪宗與詩歌》。上海：上海人民出版社，1992 年 7 月第一版。

14. 金丹元著：《禪意與化境》。上海：上海文藝出版社，1993 年 4 月第一版。

15. 季羨林著：《佛教與中印文化交流》。（東方文化叢書）南昌：江西人民出版社，1990 年 6 月第一版，1993 年 9 月初版三刷。

16. 姚儀敏著：《盛唐詩與禪》。（中國佛學研究論文大系：13）高雄：佛光出版社，1991 年 1 月第一版

17. 孫昌武著：《唐代文學與佛教》。西安：陝西人民出版社，1985 年 8 月第一版。

18. 孫昌武著：《佛教與中國文學》。上海：上海人民出版社，1988 年 8 月第一版，1991 年 2 月初版二刷。

19. 孫昌武著：《詩與禪》。臺北：東大圖書公司，1994 年 8 月第一版。

20. 孫昌武著：《中國文學中的維摩與觀音》。北京：高等教育出版社，1996 年 6 月第一版。

21. 孫昌武著：《禪思與詩情》。北京：中華書局，1997 年 8 月第一版。

22. 郭紹林著：《唐代士大夫與佛教》。鄭州：河南大學出版社，1987 年 8 月第一版；臺北：文史哲出版社，1993 年 9 月臺增訂一版。

23. 黃河濤著：《禪與中國藝術精神的嬗變》。北京：商務印書館國際有限公司，1994 年 8 月第一版。

24. 黃卓越著：《佛教與晚明文學思潮》。（中國文學史研究系列）北京：東方出版社，1997 年 10 月第一版。

25. 張錫坤、吳作橋、王樹海、張石著：《禪與中國文學》。長春：吉林文史出版社，1992 年 7 月第一版。

26. 張伯偉著：《禪與詩學》。杭州：浙江人民出版社，1992 年 9 月第一版，1993 年 10 月修訂二版。

27. 陳洪著：《佛教與中國古典文學》。臺北：天津人民出版社，1993 年 1 月第一版。

28. 陳允吉著：《唐音佛教辨思錄》。上海：上海古籍出版社，1988 年 9 月第

一版，1993 年 12 月臺一版改題爲《唐詩中的佛教思想》。

29. 陳允吉，陳引馳編：《佛教文學精編》。上海：上海文藝出版社，1997 年 6 月第一版。

30. 覃召文著：《禪月詩魂——中國詩僧縱橫談》。北京：三聯書店，1994 年 11 月第一版。

31. 葛兆光著：《禪宗與中國文化》。上海：上海人民出版社，1986 年 6 月第一版。1991 年 6 月初版六刷。

32. 葛兆光著：《門外談禪》。浙江：浙江文藝出版社，1988 年 9 月第一版。1997 年 4 月初版二刷。

33. 廖振富著：《唐代詠史詩之發展與特質》，臺灣師範大學國文研究所碩士論文，1989 年 5 月。

34. 蔣述卓著：《佛經傳譯與中古文學思潮》。（東方文化叢書）南昌：江西人民出版社，1990 年 9 月第一版，1993 年 9 月初版二刷。

35. 蔡榮婷著：《唐代詩人與佛教關係之研究——兼論唐詩中的佛教語彙意象》。政治大學中文研究所博士論文，1992 年 7 月。

36. 賴永海著：《佛道詩禪——中國佛教文化論》。北京：中國青年出版社，1990 年 10 月初版。

37. 錢學烈著：《寒山詩校注》。廣東：廣東高等教育出版社，1991 年 10 月第一版。

38. 謝思煒著：《禪宗與中國文學》。北京：中國社會科學出版社，1993 年 12 月第一版。

39. 蕭麗華著：《唐代詩歌與禪學》。（傅偉勳、楊惠南主編：現代佛學叢書）臺北：東大圖書公司，1997 年 9 月第一版。

期刊論文

一、佛教方面

1. 方立天著：〈洪州宗心性論思想述評〉。《中國社會科學》1994 年第 2 期，頁 145～160。

2. 王澤龍著：〈廢名的詩與禪〉。《江漢論壇》1993 年第 6 期，頁 54～58。

3. 尤俊成著：〈試論佛教對漢語詞彙的影響〉。《內蒙古師大學報》1993 年第 2 期，頁 94～99。

4. 皮朝綱、董運庭著：〈「詩禪一致，等無差別」：禪與藝術在觀念上的融合〉。《天府新論》1991 年第 1 期，頁 76～81。

5. 皮朝綱著：〈馬祖道一——洪州宗禪學及其在禪宗美學思想史上的意義〉。《四川師範大學學報》第 20 卷第 2 期，1993 年 4 月，頁 39～45。

6. 皮朝綱著：〈石頭禪、「參同契」與禪宗美學〉。《青海民族學院學報》1993
   年第 3 期，頁 14～19。

7. 任曉紅著：〈禪與士大夫的生活情趣〉。《煙臺大學學報》1992 年第 3 期，
   頁 62～69。

8. 吳汝鈞著：〈海德格與禪〉。《獅子吼》31 卷第 1～3 期（1992 年 1～3 月），
   頁 24～29、25～31、26～31。

9. 杜松柏著：〈行到水窮處，坐看雲起時──唐詩中的禪趣〉。《國文天地》7
   卷第 2 期（1991 年 7 月），頁 25～30。

10. 杜道明著：〈禪宗的審美趣味與封建社會後期審美風尚的演變〉。《社會科
    學戰線》1993 第 3 期，頁 231～236。

11. 李志夫著：〈佛教與中國文學──兼比較中國文學在佛教傳入前後之異
    同〉。《鵝湖月刊》第 17 卷第 12 期（總第 204 號，1992 年 6 月），頁 7～
    21。

12. 李建崑著：〈皎然與吳中詩人之往來關係考〉。《古典文學》第 12 集（臺北：
    學生書局，1992 年 10 月），頁 91～114。

13. 李學勤著：〈禪宗早期文物的重要發現〉。《文物》1992 年第 3 期，頁 71
    ～75。

14. 林繼中著：〈漫說唐人田園山水詩的畫意與禪趣〉。《禪學研究》第 2 輯（南
    京：江蘇古籍出版社，1994 年 11 月），頁 158～166。

15. 尚永亮著：〈白居易所受佛老影響及其超越途徑〉。《陝西師大學報》第 22
    卷第 2 期，1993 年 5 月，頁 116～121。

16. 周述成著：〈論「悟」及其特徵──禪體驗和審美體驗之異同〉。《四川大
    學學報》1993 年第 2 期，頁 65～71。

17. 周群、沐金華著：〈試論佛教對中國古代文論的影響〉。《鹽城師專學報》
    1992 年第 1 期，頁 54～58。

18. 洪修平著：〈論惠能門下的禪法特色〉。《南京大學報》1991 年第 4 期，頁
    87～93。

19. 洪修平著：〈略論宋代禪學的新特點〉。《南京大學報》1993 年第 1 期，頁
    29～34。

20. 姜光斗著：〈論唐代浙東的僧詩〉。1994 年 11 月 22 日浙江新昌「中國唐代
    文學國際學術討論會」。

21. 范海波著：〈白居易佛教思想與道家思想的關係〉。《殷都學刊》1993 年第
    3 期，頁 52～56。

22. 范琦著：〈論晉宋佛學對謝靈運山水審美觀的影響〉。《中州學刊》1994 年
    第 5 期，頁 94～98。

23. 高林廣著：〈淺論禪宗美學對蘇軾藝術創作的影響〉。《內蒙古師大學報》

1993 年第 1 期，頁 88～94。

24. 高華平著：〈佛理嬗變與文風趨新——兼論晉宋間山水文學興盛的原因〉。《中國社會科學》1994 年第 5 期，頁 152～163。

25. 徐庭筠著：〈唐五代詩僧及其詩歌〉。《唐代文學研究》第 1 輯（太原：山西人民出版社，1988 年 3 月第一版），頁 177～193。

26. 徐傳武著：〈漫說「學詩渾似學參禪」〉。《齊魯學刊》1994 年第 3 期，頁 32～34。

27. 徐復觀著：〈皎然詩式「明作用」試釋〉。《中外文學》第 9 卷 7 期，頁 28～32，1980 年 12 月。

28. 陳尚君著：〈義淨詩小考〉。《中華文史論叢》1987 年第 1 期（上海：上海古籍出版社，1987 年 3 月），頁 164。

29. 陳國球著：〈詩的體認：皎然詩論初探〉。中國唐代學會主編：《第三屆中國唐代文化學術研討會論文集》（臺北：政治大學中文系，1997 年 5 月第一版），頁 509～522。

30. 曹汛著：〈淡然考〉。《中華文史論叢》1987 年第 1 期（上海：上海古籍出版社，1987 年 3 月），頁 165～178。

31. 曹虹著：〈佛學修養與山水文學——謝靈運研究之一〉。《禪學研究》第 2 輯（南京：江蘇古籍出版社，1994 年 11 月），頁 167～179。

32. 黃景進著：〈唐代意境論初探——以王昌齡、皎然、司空圖為主〉。淡江大學中文系主編：《文學與美學》第二集（臺北：文史哲出版社，1991 年 10 月），頁 1～25。

33. 黃景進著：〈王昌齡的意境論〉。《中國文學理論與批評論文集》（臺北：新文豐出版公司，1995 年 10 月第一版），頁 77～110。

34. 黃景進著：〈從韓愈、孟郊的文學思想看中唐險怪詩派的兩種風格〉。陳平原、陳國球主編：《文學史》第二輯——中國文學史論（北京：北京大學出版社，1995 年 10 月第一版），頁 142～164。

35. 黃新亮著：〈漢唐僧詩發展述略〉。《廣西師院學報》1995 年第 1 期，1995 年 3 月，頁 22～27。（未寓目）

36. 黃寶生著：〈佛經翻譯文質論〉。《文學遺產》1994 年第 6 期，頁 4～11。

37. 張弓著：〈唐代佛寺群系的形成及其布局特點〉。《文物》1993 年第 10 期，頁 40～45。

38. 張世英著：〈超越自我——關於禪宗和西方哲學思想的一點體會〉。《社會科學戰線》1993 年第 2 期，頁 93～100。

39. 張伯偉著：〈略論佛學對晚唐五代詩格的影響〉。《中華文史論叢》第 48 輯，（上海：上海古籍出版社，1991 年 12 月），頁 57～77。

40. 張菁著：〈唐代僧侶的游方與文化〉。《江海學刊》1993 年第 4 期，頁 117

～120。

41. 張達人著：〈晚唐第一詩僧齊己〉。《生力》第 8 卷 96 期，1975 年 9 月，頁 24～26。

42. 敏澤著：〈論魏晉至唐關於藝術形象的認識——兼論佛學輸入對於藝術形象理論的影響〉。《文學評論》1980 年第 1 期，頁 33,39～40。

43. 馮耀明著：〈禪超越語言和邏輯嗎——從分析哲學觀點看鈴木大拙的禪論〉。《當代》第 69 期，1992 年 1 月，頁 64～81。

44. 賀秀明著：〈試論王維山水詩中的禪理〉。《廈門大學學報》1991 年第 4 期，頁 128～132。

45. 程裕禎著：〈唐代的詩僧和僧詩〉。《南京大學學報》1984 年第 1 期，頁 34～41。

46. 葛兆光著：〈禪意的雲〉。《文學遺產》1990 年第 3 期，頁 77～86。

47. 葛兆光著：〈從出世間到入世間——中國宗教與文學中理想世界主題的轉變〉。《文學史》第三輯（北京：北京大學出版社，1996 年 6 月），頁 3～41。

48. 董平著：〈唐宋時期的浙江禪學〉。《浙江學刊》1993 年第 1 期，頁 82～86。

49. 楊應龍著：〈禪宗與淨土宗成佛論比較〉。《江西社會科學》1994 年第 5 期，頁 54～58。

50. 廖蔚卿著：〈論中國文學的兩大主題——從「登樓賦」與「蕪城賦」探討「遠望當歸」與「登臨懷古」〉，《幼獅學誌》17 卷 3 期。

51. 趙昌平著：〈王維與山水詩由主玄趣向主禪趣的轉化〉。《學人》第 4 輯（南京：江蘇文藝出版社，1993 年 7 月），頁 243～266。

52. 趙海洲著：〈「茶禪一體」初探〉。《湘潭大學學報》1993 年第 1 期，頁 115～119。

53. 蔣述卓著：〈北朝質樸文風與佛教〉。《文藝理論研究》1988 年第 1 期（總第 36 期），頁 78～83。

54. 蔣述卓著：〈佛教心性論對古代文藝創作心理學的啓示〉。《學術研究》1992 年第 1 期，頁 98～103。

55. 蔣述卓著：〈佛教對中國古代文藝美學通俗化傾向的推進〉。《陰山學刊》1992 年第 2 期，頁 9～15。

56. 蔣述卓著：〈禪與詩〉。《禪學研究》第 1 輯（南京：江蘇古籍出版社，1992 年 8 月），頁 116～125。

57. 蔣　寅著：〈皎然詩禪論〉。《學人》第 3 輯（南京：江蘇文藝出版社，1992 年 12 月），頁 397～416。

58. 鄧子美著：〈佛教史籍在歷史編撰上的貢獻〉。《史學史研究》1990 年第 2

期，頁 64～67。

59. 劉石著：〈佛禪思想與蘇軾文學理論〉。《天府新論》1989 年第 2 期，頁 77
　　～83。

60. 劉友竹著：〈「僧伽歌」非偽作辨〉。《天府新論》1987 年第 5 期，頁 60～
　　63。

61. 劉守安著：〈梅村與佛禪〉。《東岳論叢》1993 年第 6 期，頁 96～100。

62. 劉綱紀著：〈唐代華嚴宗與美學〉。《東方叢刊》1992 年第 2 輯，又收入《傳
　　統文化、哲學與美學》（桂林：廣西師範大學出版社，1997 年 8 月第一版），
　　頁 286～296。

63. 劉綱紀著：〈略論唐代佛學與王維詩歌〉。《語文、情性、義理——中國文
　　學的多層面探討國際學術會議》（臺北：臺灣大學，1996 年 4 月 13 日），
　　又收入《傳統文化、哲學與美學》，頁 297～306。

64. 劉懷榮著：〈試論杜甫的佛教信仰〉。《杜甫研究學刊》1989 年第 1 期，頁
　　53～62。

65. 盧燕平著：〈略論唐詩之「悟」及其演變〉。《中州學刊》1993 年第 4 期，
　　頁 98～100。

66. 錢學烈著：〈寒山子與寒山詩〉。《深圳大學學報》1987 年第 3 期，頁 26
　　～34。

67. 蕭葦著：〈禪意識和中國書法理論〉。《上海教育學院學報》1993 年第 2 期，
　　頁 96～103，69。

68. 蕭麗華著：〈試論王維之宦隱與大乘般若空性的關——兼論王維詩中「空」
　　的境界美〉。《臺大中文學報》第 6 期，1994 年 6 月，頁 231～256。

69. 蕭麗華著：〈從禪悟的角度看王維自然詩中空寂的美感經驗〉。淡江 大學
　　中文系：《文學與美學》第五集，臺北：文史哲出版社，1995 年 9 月，頁
　　1～39。

70. 蕭麗華著：〈論詩禪交涉——以唐詩爲考索中心〉。《佛學研究中心學報》
　　創刊號，1996 年 9 月，頁 1～19。

71. 蕭麗華著：〈宴坐寂不動，大千入毫髮——唐人宴坐詩析論〉。中國唐代學
　　會主編：《第三屆中國唐代文化國際學術研討會論文集》，《第三屆中國唐
　　代文化學術研討會論文集》，1997 年 5 月，頁 167～196。

72. 蕭麗華著：〈晚唐詩僧齊己的詩禪世界〉。《佛學研究中心學報》第 2 期，
　　1997 年 6 月，頁 157～178。

73. 羅宗濤著：〈六祖慧能的禪學與中華文化〉。《中華文化復興月刊》第 12 卷
　　第 9 期，1979 年 9 月 15 日，頁 60～68。

74. 羅宗濤著：〈皎然、貫休、齊己詩中的花〉。高雄佛光山：一九九四年中國
　　佛教插花學術研討會，1994 年 4 月 10～11 日。

75. 羅宗濤著：〈貫休與唐五代詩人交往詩淺探〉。中華文化復興運動總會宗教研究委員會編：《佛教與中國文化國際學術會議論文集》下輯，1995 年 7 月，頁 715～734。

76. 羅宗濤著：〈唐五代詩僧之夢初探〉。《政大學報》第 73 期，1996 年 10 月，頁 1～16。

77. 羅宗濤著：〈唐人詠雲詩試探〉。中國唐代學會：《第三屆中國唐代文化學術研討會論文集》，1997 年 5 月，頁 129～166。

78. 嚴耕望著：〈唐代佛教之地理分佈〉。《民主評論》第 4 卷 24 期，1953 年 12 月，頁 680～682。

79. 饒宗頤著，許章眞譯：〈梵文四流母音 R、R、L、L 與其對中國文學之影響——論鳩摩羅什「通韻」（敦煌抄本斯坦因一三四四號）〉。《國外學者看中國文學》（侯健編，臺北：中央文物供應社，1982 年 12 月），頁 179～193。

80. 釋明復：〈貫休禪師生平的探討〉。《華岡佛學學報》第 6 期，1983 年 7 月，頁 49～72。

二、哲學、美學、文學方面

1. （日）小川環樹著，譚汝謙譯：〈風景的意義〉。收入《論中國詩》（譚汝謙編，陳志誠、梁國豪合譯；香港：中文大學出版社，1986 年）頁 1～32。原題〈中國の詩における風景の意識〉，載《立命館文學》第 264 號（橋本循先生喜壽記念特輯），京都：立命館大學文學，1967 年 6 月。

2. Frodsham, J. D. 著，鄧仕樑譯：〈中國山水詩的起源〉。《英美學人論中國古典文學》（香港：中文大學出版，1973 年），頁 117～163。（原題爲 "The Origins of Chinese Nature Poetry" 載於 Asia Major, VIII, Lund Humphries Publishers Ltd.,1960）

3. 卞孝萱、卞敏著：〈劉禹錫晚年在洛陽的生活〉。《河洛史志》1994 年第 2 期，頁 40～43。

4. 王小盾著：〈敦煌文學與唐代講唱藝術〉。《中國社會科學》1994 年第 3 期，頁 114～130。

5. 王定璋著：〈唐代山水旅游詩歌折射的文化心態〉。《天府新論》1991 年第 2 期，頁 67～74。

6. 王明居著：〈象外之象——無中生有〉。《文藝理論研究》1989 年第 1 期（總第 42 期），頁 67～73。

7. 沈清松著：〈莊子的語言哲學初考〉。《國際中國哲學研討會論文集》（臺北：國立臺灣大學哲學系，1985 年 11 月 3～7 日），頁 97～111。

8. 杜曉勤著：〈論中唐詩人對杜詩的接受問題〉。《社會科學輯刊》1995 年第 1 期（總第 69 期），頁 135～139。

9. 吳育頻著：〈唐宋科場舞弊與防治〉。《天府新論》1993 年第 4 期，頁 80 ～82。

10. 林繼中著：〈由雅入俗：中晚唐文壇大勢〉。《人文雜誌》1990 年第 3 期，頁 106～111。

11. 林繼中著：〈變遷感：中唐士大夫的心理壓力——中唐田園詩的透視〉。《暨南學報》1993 年第 3 期，頁 98～105。

12. 林繼中著：〈田園詩：人與自然的對話——唐文化與文學研究之一〉。《中州學刊》1993 年第 6 期，頁 90～94。

13. 胡可先著：〈《唐詩類選》選杜詩發微〉。《杜甫研究學刊》1993 年第 2 期，頁 34～39。

14. 胡經之著：〈中國美學史方法論略談〉。《北京大學學報》1980 年第 6 期，頁 81～89。

15. 柯素莉著：〈從感性領悟走向理性綜合——唐詩風格研究的回顧與思考〉。《江漢大學學報》1993 年第 2 期，頁 82～87。

16. 高宣揚〈論布爾迪厄的「生存心態」概念〉，《思與言》第 29 卷第 3 期，頁 21～76。

17. 高宣揚〈再論布爾迪厄的「生存心態」概念〉，《思與言》第 29 卷第 4 期，頁 295～304。

18. 高萬湖著：〈中晚唐時期的湖州文學〉。《湖州師專學報》1988 年第 1 期。（未遇目）

19. 徐志嘯著：〈文學與宗教〉。《比較文學與中國古典文學》（上海：學林出版社，1995 年 8 月第一版），頁 3～22。

20. 許總著：〈論「文章四友」與唐前期詩歌藝術進程〉。《中州學刊》1994 年第 6 期，頁 85～89。

21. 郭紹虞著：〈論吳體〉。《古典文學論叢》（復旦大學學報增刊）。

22. 郭紹虞著：〈關於七言律詩的音節〉。《古典文學理論研究》第 2 輯。

23. 陳允吉著：〈十幾年來國內唐詩研究綜述〉。《中國社會科學》1993 年第 5 期，頁 148～156。

24. 陳鳴著：〈中國古代宗教園林的四個歷史時期〉。《上海大學學報》1992 年第 1 期，頁 58～64。

25. 陳友冰著：〈傳統的背叛和詩美的創新——淺論中晚唐險怪詩風的流變及其美學價值〉。《中國文哲研究集刊》第 10 期，1997 年 3 月，頁 183～220。

26. 黃炳輝著：〈《唐詩評選》評唐詩辨〉。《廈門大學學報》1991 年第 3 期，頁 119～126。

27. 黃煌著：〈唐代的城市居民生活與城市經濟〉。《華東師範大學學報》1992

年第 3 期，頁 85～92。

28. 張步雲著：〈唐代逸詩輯存〉。《文學遺產》1983 年第 2 期，頁 135～145。

29. 張漢良著：〈語言與美學的匯通——簡介葉維廉比較文學的方法〉。《現代中西比較文學研究》（成都：四川人民出版社，1989 年），頁 676～694。

30. 葉維廉著：〈中國古典詩與英美現代詩——語言與美學的匯通〉。《中國古典文學比較研究》（臺北：黎明文化事有限公司，1977 年 10 月第一版），頁 185～235。

31. 葉維廉著：〈中國古典詩和英美詩中山水美感意識的演變〉。《比較詩學》（臺北：東大圖書公司，1983 年 2 月第一版，1988 年 6 月初版二刷），頁 135～194。

32. 葉維廉著：〈中西山水美感意識的形成〉。《現代中西比較文學研究》（成都：四川人民出版社，1989 年），頁 676～694。

33. 葉莘著：〈以景結情與絕句的神味〉。《安徽大學學報》1990 年第 1 期，頁 81～86。

34. 舒紅霞著：〈論孟郊詩歌審美意境的內核結構〉。《陝西師大學報》第 23 卷第 3 期，1994 年 9 月，頁 76～82。

35. 賈晉華著：〈大歷年浙東聯唱集考論〉。《文學遺產增刊》第 18 輯（山西人民出版社，1989 年）。

36. 賈晉華著：〈隋唐五代類書與詩歌〉。《廈門大學學報》1991 年第 3 期，頁 127～132。

37. 賈晉華著：〈大歷年浙西聯唱《吳興集》考論〉。《寧波大學學報》，1992 年第 1 期。

38. 葛培嶺著：〈關於唐代中原詩傑盛多的思考〉。《中州學刊》1992 年第 4 期，頁 109～113，120。

39. 廖可斌著：〈地域文人集團的興替與元末明初文學思潮的變遷〉。《社會科學戰線》1993 年第 4 期，頁 230～240。

40. 趙昌平：〈「吳中詩派」與中唐詩歌〉。《中國社會科學》，1984 年第 4 期（總第 28 期，1984 年 7 月），頁 191～212。

41. 鄭樹森著：〈「具體性」與唐詩的自然意象〉。《中國古典文學比較研究》（臺北：黎明文化事業有限公司，1977 年 10 月第一版），頁 237～275。

42. 鄭學檬、陳衍德著：〈略論唐宋時期自然環境的變化對經濟重心南移的影響〉。《廈門大學學報》1991 年第 4 期，頁 104～113。

43. 蔣寅著：〈論大歷山水詩的美學趣味〉。《安徽大學學報》（哲學社會科學版），1990 年第 1 期（第 14 卷，總第 72 期），頁 73～80。

44. 蔣寅著：〈大歷浙東浙西聯句述論——兼論聯句的發生與發展〉。《文學研究》第 2 輯（南京：南京大學出版社，1992 年 12 月），頁 121～139。

45. 蔣寅著：〈說意境的本質和存在方式〉。《古典文學理論研究》第 16 輯（上海：上海古籍出版社，1992 年 12 月），頁 215～228。

46. 蔣紹愚著：〈唐詩詞語札記〉。《北京大學學報》1980 年第 3 期，頁 69～86。

47. 劉士林著：〈古代詩歌中的「鐘聲」意象〉。《文史哲》1993 年第 2 期，頁 72～76。

48. 劉若愚著，陳淑敏譯：〈中國詩中的時間、空間與自我〉。《書目季刊》21 卷第 3 期，頁 13～35。

49. 蕭占鵬著：〈韓孟詩派的精神世界及其詩歌的深層意蘊〉。《晉陽學刊》1993 年第 1 期，頁 43～47。

50. 羅宗濤著：〈唐代女詩人作品中的花〉。《政大學報》69 期，1994 年 9 月，頁 1～16。

51. 羅宗濤著：〈唐人詠雲詩試探〉。中國唐代學會主編：《第三屆唐代文化國際學術研討會論文集》，臺北：政治大學，1996 年 11 月 24～25 日。

52. 饒宗頤著：〈唐以前十四音遺說考〉。《中華文史論叢》1987 年第 1 期（上海：上海古籍出版社，1987 年 3 月），頁 179～191。

53. 龔傑著：〈唐代道士在長安宮廷的活動及其影響〉。《西北大學報》1993 年第 3 期，第 23 卷（總 80 期），頁 3～7。

54. 鬱沅著：〈古典美學意境範疇的現代詮譯〉。《湖北大學學報》1992 年第 5 期，頁 1～8。

外文部份

一、日　文

1. 小尾郊一著：《中國文學に現われた自然と自然觀——中世文學を中心として》。東京：岩波書店，1972 年第一版。

2. 小尾郊一著：〈謝靈運の山水詩〉。《日本中國學會報》第 20 號，1968 年 10 月，頁 79～93。

3. 中村元等著：《イードの仏教：講座仏教第三卷》。東京：大藏出版株式會社，1959 年 2 月第一版。

4. 内田誠一著：〈「安禪制毒龍」考——王維の仏教詩における實踐性について〉。《中國詩文論叢》第 10 集，1991 年 10 月，頁 88～104。

5. 市原亨吉著：〈中唐初期における江左の詩僧について〉。《東方學報》28 冊（京都：京都大學人文科學研究所），1958 年 4 月，頁 219～248。

6. 宋天鎬著，豊福健二譯：《孟浩然詩の研究》。西宮：武庫川女子大學文學部，1994 年 12 月第一版。

7. 河内昭丹著：〈劉禹錫の送僧詩考〉。《印度學佛教學研究》19 卷 2 號（總 38 號），1971 年 3 月，頁 760～763。

8. 金井德幸著：〈唐代順宗朝と南宗禪——劉禹錫の周邊〉。《社會文化史學》 6 號，1970 年 8 月，頁 37～47。

9. 秋月龍珉著：《信心銘・證道歌——禪宗四錄（下）》。東京：春秋社，1991 年 6 月 20 日第一版。

10. 堀口東四郎著：《大乘起信論——現代語釋讀》。京都：南京都學園，1990 年 12 月第一版。

11. 船津富彥著：〈詩式校勘記〉。《東洋文學研究》1 號，早稻田大學，1953 年。

12. 船津富彥著：〈今本詩式についての疑い〉。《日本中國會報》7 號，1955 年 10 月。

13. 船津富彥著：〈皎然の詩論とその原典批判（一）〉。《東洋文學研究》4 號， 早稻田大學，1956 年 3 月。

14. 鈴木哲雄著：《唐五代の禪宗——湖南江西篇》。東京：大東出版社，1984 年 7 月 10 日第一版。

15. 鷲阪宗演著：〈永嘉玄覺の禪觀〉。《禪文化研究所紀要》第 7 號，1975 年 9 月，頁 53～68。

二、英　文

Articles

1. Iriya, Yoshitaka："Chinese Poetry and Zen". The Eastern Buddhist （n.s.）, vol.6, no.1（May 1973）, pp. 54～67.

2. Kao Yu-hung（高友工）& Mei, Tsu-lin（梅祖麟）："Tu Fu's "Autumn Meditation"：An Exercise in Linguistic Criticism" Harvard Journal of Asiatic Studies, vol.28 （1968）, pp.44～80. 中譯有黃宣範，〈分析杜甫的秋興——試從語言結構入手作文學〉，收入《中外文學》1 卷 6 期（1972 年 11 月）， 頁 8～26；及李世耀、武菲：〈杜甫的《秋興》〉，收入《唐詩的魅力——詩語的結構主義批評》（上海：上海古籍出版社，1989 年 11 月第一版， 1990 年初二刷），頁 1～31。

3. Kao, Yu-kung & Meil, Tsu-lin："Syntax, Diction and Imagery in Tang Poetry". Harvard Journal of Asiatic Studies, vol.31（1971）, pp.51～136. 中譯有黃宣範，〈唐詩的語法、用字與意象〉，收入《中外文學》1 卷 10～12 期（1973 年 3～5 月），頁 30～63、100～114、152～169；及李世耀、武菲，〈唐詩的句法用字與意象〉，收入《唐詩的魅力——詩語的結構主義批評》（上海： 上海古籍出版社，1989 年 11 月第一版，1990 年初二刷），頁 32～118。

4. Kao, Yu-kung & Meil, Tsu-lin："Meaning, Metaphor, and Allusion in Tang

Poetry". Harvard Journal of Asiatic Studies, vol.38, no.2（1978）, pp.281～355. 中譯有黃宣範，〈唐詩的語意研究：隱喻與典故〉，收入《中外文學》4 卷 7～9 期（1975 年 12 月～1976 年 1、2 月），頁 116～129、66～84、166 ～190；及李世耀、武菲：〈唐詩的語意、隱喻與典故〉，收入《唐詩的魅 力——詩語的結構主義批評》（上海：上海古籍出版社，1989 年 11 月第 一版，1990 年初二刷），頁 119～193。

5. Meil, Tsu-lin : "The Sanskrit Origins of Recent Style Prosody". Harvard Journal of Asiatic Studies, vol.51, no.2（1991）, pp.375～470.

6. Mather, Richard : "The Landscape Buddhism of Fifth-century Poet Hsieh Ling-yun". Journal of Asian Studies, vol.17, no.1（Nov. 1958）, pp.67～79.

7. Wawrytko, Sandra A., "The Poetics of Ch'an : Upayic Poetry and Its Taoist Enrichment". Chung-Hwa Buddhist Journal, no.5（July, 1992）, pp.341～378. 華珊嘉著：〈禪詩論：方便善巧的禪詩偈頌及其道家豐富蘊蓄〉，《中華佛 學學報》第 5 期，1992 年 7 月，頁 341～378。

Books

1. Frodsham, J. D. : The Murmuring Stream : The Life and Works of Hsieh Ling-yun. Kuala Lumpur : University of Malaya Press, 1967.

2. Gadamer, H.G. : Truth and Method. New York : Seabur Press, 1975.

3. Lin, Shuen-fu & Owen, Stephen : The Vitality of the Lyric Voice. New Jersey : Princeton University Press, 1986, first edition.

4. Owen, Stephen : The Poetry Meng Chiao and Han Yy. New Haven and London, Yale University Press, 1975, first edition.

5. Owen, Stephen : The Great Age of Chinese Poetry.（盛唐詩）New Haven and London, Yale University Press, 1981,first edition.

6. Yu, Pauline : The Reading of Imagery in the Chinese Poetic Tradition. New Jersey : Princeton University Press, 1987, first edition.